中原神探

朱红彦 著

群众出版社·北京

图书在版编目（CIP）数据

中原神探 / 朱红彦著. —北京：群众出版社，2020. 5

ISBN 978-7-5014-6104-2

Ⅰ. ①中…　Ⅱ. ①朱…　Ⅲ. ①长篇小说—中国—当代　Ⅳ. ①I247. 5

中国版本图书馆 CIP 数据核字（2020）第 048681 号

中原神探

朱红彦　著

出版发行：群众出版社

地　　址：北京市丰台区方庄芳星园三区 15 号楼

邮政编码：100078

经　　销：新华书店

印　　刷：北京市科星印刷有限责任公司

版　　次：2020 年 5 月第 1 版

印　　次：2020 年 5 月第 1 次

印　　张：9. 5

开　　本：880 毫米×1230 毫米　1/32

字　　数：213 千字

书　　号：ISBN 978-7-5014-6104-2

定　　价：49. 00 元

网　　址：www. qzcbs. com

电子邮箱：qzcbs@ sohu. com

营销中心电话：010-83903254

读者服务部电话（门市）：010-83903257

警官读者俱乐部电话（网购、邮购）：010-83903253

文艺分社电话：010-83901330　　010-83903973

目　录

【引子】

人们都称春城县公安局副局长张宏伟为“神探”，他到底神在什么地方，连他自己都说不清楚，反正行内的同事和了解他的百姓都这样称呼他。当有人问他这个绰号时他只是嘿嘿地憨笑，说：“其实我只是做好了我应该做的职业，把交给我的案件及时拿下而已。”

说起来，他这个绰号还是公安处老处长郭刚给他起的。十多年前，郭阳市发生一起杀人抛尸案，一具无头女尸双手被反绑着，用窗帘布包裹着抛在荒野，通过当地公安排查和受害人家属辨认，尸源找到了，是一位年轻女子被人先奸后杀。郭阳市公安局为了破案，将悬赏五十万元的通告印了几十万份，全市乡镇张贴得到处都是，案发一年多没有任何进展，老处长一纸调令把张宏伟从春城调了过去。张宏伟通过对抛尸现场认真勘查，对死者尸体照片反复比对，又对作案手段详细分析。经他大胆推断，作案人有可能是公安人员，或者曾在公安系统干过的人所为，因为捆绑受害人是用给犯罪嫌疑人打背铐的捆绑手法。之后他又在受害人住室到大街二百米的路程反复走了几十趟，在街头他发现有位老者摆了个补鞋摊。张宏伟走到老者跟前递上一支烟，两个人便攀谈起来。老者说，受害女子经常与一个穿旧警服的男子出入，两个人虽说年龄差距较大，但他们的亲密程度却不一般，晚上出来都是手挽手地走在一起。根据这一线索，专案组很快把犯罪嫌疑人锁定，就是因强奸罪被公安局开除的刑警王志锋。审讯时，王志锋不是不说话就是一口否认认识受害人，摆出一副死猪不怕开水烫的架势。最后局里决定让张宏伟上，以前张宏伟与王志锋都认识，曾经在一起破过案，也是老酒友。俩人一见面张宏伟递给了王志锋一根烟，然后又拿出一瓶酒，两个人边说边聊，酒喝得差不多了，没等张宏伟审讯，王志锋就说："我一看你来就知道我不承认也不中啦，今天你能这样对我，我如实交代。我被公安机关开除后，和妻子离了婚，与前女友生活在一起，女的见我没有钱了，就提出跟我分手，并不让我进她的卧室，更不让我上床。我恼恨之极，把她掐昏后最后一次与她发生关系，然后把她的头割掉装到塑料袋里，埋在了郊区的万堤河内，尸体用窗帘布裹住抛到郊野。"

此案侦破后，张宏伟被记了个人二等功，在庆功宴上老处长郭刚伸出大拇指说："张宏伟就是咱郭阳地区公安系统的'神探'。"从那以后，"神探"的绰号被大家叫开了。但春城一起特大杀人案二十多年没有被破获，这让他时常心神不定、寝食难安，极大的精神压力折磨着他。

春城县地处中原腹地、四省接合部，治安情况十分复杂，经常发生重、特大刑事案件和疑难案件。张宏伟任春城县刑警队队长期间，带领刑警们侦破了许多无头绪大案，在群众中他被传得神乎其神。有人说他能掐会算，有人说他精通阴阳八卦，跟当年包公一样能过阴间断案。在侦查一起重大杀人案时，他根据脚印推断作案人的年龄、体重等，最后确认作案人是个瘸子，把犯罪嫌疑人抓获后，果然与他推算的一模一样。所以，他被人们越传越神，成为当地百姓口中的"神探"和"名捕"。

一桩特大杀人案

随着一阵阵金鸡的啼鸣声，黎明的曙光驱散了笼罩在豫东大地上的茫茫夜幕，勤劳勇敢的人们迎来了岁月轮回中的又一个清晨，一轮金黄色的红日从东方冉冉升起，洒下一片金黄色的光芒。

一辆警车闪着警灯风驰电掣般穿行在乡间道路上，扬起一片尘土。警车内坐着一名警官，从他那紧锁的眉头里透露出沧桑岁月留下的痕迹，一双炯炯有神的目光里折射出他刚毅睿智的光芒。他随手打开车窗，让窗外的风吹拂着他花白的头发，他目视着窗外的远方，陷入了对往事的回忆和沉思之中。

二十三年了，整整二十三年了，一起惊动中央领导的“89·8·8”特大杀人案，已折磨了他二十三年了，他满打满算离退休还有七个月。如果在他退休前不能侦破此案，杀人凶犯不能被缉拿归案，对他这个春城县公安局主抓刑侦的副局长，“全国优秀人民警察”“破案能手”张宏伟来说，是一份遗憾和耻辱，更是一块驱之不走、挥之不去的心病。

“89·8·8”特大杀人案发生在张集镇陈楼寨村。这个古老而民风淳朴的村庄，是生他养他的家乡故土。随着分产到户集体所有制度为私有制，村民的人生观和价值观发生了微妙的变化，唯利是图、金钱至上成为部分人追求的最高目标。人性的泯灭，道德的沦丧，信仰的缺失，灵魂的扭曲，造成广大农村世风日下，民族精神和祖宗留下的优良传统遭到了前所未有的挑战，“举什么旗，走什么路”已成为人们思考的重大问题，一切正义与邪恶的较量在激烈地进行中。张宏伟作为公安局副局长和承包张集镇社会治安的责任人，他目睹了陈楼寨村的变化，在他带领民警侦破的刑事案件中，大量的犯罪事实折射出人们思想的蜕变，使他忧心忡忡，让他食不甘味、夜不成眠。

“丁零零、丁零零”一阵急促的电话铃声打断了张宏伟局长的深思，他拿起电话筒：“喂，你好，请问您是哪位?”话筒里传出局110指挥中心女警那清脆甜蜜的声音：“张局长您好，我是局110指挥中心值班民警小洪，请您上午九时到局大会议室参加公安部召开的电视电话会议。”“好的，我准时参加会议。”

张宏伟放下电话，心里像打碎了五味瓶般不是滋味。他从警多年，侦破了无数大、要案，但这起特大杀人案却久侦不破，局里对此案的投资和刑警们的付出最多，但犯罪嫌疑人却像人间蒸发了一样，一点儿行踪轨迹都找不到。为此案他没少费心思，但此案直到今天依然没有眉目，侦破案件中的一次次希望便成了一次次失望，甚至最终变成了绝望。

清网大追逃

2011年，公安部召开了关于清网追逃的电视电话会议。随后，春城县公安局党委立即召开刑侦、治安、派出所参加的紧急会议，主要是落实公安部、省公安厅、市公安局的会议精神。主抓刑侦的副局长张宏伟对全县二十七起上网案件在逃人员的情况作了具体分析，并根据辖区和警力对三十一名在逃人员进行了分工。张集镇陈楼寨村发生的“89·8·8”特大杀人案又一次被提上了议事日程，当分工由谁挂帅负责追逃时，十名党委委员你看看我，我看看你，没人吭声，各派出所所长都摇头不说话。会场上一片寂静，不言而喻，这块硬骨头谁也不想啃。案发二十三年了，这二十三年里春城县公安局先后换了八任公安局局长，每一位公安局局长上任后都夸下海口，说一定把公安部督办的“89·8·8”特大杀人案侦破，把杀人恶魔陈长海抓捕归案，给上级领导一个交代，给春城县九十万人民一个交代。尽管付出了艰辛的努力和极大的牺牲，案件侦破却没能找到任何线索，只好打铁的关门——收家伙，侦破工作无任何进展，成了全县民警茶余饭后谈论的笑柄。

时间在一分一秒地过去，会议室的空气像凝固了似的，所长们头勾得像豆芽一样一言不发，只有会议室后墙上的大挂钟在有气无力地喘着粗气，好像它在向人们昭示着它的存在价值。最后还是局长金光打破了短暂的寂静，这位高大挺拔、帅气英俊、白白净净的年轻局长习惯性地摘下近视镜，用手绢擦了擦镜片又重新戴上，文质彬彬地扫了一下台下坐的民警，谦和地说：“同志们，我知道这是一块硬骨头，也知道在侦破这起案件中的二十三年里，在座的每一位所付出的心血和努力，更知道我们全局民警对党和人民的忠诚是不可置疑的。我深信我们春城县公安局全体民警是一支能打善战的队伍，是一支能打恶仗、能打胜仗的队伍，是一支党和人民信赖的队伍。我知道这起案件确实棘手，没法子啊，我们可是没有半点儿退路，必须树立必胜的信心和不获全胜决不收兵的决心，发扬我们春城公安‘逢一必夺，逢冠必争，克难攻坚，忠诚为民’的警察精神，在这次全国性清网追逃行动中，争取把这块硬骨头啃下来，就是挖地三尺也要把杀人犯陈长海给我抓回来，以此为契机，打出春城公安的威风，打出春城公安的声望。同志们有没有信心？”

坐在台下的民警们和股、所长们听着金光局长带有煽情式的鼓动讲话，大家精神多啦，异口同声回答：“有！”

金光局长看看大家笑笑说：“大家回答得不响亮，这能是打胜仗的姿态？我看还差点儿火候，同志们有没有信心啊？”大家鼓足精神大声回答着局长的问话："有。"金光局长伸出大拇指说："这还差不多。但我丑话说到前头，平时你们所长、股长、刑侦大队的头头脑脑，都是吹牛逼说大话不带打草稿的，但在关键的时候谁掉链子我说谁的事，我可不听你说的那套，是骡子是马牵出来遛遛，是英雄是好汉侦破追逃比比看，我相信同志们是有决心、有信心的，我就等着与大家一起喝庆功酒啦，别让我失望啊！"

金光局长看看台上和台下，大家比刚才精神多啦，士气也都鼓舞起来了，他转过脸来看看旁边坐着的张宏伟局长，笑笑说："张局长啊，你是全省有名的侦破专家，由你挂帅侦破的重、特大案件数不胜数，你是腿上绑铜锣走到哪儿响到哪儿，看到你从警这么多年，马上要到站啦，身体又这个样，我真不忍心把这副重担交给你，但我和大家反复商量，还是交给你我放心，大家都说交给你最合适，你就站好最后一班岗吧。"

张宏伟副局长看着局长和台下的同事用无比信任的目光看着他，此时此刻他那蜡黄的脸上掠过一丝微笑，有力地点了点头，说："那中，这副重担我是当仁不让。我当着大家的面表个态，我要尽全力去工作，跟在座的战友摸爬滚打一辈子了，都知道我这个脾气，不好表白，更不好出风头，就是带着大伙儿干活，既然局党委和大家信任我，我没啥可说，咱局里股、所队长和刑侦大队的，都是我带出来的兵，我几斤几两大家心里清楚。首先有一条，大家必须无条件支持我的工作，在工作上谁给我掉链子，谁跟我光敲梆子不卖油，藏奸耍滑，我拽谁的耳朵、打谁的屁股。会后立即行动，分案卷整理组、线索排查组、外调追逃组、信息梳理组、警务保障组、调查访问组。哪个组工作不力出了问题，我说哪个组长的事，各尽所能，各尽其责，把陈长海给我抓回来，大家都有面子不是吗？说句心里话，杀人重犯抓不回来，我退休心里也不静啊！我决不能让自己从警这么多年落下这个遗憾，我也决不让我这个‘破案能手’的神圣称号留下半点儿瑕疵，最后我要带着警察的荣耀去见马克思。”

大家听了张局长语重心长的讲话，总觉得心里不是个滋味，都知道张局长就像一匹拉套不知道惜力的老马，在他从警的近三十年里他一直奋战在刑侦第一线，带着大家熬过多少夜、吃过多少苦，破了多少大案、要案，谁又能说得清？在大家心中他就是一位老大哥，他就是一头拉了一辈子套而不求啥的老黄牛。大家带着一种沉重的心情走出了会议室，各单位的头头脑脑开着警车走了。宽阔的会议室里只有张宏伟在那儿呆呆地坐着一动也不动，他在想什么呢？也许他感到这副担子给他的压力过大，也许他在心里谋划下一步的工作计划，也许他心里还有别的啥事情让他心神不宁，到底他心里在想啥谁也不知道。

刑警大队长贺凯在会议室外边等张局长出来要汇报一起案件，但等了好长时间不见他出来，就又回到会议室。他见张局一个人坐在那里发呆，便喊了一声：“张局，有个案件跟你汇报一下，去你办公室吧。”张宏伟这才醒过神来，站起来跟着贺凯走出会议室，两个人一前一后去办公室研究案件去了。

老人的羊被抢

金鸡的一声啼鸣打破了豫东平原的宁静，人们在睡梦中醒来，迎来了又一个新的早晨，一轮红日从东方慢腾腾地爬了出来，金灿灿的阳光洒满了春城县的各个角落。

张宏伟早早吃过早饭，走出自家的大门，习惯性地看了一下手腕上的表，差五分钟不到七点，他每天早上都是七点前走出家门去上班的，而且都是走路到局里，几十年了雷打不动，也许是在部队养成的习惯吧。他出了门踏着路旁梧桐树下那斑驳的阳光轻快地走着，近期的一起起案件像过电影一样在脑海里一遍一遍再现着，想静静地思考一些问题。但不行啊，他在这县城住了几十年了，认识他的人也多，不时有熟悉他的路人向他打招呼："张局长好！这么早就去上班啦？真是老公安，作风还是恁扎实。"张宏伟十分谦和地与人打招呼，嘴里说着，双脚不停地挪动着，七点半以前准时走到局里，利用半个小时的时间梳理昨天的工作，或补写昨天的日记，规划出当天的工作计划。他走进办公室，用毛巾擦了一把脸上的汗，又随手打开办公室的空调，从书柜里拿出平时工作时随身携带的笔记本，写好年月日后，在笔记本上公公正正地写道：

昨天，局党委把侦破“89·8·8”特大凶杀案的任务又一次交给了我，追捕杀人犯陈长海担子不轻啊！这起案件整整折磨了我二十多年了，每年“严打”和“追逃”行动，都把这起案件列入重中之重，省、市刑侦部门也多次派员组织专家在一线督导破案，但都是雷声大、雨点小，对案件分析得头头是道、滴水不漏，却每次都是纸上谈兵，追捕行动一次次扑空，最后弄得脸红脖子粗，拍拍屁股走人，丢下一句“这起公安部督办的案件你们局里想法侦破吧，我们就等着喝你们的庆功酒”。作为局里主抓刑侦的我是没地方推了，这就是我的任务，我有责任做到案破人获。案件一天不破，我心中悬着的石头就落不下来，总不能就这样让自己带着遗憾和绝望去见马克思吧，努力、再努力，我相信一定能成功……

张宏伟写着写着，一个熟悉的身影在他眼前一闪而过。他定了定神，仔细想了想，才意识到好像是陈楼寨的陈大龙，他有个绰号叫“陈别子”。陈大龙是他最尊敬的老前辈，也是他爸生死相随、荣辱与共的好战友、好兄弟。自从 1989 年陈楼寨发生村支书陈长贵一家八口被陈长海杀死七人的灭门案件，他就一直包片承包张集镇的社会治安和张集派出所。每次到张集镇，张宏伟工作再忙也得拐到陈楼寨去看看陈叔与他唠唠家常，说说掏心窝子的话。常言说，人到难处想亲人。这会儿，他便想起了别子叔，不知道他老人家生活得怎样了？他那脾气上来九头牛也拉不回来，村里人都说他是吃别的粮食长大的。想到这儿张宏伟不知不觉地笑出声来。正在这时，门外传出了几声“嘭嘭嘭”的敲门声：“张局长，张局长在吗？”

张宏伟站起身来把门打开，一看是陈楼寨村的村长陈志强，就热情地把他让进屋里，倒了一杯茶。两个人坐下后，张宏伟说：“志强，这么早进城有事？需要我帮忙的言一声，咱们都是自家人，别见外。”陈志强一听张局长问他，一拍大腿说：“这段时间俺村里光出事。前几天张庄两家因为地边子打得血头血脸，都受伤啦。派出所开了证明，两家去医院找医生鉴定，都是轻微伤。两家人都住院啦，都要求对方出钱，但谁也不出。他们都找派出所所长李志，李志说两家都有理，打架也都受了伤，要拘留双方都拘留，要罚款都罚款。最后派出所里往村里推，两家都坐俺家不走，让俺调解，说俺问不好就到法院去打官司。我一听火啦，把他们训了一顿，你们以为官司好打呀，有钱就送吧，常言说衙门朝南开，有理无钱难进来。我就拿去年马庄的两家因宅基地打架为例，双方都受伤住院，官司打了两年，都送了不少礼，还请法官到饭店大吃二喝，都说法官跟他说这官司他有理。最后法官收礼收够啦，两家也在饭馆里喝了不少场了。最后没法，法官来到村里，让村干部参与调解。法官在调解中说两家都有理，两家也都有错，各打五十大板，最后哈哈一笑算结案啦。两家人在外都说自己有理，这是法官说的，都说官司打赢了，其实两家都知道冤枉钱没少花，也没弄出个所以然，只能打掉牙往肚子里咽，最后都后悔。我这样跟他们一说，又列举了几起打官司的例子，两家都松劲啦。最后，我给两家按分地的老底丈量好，栽上地界子，这事就算万事大吉了。”说到这儿陈志强笑得前仰后合的，可张宏伟局长怎么也笑不出来。

陈志强端起桌子上的茶水一饮而尽，自己又接了一杯放到桌子上，然后抹了两下嘴角上的水接着说：“前几天宋楼宋大眼家里人生病住院，全家人在医院里照顾病人，夜里家里存的三千多斤小麦全被拉走了，全家人哭得死去活来，报案后派出所派人照了几下相就走了，再也没有下音啦。宋大眼几次到派出所探听消息，所长说这事向局领导汇报过了，正在抓紧排查破案，让在家等着消息，说只要案件有点儿眉目第一时间通知他。大伙儿都说这事有点儿悬。”

“这案件我咋不知道，报案报给谁啦？这事关系到人民群众的切身利益，也关系到社会的稳定，我们不是经常说群众利益高于一切、群众的事无小事嘛，你回去之后马上去张集派出所找所长李志反映这事儿，让他抓紧时间调查破案。如果警力不足，我抽刑侦大队和治安大队的人上，这么大的案子不能就这样过去啦。所长不上心你就说是我安排的，当官一任得对你辖区的百姓负责，为官一任不能保一方平安能心安吗？现在这年轻人不知道咋想的，一心想着升官发财，把百姓的事不放在心上，想想有些事真让人痛心啊!”

陈志强见张局长听得仔细问得也认真，又干咳了两声说：“张局长，你不知道，还有更玄乎的事呢，让人哭笑不得，咱那一片都当成笑话传啦。大前天下午快黑的时候，俺庄的陈大龙‘陈别子’在俺庄东地河沿边放羊，两个戴着眼镜的年轻人开一辆没有牌子的农用三轮车从那儿过，停到他的面前。他想肯定是问路的，也没在意。一个年轻人下了车问他，老先生高寿？陈大龙说，今年七十八岁啦，在家没事放放羊，能赶上这个好年代，能多活几年。年轻人说，现在政策好，上边不是说让一部分人先富起来嘛，俺兄弟们也没啥本事，更没啥学历，没法子只好开着三轮车出来转转，碰碰运气。你这么大年纪出来放羊不怕被人偷了？陈大龙说，拴羊的绳我在手里攥着，难不成他们从我手里抢，世上哪有这种事。年轻人说，老大爷，这事真有你信不信？陈大龙仰着头说，我才不信这个邪，大睁着两眼能把你手里羊偷走？年轻人说，老先生你还别不信，我给你现场表演了你不就信了。年轻人说着把羊缰绳从陈大龙手里拉走，两手抱着羊往车上一放，然后上了没熄火的三轮车。临走前还问一声，老先生看清楚了没有？没等陈大龙回答是否看清楚了，三轮车猛踩油门一溜烟跑了。陈大龙见羊被人抢走了，在后面边跑边骂，这时说啥都晚啦。陈大龙老人在废黄河边上蹲着到天黑才回家，回家后两天不吃不喝，大伙儿轮着劝他，谁也说不到他心里。陈大龙只一个劲地叹气，说自己老了没用啦，压根就不应该相信那俩年轻人，说罢放声大哭。这哭声把全村人的心都哭碎了。陈大龙在全寨人们心中是一等一的好人，三年自然灾害时他抗美援朝从部队回来，见村里人没啥吃的挨饿，他把从部队带回的一点儿退伍费拿出来买粮食分给村里人。他当大队书记时，饿得全身水肿了都不多吃一口，一心想的都是大伙。三年自然灾害期间，邻近的村里都饿死过人，可陈楼寨那么大的村子没饿死一个，寨子里的人都说遇到了一个好领头的。村里没有一家没沾过他的光的，大事小事、红白喜事没有他不到场的，大伙儿都说他是村里人的主心骨。一位比陈大龙小八岁的村民叫陈大坤，他说，陈大龙是他一生最敬重的人，陈大龙为人耿直，对谁都是一副菩萨心肠。这些年来，陈大龙年纪大了，身体也不如从前了，偏偏又遇到这闹心的事，他躺床上不吃不喝大伙儿怪心疼的。没法子俺把俺家的那只大母羊让媳妇牵着给大龙伯送去，可他说啥也不要。俺媳妇硬是把羊拴到他羊圈里，可有一顿饭工夫大龙伯又把羊给送回来了。”陈志强说到这儿喝了几口茶水，又看了看张宏伟说：“差点儿忘了，大龙伯让我给你捎句话，他说他很想你，想跟你说说话，让我来城里见见你，让你抽空去他家一趟。”

张宏伟局长听到这儿“哇”的一声哭了，说：“陈叔是我父亲的战友，也是我的救命恩人，没想到我才住了几个月的院，他身上就发生这种事。”说着，两人都哭了。

也许是陈大龙的人格魅力和他不幸的遭遇牵动着他们那根悲痛的神经，他们沉默了。过了一会儿，陈志强走了。又过了一会儿，张宏伟从痛苦中回过神来，他抽出一张纸巾擦擦眼中的泪，又打开笔记本继续写道：

改革开放三十年来，经济得到了空前地发展，社会也有了很大的进步，但随之而来的社会问题也越来越突出，金钱的铜臭味熏得一部分人醉生梦死，金浪的拍击大大地扭曲了人们的灵魂，道德和良知的沦丧，人性和善良的泯灭，信仰和诚信的危机，这一切的一切不得不让人们痛心疾首，在绝望中呐喊，正义得不到保护，善良得不到拥戴。共产党领导人民闹革命打江山的光荣传统被人们无情抛弃，被视为分文不值，被称为“人类灵魂工程师”的教师们不再是时代精神的代表，白衣天使身上的白大褂不再洁净如玉了，人与人之间的亲情、友情、爱情、人情都被贴上价格的标签。更使人难以忍受的是，黄、赌、毒泛滥成灾，假货、有毒有害食品充斥着市场。这个社会到底是怎么了？陈大龙为国家奉献了一辈子，为抗美援朝保家卫国他身上仍留着十几处伤疤，他的遭遇实在让人痛心。我作为一名老公安有责任啊！有时我也扪心自问，你对得起你的良心吗？你对得起你头上的警徽、背上的盾牌吗？自己所做的一切离人民群众的要求还差多远？也许我的看法有点儿片面，我的观点有点儿过激，我对事物的认识有些肤浅，但我相信全国人民在党中央的领导下，一些社会问题一定能得到有效的治理，人民群众的明天会更好。

张宏伟写完日记，把本子合上，坐在办公桌前沉思了很久很久……

陈楼寨的凶杀案

陈楼寨在春城县的西北部，地处四县交界，是远近闻名的古老村寨。村寨周围修筑了很高的围墙，四面都有高大的城门，城门外是两丈多宽的护城河，通往县城的南门设有吊桥，据说是老辈的陈楼寨人为了抵御外人侵略才修建的。每年正月初一到二月二，这里逢一个月的大会，各地商家都云集在这里。外地的商人要进寨做买卖，必须交一定的钱才有资格通过，这也是寨子的一份收入，每年寨里请大戏班子唱戏就不收本村的钱了，周围几十里的人都羡慕陈楼寨里的人住在一块宝地里。传说在明朝和清朝陈楼寨曾出过两个大官，一个是明朝的翰林，一个是清朝的府尹。清朝时称陈楼寨为府第。陈楼寨的人只要一提起陈家的历史，首先把陈家出的两个大官摆出来，人人脸上都洋溢着骄傲的神色，那是他们陈家的光辉历史，因此这也成了陈家一代又一代人骄傲的本钱。

在日本侵略中国的时候，日本人看中了陈楼寨，就派出一个中队的兵力骑着高头大马，拉着大炮浩浩荡荡地闯进陈楼寨。村里有个叫陈铁锤的人不甘忍受小日本的欺辱，带头拉起了抗日的大旗，暗地里组织村寨里的人与日本兵抗争。在一天深夜，陈铁锤组织村里十几个壮劳力，在日本兵夜间巡逻放哨时，用绳子将一个日本兵拉倒，十几个人一拥而上，将日本兵的尸体抛进护城河中。这一下惹恼了日本兵，他们一个中队的兵全部出动，把年轻人集中到大街上。日本中队长对着人哇啦哇啦地喊了一通，但没人能听得懂。一个日本翻译官站出来说，太君说，谁杀害了他们的兵自己站出来，可以放了无关人员，要找不出行凶者，统统用机枪扫射完。他们架起了九支机枪，村里妇女、小孩儿都吓得鬼哭狼嚎，眼看一起惨案就要发生。在这千钧一发的时刻，陈铁锤主动站了出来，承认那个日本兵是他杀的，跟任何人都没关系。日本人气急败坏，立即把陈铁锤绑了起来。临死前陈铁锤高喊："中国人不当亡国奴，把小日本赶出中国去，陈楼寨人是不怕死的。"陈铁锤被日本人枪杀了，全村人得救了。中华人民共和国成立后，陈铁锤被授予"抗日英雄"称号。当时，寨子里还给陈铁锤塑了一尊像。抗日英雄陈铁锤成了陈楼寨村人的骄傲，也成了陈楼寨一张对外宣传的名片。

陈楼寨在中国的版图上是一个再普通不过的村庄，一代又一代人先后经历了一系列战乱和运动，从食不果腹到家家户户粮食满仓，人们的出行由徒步推独轮车到拉架子车、骑自行车、开三轮四轮农用车，又到小轿车开到农民家，广大农民的生活是芝麻开花节节高，吃着甘蔗上楼——步步高、节节甜。陈楼寨人所追求的不再是一日三餐、吃喝穿戴、日出而作日落而息的生活了，而是朝着都市生活的节奏迈进。

陈楼寨大部分人家都姓陈，只有寨里的东门里住着一户张姓人家。这家的男主人叫张登科，由于他三十多岁就秃顶，是那种很典型的罗圈秃，人送外号“张秃子”，最后有人给演变成“张明亮”“张光明”之类的，不管人们喊他啥他都爽快地答应。此人性情温和，善解人意，乐善好施，见了谁总是笑嘻嘻的。在村里几十年没有跟谁红过脸，天大的事在他身上就不算事，遇到有人欺负他，故意找他的错，他总是一笑了之。他常挂在嘴边上的话是，“一笑泯怨仇”“伸手不打笑脸人”。因为他小时候上过多年私塾，他对三皇五帝、哪朝哪代讲得头头是道。他看过很多书，对《杨家将》《大红袍》《薛仁贵征西》《张文秀私访》《包拯小出身》等书他都能从头讲到尾。村寨里发生的任何事他都最先知道，经他一加工便能说得神乎其神，所以人们给他起个绰号叫“新闻部长”。寨子老寨墙的岗子上长了一棵据说有两百多年的老槐树，老槐树底下就是他主要活动的地方。不管春夏秋冬，只要他往那一坐，一会儿就会围上很多人全神贯注地听他讲故事。有时候人们也拿他开心。遇到一目了然的事，就来一句“秃子头上趴虱子——明摆着的”，遇到啥需要借走的事就说“小秃子跟着月亮走——谁都不借谁的光”“秃子打伞——无法无天”“两秃子打架——血顶”等。他听了只是张开大嘴大笑一阵子，就图个大伙儿都开心。

张登科还爱唱戏，《包公辞朝》《刘庸下南京》是他拿手的好戏，每到逢年过节大家聚在一起都要听他唱上几段。大家伙爱听，张登科爱唱，只要是有人求他唱戏，他都来者不拒，想听啥唱啥。三年自然灾害时期，他家也是三天两头冷锅断顿，要是饿急了，他就骑在他家的墙头上唱些苦戏，比如《卖苗郎》《秦雪梅吊孝》《寇准背鞋》，每次都唱得泪流满面。村里爱听戏的人都知道他有这个毛病，只要见他骑在墙头上唱戏，就知道他家没啥吃的了，有的端汤，有的送馍，大伙儿都不忍心看着他挨饿。在村里他有个最好的朋友，那就是陈大龙。陈大龙比张登科大一岁，两个人从小玩到大，陈大龙里里外外没少帮他。两个人一天不见都过不去，不是他跑到他家胡喷几句，就是他到他家神聊一通，哪怕见了面相互打个招呼也是好的。所以村里人都说“陈别子挤挤眼，张秃子离不远”，人们用这句顺口溜来形容他俩的关系。

据老人讲，张登科的父亲是远近闻名的有大学问的人。那时寨子里几个有头有脸的人商议为了村里的后生有文化，走出去求个一官半职的给寨子里撑个门面，就托人从开封府请位教书先生，请过来的就是张登科的父亲张文奇。他穿着长袍大衫很有气度，大伙儿都称他张先生。张先生办的学堂很有名，方圆十里八村的头头脑脑们都把自己的孩子送到张先生的学堂，让张先生培养孩子读书识字。

张先生在陈楼寨时间久了，与寨里人有了感情就不想走了，寨子里的保长就张罗着给张先生找了一位容貌俊秀、出水芙蓉般的姑娘。张先生与这位名叫黄春秀的姑娘成亲后，他们共生养了三个儿子，大儿子叫张登朝、二儿子叫张登科、三儿子叫张登府。张先生的大儿子和小儿子最后走出去当兵去了，二儿子张登科就留在了父母身边尽孝。有的说张先生的两个儿子在国民党军队里当了大官，估计是旅、团长一级的军官；也有人说张先生的两个儿子死在了战场上；还有人说张登朝、张登府随蒋介石的军队去了台湾。直到张文奇和夫人黄春秀去世两个儿子都杳无音讯，只有二儿子张登科为二老养老送终打幡子。张登科一肚子学问就是跟他爹张文奇学的。张登科虽说是外乡人来陈楼寨落户的，但人们都没把他当外人看待。由于他满腹学识，才高八斗，在外头又经过风雨见过世面，平时待人又和善，从不与人结怨记仇，所以村里人也很敬重他，也有人叫他“张善人”“小诸葛”等绰号。

又是一个炎热的下午，太阳像一个大火球悬在空中，整个寨子像一个大蒸笼一样蒸得人喘不过气来，树上的知了像发疯一样叫个不停。“张秃子”家喂的那头老母猪趴在水里不出来，还不住地发出“哼哼哼”的声音，它在向人展示泥水给它带来的清凉和舒适。“张秃子”吃过午饭把碗一推，看了一眼水压井旁在泥水里卧着的老母猪，自言自语地骂了声：“你怪知道享受，这天把老子热得无地方钻，走，上槐树底下乘凉去。”“张秃子”上身光着背，下身穿了个大裤头，脚上穿一双拖鞋，走起路来“吧嗒、吧嗒”直响，手里提个已断了两根绳索的马扎，嘴里哼着小曲来到了大槐树下找个地方坐下。他左右看看还没人过来，就大声咳嗽了几声，以证明此时此刻他的存在。一顿饭工夫，大槐树下“张秃子”周围就坐了很多人。有人提出让“张秃子”给大家讲一段，张登科用眼扫了一下众人，见都瞪着眼竖起耳朵等着，他故意卖关子说：“这么热的天咋讲啊，不讲不讲。”

一位五十岁上下，长得白白胖胖、面容俊俏的老美女，被人们称为“万里香”的李秀芬，是“张秃子”的铁杆粉丝。她站起来说：“我说‘张秃子’，我看你就是那赶着不走，打着倒退的主，越架越往下打退堂鼓的货，用手打着你那秃葫芦你也得讲，人情不如早做。”

“万里香”这么几句一说，倒把张登科逗乐了，连声说：“我讲，我讲。”张登科咳嗽两声清清嗓子说道：“列位看客，各位书友，鸡也不叫啦，狗也不咬啦，天也不早啦，人也不少啦，你落座两旁，听我著名民间艺术家张登科给各位说段评书。说书不说书先作四句诗，那就是天上下雨地上流，小两口生气不记仇，白天吃的是一锅饭，夜里睡的是一个枕头。孬好也是四句为诗，八句尊纲，二八一十六句为美，四八三十二句沟开，听我哑喉咙破嗓慢转诗曰一回。”

话说1989年8月8日这天，天高气爽，万里无云，在辽阔的大平原上有一个村子叫陈楼寨。这里历史悠久，人杰地灵，民风淳朴，是历史上兵家必争之地，也是各路商家云集的地方。这一天的下午，陈楼寨村村支书陈长贵七岁的小女儿小花浑身是血地站在大街上哭着喊着：“杀人啦，有人杀人啦。”这小女孩儿的喊声是那样刺耳、那样绝望。人们跑到陈长贵家一看，陈长贵被杀死在大门口里边的左侧，他的妻子李金英死在右侧，大儿子陈兵、二子儿陈军被杀死在院子里，堂屋里他的大儿媳李瑞芳、二儿媳黄燕英也躺在血泊中。全家七具尸体横卧在院子里，只有小儿子陈刚躺在地上张着嘴，好像在喊救命，但一顿饭工夫，他的嘴也闭上了。

“这是哪个伤天害理的畜生干的，啥仇也不能下这样的狠手啊！”

“这个天打雷劈的杀人恶魔，咱要逮住他非扒他的皮、抽他的筋不可。”

“你看看真可怜人，好好的一家就这样被杀啦，你说小花今后咋活啊。”人群中有许多妇女发出了微弱的哭声。

“我看到了参军，也就是陈长海，他手里拿着一把一尺多长的杀猪刀，浑身是血地从大街上回家，最后在家里换了衣裳，又到河边洗洗脚就走啦，也不知道往哪里走了。”一位中年男子绘声绘色地向人们描述着。

面对血腥残暴的杀人场面，人们伤心欲绝，放声痛哭。凶手啊凶手，你是怀着怎样的一种心态手持长刀连杀七人的？仇恨的种子在你的心灵深处埋了多久，才使你丧失了理智、泯灭了人性、扭曲了灵魂、冲破了做人的底线，酿成了这场骇人听闻的人间悲剧，给陈楼寨人蒙下了挥之不去的心理阴影。

一个多小时以后，两辆警车闪着警灯、鸣着警笛，带着救护车一路狂奔赶到陈楼寨，几十名荷枪实弹的武警到达案发现场，把陈楼寨团团包围，封锁了出入陈楼寨的所有路口。医生对七名伤者反复检查，宣布七名伤者已没有生命迹象，在现场勘查单上填写了“死亡”二字。

陈楼寨特大杀人案非同小可，惊动了省公安厅厅长、公安部部长、省委书记、中央首长。春城县公安局抽调所有警力在陈楼寨住着，追捕犯罪嫌疑人陈长海。

二十多年了，春城县公安局民警们为侦破此案付出了极大的努力，他们跑遍了全国各地，倾尽了心血和汗水，但狡猾的杀人嫌犯陈长海像人间蒸发了一样，找不到任何行踪线索。

多才多艺的张登科把陈楼寨村的特大杀人案编成了故事向人们讲述，方圆十几里的人对此案也高度关注，陈长海到底潜逃到何处在村民中间流传着多个版本，案发那几年此案成了人们村头巷尾谈论的热门话题。

“陈别子”逸事

张宏伟自从接手陈楼寨久侦未破的特大杀人案后压力很大，又听说大龙叔遭遇抢劫后卧床不起，他想今天不管多忙也要抽时间去一趟张集镇派出所。他要听一听所长对辖区这几起案件的侦破情况，安排一下近段时间的中心工作，再去一趟陈楼寨去探望一下大龙叔，给他带一千块钱，以弥补丢羊给他带来的损失，再从精神上给他点儿安慰，也算对他尽一点儿孝心。

张宏伟在张集派出所安排完工作已经将近中午十二点了，所长李志在派出所安排的午饭他没能顾上吃，就让司机开着车往陈楼寨赶。

张宏伟坐在警车里，用他那瘦得露青筋的手理了理花白的头发。沟壑纵横的皱纹布满了他蜡黄色的脸，可以看出他经历的岁月沧桑。他透过车窗看到绿油油的庄稼，看到影影绰绰升腾着炊烟的村庄，他在想这片肥沃的土地是生他养他的地方，这里的农民是多么纯朴善良。

陈大龙躺在床上，两眼望着房子的芦苇顶棚在想，我让村长给宏伟捎信都两天了，为啥他还没来，莫非他外出开会去了，或者在侦破案件走不开，再不然他家里有事脱不了身，再不然……

警车在陈大龙家大门口停了下来，张宏伟从车上下来提着东西径直朝屋里走去。陈大龙听到有汽车停在门口，又听到有开车门子的声音，他立即翻身下床，快步走到门口，紧紧拉住宏伟的手说："孩子咋恁长时间没来，叔想你啊！""前段时间身体不太好，住了几个月的院，也没敢跟您老说，怕您老担心。"张宏伟说。"孩子，咋啦？现在咋样？知道你住院叔早去看你了，你也不是小孩了，身体要紧，干你们这一行有干不完的工作，尽力就中啦，别整天不要命地干，该惜力啦！"陈大龙关切地说。

两个人一前一后说着话走进屋里，刚坐下陈大龙就说："前几天我在河边放羊，两个年轻人开着无牌三轮车停在我面前，我觉着八成是问路的。他一边说现在有偷羊的一边示范给我看，谁知道他把羊装在车上就开走了。这不是明抢又是啥？羊抢走也穷不了我，这事我越想越气。他们说中央有政策让一部分人先富起来，他们就是这样先富起来的呀？荒唐至极，真不要脸，明明抢你的东西还找个合理的理由，你说这事还有天理没有，这样咱农民还有好日子过吗？"

"叔，您老消消气，这事和几起盗窃案我已安排过派出所所长李志了，过两天再从局里抽几个人下来，决不能让好人受气、让坏人当道，毕竟这还是共产党的天下。"

"孩子，这两天我躺在床上想，现在这些年轻人是咋啦，一心钻到钱眼儿里，满脑子想的都是钱，为了钱坑蒙拐骗、敲诈勒索、光天化日抢劫，这样下去我们打的天下要被断送啊！”

“叔，您老别想这么多，把您老的身体照顾好，安享晚年，如果您老有个三长两短我咋跟我死去的爹交代。”张宏伟动情地说。

“孩子，我是个老党员，十几岁就参加革命，我知道共产党领导人民打江山不容易啊。在我十一岁那年冬天夜里，陈毅领导的部队路过咱陈楼寨，由于急行军战士的棉袄都被汗水浸湿了，战士们渴得不行，夜里为了不打扰老百姓，临大街一粪坑里边的水都被战士们喝光了。天亮后咱寨里人起来看到这种情况都哭了，这就是人民的军队。一九五八年合大食堂，那时我刚从部队回来当村支书，一个人一顿饭一个馍，我饿得全身水肿都不多吃一口，有时还把一个馍掰给最困难的群众一块，自己在地里拣萝卜头吃。那时的干部谁想过自己，都是一心为国家，一心为群众。可现在……”陈大龙说到动情时，两行混浊的泪珠滚落下来。陈大龙的一席话说得张宏伟也直抹眼泪。

张宏伟知道陈大龙一生性格刚强，为人诚实厚道，心地善良，做事义气，敢于碰硬，见不合理的事他敢说。村里人都知道，陈大龙的大女儿叫陈巧玲特别聪明，从上小学到中学都是班里的尖子生，初中毕业时以全县第三名的成绩考取了县里的一所重点高中，当时能考取这所重点高中的只有七名女生。因陈大龙家中经济比较困难，陈大龙的老婆不同意女儿继续读书，说女儿家能识几个字就算啦，在农村干活时间长了在学校学的知识也就当馍吃了，当农民识字不识字都一样。在外见过世面的陈大龙知道学问的重要性，坚持让女儿读高中，他说知识能改变命运。巧玲也很争气，高中毕业参加高考时，以高分考上了武汉市的一所重点高校。巧玲上大学一年多的时间，全国轰轰烈烈的“文化大革命”开始了，她所在的大学停课闹革命，大学生开始红卫兵大串联，大学的红卫兵分成两派，陈巧玲被同学选为红卫兵革命委员会的领导。两派在开展大鸣大放大字报大辩论的武斗中，另一派红卫兵动用了枪支，想吓唬一下对方，不想手枪走火了，陈巧玲为了掩护自己红卫兵组织参加辩论的男生不幸中弹身亡。陈大龙听到这个噩耗心如刀扎，他前往女儿所在的大学处理后事。当时学校在征求陈大龙的意见时说，只要陈大龙要求严惩持枪杀人者，另一派的红卫兵头头就要被判死刑，如若陈大龙可以谅解这名大学生，学校可以从轻处理，给他一条继续读书的出路。陈大龙的决定让所有人感动，他说女儿不幸遇害，对自己的打击是致命的，但考虑到国家培养个大学生不容易，女儿是被误伤的，也不是主观想置女儿于死地，我完全原谅他的过错，他还年轻，为党工作的时间还长，给他留条人生的出路吧。最后，那位学生给陈大龙跪下连喊三声“爸”。从此，这位被陈大龙谅解的学生把陈大龙当作父亲对待，每到过年过节都千里迢迢来看望陈大龙夫妇。陈大龙以大义和善良在女儿所在的大学里和社会上被传为佳话，他优良的品质受到了人们的赞扬。前些年村里乱收公粮、计划生育罚款扒房牵羊、土葬收钱等他看不惯的事，他没少跟乡干部吵。一次一名乡干部因收公粮打了一村民一个耳光，他上衣一脱要跟那名干部玩命。那名干部一看陈大龙立即跑回乡里，他光着膀子跑到乡政府骂了几圈也没人敢拦。因此，乡干部们给他起个外号叫“活阎王”“愣头青”。虽说他脾气暴躁，说话难听，但他从不干输理的事，办事公道，村里邻里之间发生什么矛盾都找他解决。不管穷富，不论官还是民，他都一视同仁，一碗水端平，村里人也都叫他"黑脸包公"。随着年纪的增长，这几年他精神头大不如以前了。他常说："我不知能活三天两后晌的，晚上脱鞋不知天明能穿不能，我只要活一天见不平的事就得问，见欺压人的事就得管。"可万万没有想到，那俩年轻人在青天白日从他手里抢走了他的羊，你说他能不气吗？他心里咋能转过来这个弯？

陈大龙与张宏伟闲聊着，他们从家务事说到寨子里近年发生的事，又从当前社会风气说到大家所关心的热点问题，再从人与人之间的亲情、友情、爱情、感情，说到人生的世界观、价值观，以及人们对精神、物质追求的价值走向。他们这是心与心的碰撞、情与情的融合。

这时，陈婶已经把饭菜端到桌上，看看陈大龙一眼说："他大，吃饭吧，反正宏伟也不是外人，家常饭，凑合着吃吧。这瓶张弓特曲是十多年前你送给你陈叔的，他一直没舍得喝，今天你爷儿俩喝两盅吧。""谢谢叔婶，俺单位上有规定，工作时间不能饮酒，中午喝酒是犯纪律的。"张宏伟推辞说。"嘿，你快到站该退休了，又害了一场大病，也是跟阎王爷打过架的人了，你看我快八十的人啦，今天脱鞋明天穿不穿还是两说，喝了这场酒不知道下场在猴年马月的，今天说啥咱爷儿俩也得喝几盅，好好说说话。"陈大龙说到这儿两眼涌满了泪花。

"叔，你别想那么多，只要你把身体照顾好也是俺做小孩子的福，你知道俺爹娘死得早，养父母也不在了，你们三个战友就剩您一个了，我想等我退休后好好孝敬您跟婶子。我小时候要不是您和婶子，我养父母，也许我早不在人世啦。做人哪，忘本还是人吗？那时候您和婶子把我当亲生儿子，现在你们就是我的亲生父母，等你们百年后我照样披麻戴孝、养老送终。”张宏伟说完已是泪流满面，“好，今天破例陪您二老喝两盅，也算给二老敬两杯尽尽孝吧！”张宏伟说着给陈叔和陈婶倒上酒。他们推杯换盏，畅饮起来。

陈大龙生性豪爽，是位宁伤身体不伤感情的主，在酒桌上他常说：“感情浅舔一舔，感情深一口闷。”“酒逢知己千杯少，话不投机半句多。”“喝酒不喝晕，喝它弄龟孙。”“你不喝我不喝，出的酒朝哪搁？”“能喝二两喝八两这样的人才能培养，能喝半斤喝一斤，这样的朋友管交心。宁把酒喝高，不说一个孬。”他一生好划拳，自称盖春城，划拳划个差不多，别人能连赢他几个，有时划拳输了，总是那句话：“棋逢对手，将遇良才。上山虎碰到下山虎，强手遇上强中手。”爷儿俩喝了不大会儿，陈大龙就喝多了，可他自己硬说再喝几杯也没事。陈大龙的妻子说：“就你爱逞能，你是老母鸡掉到河里，毛都湿了嘴还硬着呢。”陈大龙的妻子与陈大龙结婚一辈子，不管在家还是在外边都是陈大龙说一不二。她知道他是麦秸火性子，过了那一会儿就好了，在外边都知道她怕他，可事过去了没人的地方，她总是指着陈大龙的鼻子骂他，他只是嘿嘿地笑。没事时两口子逗乐，经常打情骂俏，相互对彩话，寨子里的人都知陈大龙两口子是对活宝，为人处世那可都是一流的。有时陈大龙别劲上来了要发火的时候，他妻子来上几句：“你是生孩子不叫生孩子，叫下（吓）人的，你是黄鼠狼龇牙——吓人的。”这么几句一逗他，他马上哈哈大笑，啥事没有了。村里人都说，“陈别子”只有他媳妇能治他的别脾气，一般的人不中。

“宏伟你也不是外人，说起你别子叔那是一百成的好人。我跟他一辈子了再没有我对他了解啦，跟人家打交道都是掏心掏肺，只要谁给他有一丁点儿的好，他都舍得割给人家肉吃不说疼。谁家遇到难事只要是找着他，他都是拼上命地帮人家。村里的大事小事啥时候没离过他，他别劲上来了，就是阎王爷他都不怕，刀架在脖子上不说一个‘孬’字。他在部队当兵时，是死里逃生啊，全身十几处伤疤，现在身上还有三片弹片没取出来。退伍时上级给他安排到工厂当工人，他说爹娘还在家挨饿，老婆孩子没有人照顾，听毛主席的话回家跟乡亲们一块儿改变农村的落后面貌。回家后他工作积极，勤劳能干，大公无私，大伙儿就选他当了村支书，一干就是几十年。刚分田到户那几年，乡里分配的公粮多，给农民加这钱加那款的，人家村里人都不说，可他给乡干部提意见，找书记、乡长说这不合理那不符合上级政策，不该交的乱七八糟的费他顶着不收。农村殡葬改革，谁家死人了，只要交五千块钱到乡民政所就能土葬，而不交钱的则被逼着去县火葬场火化，他看不惯就带头告到县里。后来乡里书记、乡长到村里开村民大会，说老头子工作干得不错，不过年纪大了，思想僵化、工作吃力，跟不上当前的形势，就把他的村支书职务给免了，让跟马乡长有亲戚关系、户大人多、拳头硬的陈长贵当村支书。当时陈长贵不是党员，又让他突击入了党。老头子想得通，不干也好，免得生闲气。不是有个说法吗，说你行你就行，不行也行，说你不行就不行，行也不行。陈长贵就仗着他有仨儿拳头硬，当村支书以后横行霸道、欺压良善。他说：‘在陈楼寨我就是党，我说的话就是法律和政策，谁敢跟我对着干我说抟他个圆的就是个圆的，说弄他个扁的就是个扁的，在村里除了‘陈别子’外我平蹚。现在村里就‘陈别子’是个刺头，他就仗着公安局张宏伟的势力，不然我早收拾他啦。总有一天我把他收拾得非向我求饶不中，骑驴看唱本走着瞧。’这话让老头子听说了，非上他家找他去，谁都拦不住。最后我说：‘他不承认咋弄，让你找证人，你能把给你说知心话的人抖搂出来？人家咋摆弄？他听我这么一说才没去。’”

“那一年村里收公粮，寨子外边的黄才礼一家跟陈长贵发生点儿矛盾。黄才礼是个老实人，有名的黄善人，人家孤门独户住老娘家。陈长贵骂人家黄才礼，人家还了几句，陈长贵不依了，带着仨儿子拿着棍子冲进黄家几次，说要看黄才礼的头有多难剃。人家黄才礼关住大门，他爷四个怎么骂人家不敢开门，他几个儿子就去砸门，非把黄才礼打老实不中。你叔这个老东西看不下去了，一脱衣服赤背上去了，骂陈长贵说光棍能打九九不能打加一，人家关住大门都孬给你啦，你们还不依不饶的，这不明明往人家眼里推石磙吗？我今天跟你们爷四个破上了，当年美国鬼子我都不怕，我能怕你们这些地痞流氓不成？他几个儿子要打老头子，可陈长贵精明不让打，把他仨儿子拉走这才算结束。晚上黄才礼家两口子拿着礼到俺家给老头子跪下，说老头子是他黄家的救命恩人，要不然非让他们打个半死，打官司咱无人无钱，打死你谁给说句公道话，像老支书这样又论理又仗义的人十个八个庄子都找不出一个。老头子说，别说他欺负你黄家，在咱寨子里他欺负任何人只要让我碰到了我都不依，因为陈楼寨的父老曾跟我同甘共苦干过，那时候只要我陈大龙一句话，全村人一呼百应。大集体时咱陈楼寨是农业学大寨，在全省得过锦旗，是春城县的一面旗帜，每年交公粮在全县都是超额完成任务，县里没少在咱村开现场会。要不是陈楼寨的父老我陈大龙算啥，是铁能打几颗钉？所以，村里人有啥事我都得问，决不能让好人受气，大不了我就拼这条老命。”

有一年春天，陈长贵领着乡干部把麦田犁了栽烟叶。农民想不通，敢怒不敢吭声，拖拉机开到地里要把一百五十亩麦子犁了栽烟叶，那时是一刀切强迫种植，全体乡干部、大队干部、各村民组长和派出所全体民警开着警车监督，谁敢阻挠烟叶种植就是破坏农业生产，就是跟党和政府唱反调。当拖拉机开到地头开始犁时，陈大龙一下跑到拖拉机前头躺在那里，谁劝都劝不走。他说，陈楼寨不适合种烟叶，去年种了二百亩，村里人要经验没有经验，要技术没有技术，二百亩烟叶几乎绝收，村干部、乡干部连个屁都不敢放一下，村里人欲哭无泪、上诉无门，这些人把老百姓的利益当儿戏，把群众的心伤透了。所以，今年再把好好的一百五十亩麦田犁了，你们这些当干部的去别村里问问，只要有一个人同意把麦田犁了栽烟叶，算我破坏生产，算我无理取闹，去问问有没有认同你们这种做法的，我敢打保票没有一个人认同你们是对的。我不是代表我自己的利益，我是代表全村人的利益才这样做的。

最后，乡干部轮流劝说，陈大龙软硬不吃，说就是拼上老命也不让乡里胡来，后来没办法了让派出所组织的巡逻队员把他抬上警车。陈大龙在警车上碰头，派出所所长怕出了人命自己惹上麻烦，以不能从事非警务活动为由，把陈大龙放了。陈大龙又回到拖拉机前头躺在那里不起来，乡干部在陈楼寨蹲了三天硬是没犁成一块地。最后乡里的主要领导恼了，就让派出所所长以陈大龙破坏农业生产、煽动群众闹事为由给陈大龙办了拘留十五天，罚款一千元的裁决。派出所所长李志知道陈大龙跟公安局副局长张宏伟有特殊关系，派出所所长和局法制室主任一起找到张宏伟汇报。张宏伟认真看了派出所的材料，认为陈大龙构不成组织群众闹事，更构不成破坏农业生产。张宏伟说，你们非让他蹲拘留，那我替他蹲，你回乡里跟领导汇报，就说局里张宏伟说的，从现在的书面材料看，陈大龙构不成行政拘留，更不能罚款。县委政法委、县公安局局长那里由他负责汇报，在这件事上出任何问题他担责任。张集派出所所长和法制室主任一听张宏伟局长这样说，两个人相视一笑，伸伸舌头、挤挤眼走了。这事最后不了了之，陈大龙落了个“鬼难缠”的名号。

陈大龙想到了自己坎坷的一生，想到了他站在党旗下的庄严宣誓，想到了在朝鲜战场死去的战友，想到了他们这一代人对毛泽东思想的无限信仰，想到了他带领全村人农业学大寨那火红的年代。又想想当下在农村世风日下，金钱成了人们追求的最高境界。有的人为了金钱不择手段，缺失信仰，泯灭人性。陈大龙越想越气，一拍桌子站了起来，大声说：“自从富起来，我作为一名老党员，能不痛心吗?”

陈大龙说到这儿哭啦，他的哭声是那样悲伤、那样凄凉，他的哭声在这个古老的村寨上空回荡，又好像在每一位有良知的中国人心灵深处回荡……

难忘的战争岁月

酒喝得晕晕乎乎的陈大龙，望着坐在面前的张宏伟，不由得想起那个战火纷飞的年代，想起在战场上牺牲的战友，想起在战场上他和郭建礼、张坤三个人面朝家乡的方向跪在地上向天发誓的场面，他百感交集，思绪万千。那久违的存留在心灵深处的记忆，穿过时光那漫长而沧桑的隧道，去寻找让中国人刻骨铭心的伟大时代，去回忆人与人之间令人尊崇的那种纯洁、质朴和诚信的情感。

张宏伟其实并不姓张，原先家住离陈楼寨八里地西南角的郭堂，他爷爷叫郭保国，奶奶叫贺金花。在淮海战役刚刚打响时，作为淮海战役大后方的春城县的百姓们，有着繁重的支前任务。有正义感又有爱国心的贺金花，曾连天加夜地给解放军做了两百多双布鞋，自家吃糠咽菜把省下的八十七斤粮食捐出来送给部队。她把地里活、家里活都揽下来，支持丈夫郭保国参加支前大队。村里许多女人都跑到支前大队把自己的丈夫拉回家，可她连夜给丈夫做了鞋子和衣服送去，并鼓励丈夫等淮海战役胜利了再回家。她说，解放军哪个都有家，哪个都有父母妻儿，他们为了解放全中国，解救劳苦大众，不怕牺牲，浴血奋战，有的人没有成亲就战死在战场。咱们作为大后方的支前人员，要帮助解放军抬担架，要推着独轮小木车送军粮，咱们要听共产党的话，打过长江去，解放全中国。当时郭保国一家被评为“支前模范”。不幸的是，郭保国在战场上抬担架抢救伤员时，被国民党飞机投下的炸弹炸死在支前一线，后来被追认为“革命烈士”，成为当时解放区广大人民学习的榜样。

十里八村的人都知道郭堂村有个支前模范叫贺金花，都知道她是位刚强烈性、有正义感和爱国心的女人。在丈夫支前牺牲后，她又把刚结婚一年多，才有一个小男孩的儿子郭建礼送到部队。当时村里人劝她，丈夫已经不在了，不能再把儿子送到部队了。当地村干部也好言相劝，说万一儿子在战场上有个好歹，她家的日子可怎么过啊！她坚定地说，没有国哪有家，有责任为国家分担忧愁，要是都怕死不当兵，敌人咋被赶跑，全国咋解放，所以我要送建礼去当兵。

朝鲜战争爆发后，中国准备出兵援助。郭建礼的部队首长知道他家的情况后，特批准他三天假回家探望一下老母亲及妻儿。当时同在一个部队的老乡陈楼寨的陈大龙，离陈楼寨仅有八里地的张庄的张坤，在郭建礼回家探亲的头天晚上，三个人在一起说到深夜。张坤和陈大龙要求郭建礼回家后到他们家看看，安慰一下家里的老人，让他们放心，等抗美援朝结束后再回家孝敬父亲、养儿育女。

郭建礼回家后先后看望了陈大龙和张坤的父母，并捎回了他们在部队的照片，千叮咛万嘱咐家人不要挂念，抗美援朝保家卫国是光荣的事，是作为军人义不容辞的责任。话虽是这么说，可谁家的父母不希望自己的儿子平平安安。打起仗来哪有不死人的，只要一上战场，每个人都是生死未卜。郭建礼到谁家，父母和家人都是哭哭啼啼，弄得他心里怪不好受的。

郭建礼回到家后，见母亲面容蜡黄，头上已有白发，不由得心里一酸哭了，“扑通”一声跪倒在娘的面前说：“娘，儿子不孝，让娘在家操心受苦了。您一个人撑起这个家不容易，没有爹了家里啥事不得您老操心。家里日子过得这样清苦，我那一岁多的儿子瘦得一把骨头，俺心里像针扎一样难受，说心里话我不忍心再走了。我要替您撑起这个家，和秀娥好好孝敬您，把儿子抚养大。”郭建礼说着已哭成了泪人。

贺金花上前把郭建礼拉起来动情地说：“娇儿啊，娘天天都想让你在家过太平日子，但娘心里清楚国家需要你们年轻人为国效力。娘虽然没有文化，这些年通过学习党的宣传教育，也算是明事理懂大义的人。常言说，忠孝不能两全。从抗日战争到解放战争，中国死了多少人啊，他们是为了解放全中国，是为了解放受压迫、受剥削的劳苦大众。咱要听毛主席的话，永远跟共产党走。部队那么多人，谁没有父母，谁没有妻儿？天下的父母谁不希望自己的儿子守候在自己身边过安稳日子，不求什么大富大贵，只求一家老小平平安安。可好男儿志在报国，你就安心回部队去吧，娘祝你和你的战友平安归来。”

那天全家人坐在一起聊了很久，郭建礼抱着儿子亲了又亲，见到妻子黄秀娥一个劲地笑。他夸秀娥跟天上的嫦娥一样美丽，比刚结婚时还有女人味，若不是娘在场，郭建礼恨不能马上抱着亲几口。贺金花早看出儿子对儿媳妇的深情，就说："娘没事了，你们回房休息去吧。"

郭建礼抱着儿子，一家三口说着笑着回房去了。那一夜黄秀娥躺在郭建礼的怀里，享受着男人给她的快乐、温情和爱意，感到无比幸福。她真不想再离开丈夫，想让丈夫天天陪在自己身边。想到这儿黄秀娥哭了，她哭得是那样伤心，那样让人动容。夫妻俩久别重逢有说不完的悄悄话，有诉不完的离别之苦、相思之情。黄秀娥突然向郭建礼提出，要随丈夫一起走。夫妻俩同甘苦共患难，为国家尽一份力，哪怕牺牲在战场也不白活一回。黄秀娥的要求当时就被郭建礼回绝了，说上战场不是闹着玩的，子弹不长眼，万一有个闪失，不好向老娘交代。可黄秀娥坚持要去，两个人在争执中进入了梦乡。

郭建礼要归队那天，全家人坐在一起有说有笑其乐融融。贺金花对儿子说："建礼，你给孩子起个名字吧，小名得有，看看叫啥名好听。全家人想了好几个，有的跟村里人重名，有的不好听，最后说他爸爸去抗美援朝上战场，为了纪念就给儿子起个名字叫援朝吧！"全家人都说好，小援朝躺在娘的怀里看着爹只是一个劲地笑，有时哇哇哭上几声，算是在跟大人说话吧。

郭建礼要返回部队时，村里老少爷儿们送到村口，都说安慰的话，让他在部队安心工作，家里不管有啥事村里人都会帮忙照顾。妻子黄秀娥抱着援朝在一旁只是一个劲地抹眼泪。等村里人送到村口外都回去了，他娘见儿媳妇不停落泪，想必还有啥话要说，就向郭建礼点点头回村了。黄秀娥突然说："援朝他爹，你这一走不知啥时才能回来，可我怎么也不想让你走。如果你在家咱一起干活，一起孝敬咱娘，陪伴儿子慢慢长大，就是生活再苦再难也是幸福的，到晚上也有个说话的人。你不在家，你知道我有多孤单吗？娘已经失去爹了，再不能失去你啊！虽然她表面上支持你参军，支持你去朝鲜战场上打仗，但是你都想不到娘心里有多苦啊！前段时间，她听说咱国家要出兵抗美援朝，她经常一个人哭泣，有时半夜一个人出去，直到快天亮了才回家。有一天夜里娘又出门了，我就披上衣服跟在娘的后边，见咱娘到咱爹坟前号啕大哭。她边哭边说，他爹啊，你就这样走了，你不会恨我吧？当初我应该阻止你去支前，应该拖你的后腿，也许你就不会这么年轻就走了。可是打仗总得有人付出和牺牲，他爹你说是不是？在战场上牺牲的不只咱一个，那么多支前人员，那么多解放军战士都牺牲了，他们谁没有父母，谁没有妻子儿女？他们的家人该承受多么大的悲痛和精神压力，包括我也是这样，打掉牙往自己肚里咽。我心里有多苦，生活有多难，俺自己知道，多少次我都想随你去，可我想到了家里有儿子，现在又有了孙子，我不能呀。我要把孩子培养成人，就算对得起死去的你了。你死后我又把儿子送到了部队，听说解放军又要去朝鲜打仗了，你知道我有多担心吗？儿子是娘身上掉下来的肉，母子连心啊，打仗哪有不死人的，但这也没法，咱就认命吧。我绝对不会拖儿子的后腿，得支持他勇敢杀敌，在战场上当英雄。说完娘哭得更伤心了，她哭了很久很久，我也在娘身后哭成了泪人，那天晚上是我把娘扶回家去的。”郭建礼听妻子说这么一番话，心如刀绞，两个人蹲在地上抱头痛哭，哭得很伤心很伤心。

黄秀娥突然说：“援朝他爹，我跟你一块儿去部队吧，在外边也算有个照应，你这样走我不放心，要死咱俩死在一块儿，我真不忍心让你一个人这样走。”郭建礼说：“秀娥，你别说傻话啦，哪有当兵带家属的，还不让人家笑掉牙。你好好在家孝敬咱娘，照顾好咱儿子，这就算对我的最大支持。”秀娥说：“你们部队不是也有女兵吗？我也跟你一样想当兵，把儿子交给咱娘，你说中不？”黄秀娥诚恳地说，脸上洋溢着微笑和诚意。

两个人又说了很久，也哭了很久，不得不恋恋不舍地分手，挥泪道别。

就在郭建礼归队的第三天，黄秀娥竟然赶到了他所在的部队。她向部队首长要求自己要当兵，要随丈夫一起抗美援朝上战场，哪怕在部队给战士们做饭洗衣服都行。郭建礼所在部队的领导轮流给黄秀娥做思想工作，要求她尽快离队，部队正在动员，做入朝的最后准备。不管部队首长如何劝说，黄秀娥坚决要求随部队上战场。黄秀娥要求随夫参军的事连里汇报到营里，营里又汇报到团里，这件事最后汇报到总司令彭德怀那里。彭老总一听很高兴，对这件事也很感兴趣，并说他要亲自见一见这位要求参军打仗的战士家属，想听听她要求参军的理由。于是，彭老总亲自安排让司机把黄秀娥接到自己的办公室。黄秀娥见到彭德怀，也不知道坐在她面前的是个什么官，但她心里想这位首长官肯定不小，但她并不害怕，更不拘束。她站在那里深深地给彭老总鞠了一躬，抿嘴一笑说道：“首长好，我叫黄秀娥，今年二十一岁，家住中原，丈夫叫郭建礼。我要随丈夫参军上战场，保家卫国尽我应尽的义务。”

黄秀娥的几句话说得彭老总哈哈大笑，说：“女人家咋能上战场，部队的女兵是经过训练的，你去到战场上咋行？”“女人家咋不行?”黄秀娥说，“古代有花木兰替父从军，有领兵挂帅大破天门阵的穆桂英，在抗日战争和解放战争中有宁死不屈的刘胡兰、有军中英雄赵一曼，我怎么不行?”黄秀娥自信地说。

彭老总仔细打量着黄秀娥，见这名女子高鼻梁、大眼睛、面容白里透红、身材中等，衣服虽有补丁但整洁得体，是一个标准的农村妇女打扮。她举手投足落落大方，十分健谈，说起话来微笑总是挂在清瘦的脸上。彭总十分严肃地说:“打仗可不是闹着玩的，那枪炮的子弹可不长眼睛，难道你不怕吗?”黄秀娥坚定地说:“这我知道，哪场战斗都死人，为国死俺娘说值得。在淮海战役时，俺婆母娘让俺公爹支前，俺公爹推着独轮车为解放军送粮送伤员，在战场忙碌几个月，最后被飞机投下的炸弹炸死了。俺婆母娘又把她唯一的儿子，我的丈夫郭建礼送到部队。他回家探望母亲，说他要奔赴战场，俺和娘在家牵肠挂肚地不放心。他刚回来三天我就又追到部队，俺要跟他一起上战场，就是战死我也不怕，俺男人都上战场了，俺在家提心吊胆生不如死啊！首长，您就批准俺当兵，随俺男人上战场吧!”

黄秀娥的一席话说得彭德怀司令员十分感动，他动情地说:“谢谢你婆母娘，也谢谢你，是你们及全国人民给了我们信心和决心，有你们的无私奉献和付出，我们一定会打胜仗的，用胜利来报答军人的亲属和全国人民。既然你有这种可贵的爱国心，又有参军的强烈愿望，我特批准你参军。小同志，祝贺你从今天起正式成为一名光荣的志愿军战士。”

黄秀娥十分高兴地回到了郭建礼所在的部队，连队安排黄秀娥换上军装，并安排她到炊事班，连队还为黄秀娥举行了欢迎仪式，并在部队动员会上让黄秀娥代表军人家属作了表态发言。她的发言虽然不长，但句句都说在战士的心坎上，引起了台下战士们的一片哭泣声，更激发了战士们的战斗激情。

黄秀娥和她的丈夫郭建礼以及志愿军战士唱着“我是一个兵，来自老百姓，打败了日本狗强盗，消灭了蒋匪军……嘿嘿，枪杆我在握，眼睛看得清，谁敢发动战争，坚决打他不留情，不留情”和“雄赳赳，气昂昂，跨过鸭绿江，保和平为祖国就是保家乡”的歌曲，开赴了朝鲜战场，拉开了一场声势浩大、震惊世界的抗美援朝的人民战争。

热血铸军魂

战争打响后，郭建礼所在的连队第一天战斗就牺牲了八名战士，第二天牺牲了九名。在连队休整时，黄秀娥找到丈夫郭建礼说："战斗打得很激烈，听说一起来的老乡已经有两个光荣牺牲了，你在战斗中勇敢杀敌的同时，一定要注意自身安全，家中的老娘和儿子还等着咱俩平安回家呢。"那一天他们夫妻说了很多很多话。

战斗越打越激烈，部队伤亡也越来越多，黄秀娥在炊事班里做饭的同时，对丈夫郭建礼的担心与日俱增。每次连队开饭时，她总望着丈夫是不是在队伍里，每次从战场上抬下来的受伤或死亡人员黄秀娥总是第一时间看看是不是丈夫郭建礼。在一个伸手不见五指的夜晚，陈大龙、张坤、郭建礼三个来到炊事班。见黄秀娥正在忙着做馒头，郭建礼说："老乡老远过来说话，能不能给他们拿个馒头吃?”黄秀娥说:“连队每个人的伙食是有定额的,每餐只有两个馒头。我先从伙房借三个馒头,明天我多喝点儿水,把三个馒头省下来让你们吃。人在异国他乡老乡是最亲的人,咱就是勒着肚子也得对得起老乡。”黄秀娥经过向炊事班长请求,她用军装包裹着三个馒头送到他们三人面前。三个男人边吃馍边流眼泪。都说老乡见老乡,两眼泪汪汪,他们三个流的泪那是思乡的泪,也是感激的泪,他们的泪水洒在了被战火烧焦的朝鲜土地上。

那天晚上,三个人商量要结为拜把子兄弟。没有香咋办?黄秀娥从炊事班拿来三支蜡烛,点着插在地上。三个人跪在地上面朝家乡的方向磕了三个响头,他们发誓说:“我们三兄弟不求同日生,但求同日死,有福同享,有难同当。只要有人能活着回去,对待任何一家的父母和儿女跟自己的父母和儿女一个样,不管谁能活着回去对父母要尽孝,对儿女要养育,老天在上,大地为证,头上神灵可以见证我们的誓言。”然后三个人紧紧地拥抱在一起,最后都哭了。在战场上战士们结下的友谊是最珍贵的,永远珍藏在随时经历生死离别的志愿军战士们的心灵深处。

激战,又是一场恶战。郭建礼所在的连队在坚守一处无名高地的时候,先后打退了敌人的三次进攻。丧心病狂的敌人派出了几十架飞机对我军坚守的阵地进行了狂轰滥炸,一时间飞机的嘶鸣声、隆隆作响的枪炮声和战士们的“我在阵地在,向美国鬼子开炮”的吼叫声交织在一起。战斗持续了一天一夜,也就是在这次战斗中,郭建礼壮烈牺牲。

黄秀娥知道丈夫牺牲的消息还是那天晚上,连队指导员和连长把她叫到连部。指导员对郭建礼入伍以来的表现给予了高度评价，称赞他在战斗中十分勇敢，是一名优秀的志愿军战士。聪明的黄秀娥已意识到丈夫郭建礼不是受伤就是牺牲了，她面对十分严肃的指导员和连长说："郭建礼是不是在战斗中牺牲了，他的尸体在哪里，我要去见他最后一面，再跟他说说话。"指导员和连长抹着眼泪点了点头。

黄秀娥哭着来到停放牺牲战士的帐篷里，她看到周身是血的丈夫躺在担架上，她像一只干瘪的鹭鸶一样猛扑过去，一把抱住郭建礼的尸体痛哭起来。她说："建礼啊，我跟娘说的在部队我要好好照顾你，把你平安无事地带回去交给娘，可你就这样走了，让我如何跟老娘交代啊！没有你咱儿咋办，你把我撇得上不上下不下的，今后我该咋办呀?"黄秀娥撕心裂肺的哭声震撼着在场的每一位志愿军战士的心，震撼着已被战火烧焦的朝鲜大地，但她的哭声很快就被天空上隆隆的飞机轰炸声，被那震耳欲聋的枪炮声所淹没。残酷无情的战争容不得人们对情感的宣泄，容不得他们对战友的追思和对自己生死存亡的忧虑。战士们抹抹脸上的眼泪就又投入了激烈的战斗。

第二天，黄秀娥擦干脸上的泪水，穿着被丈夫郭建礼的鲜血染红的军装，毅然回到炊事班为连队的战士们做饭了。山东籍的炊事班班长陈大年劝她休息一天，但她不肯，强忍着失去丈夫的悲痛又投入了工作，人们把敬重的目光投向了这位来自农村的坚强的女人身上。

第三天，敌人的飞机在对志愿军营地进行轰炸时，一颗炸弹落在了黄秀娥所在的伙房中，黄秀娥奋不顾身地向正在生火的炊事班班长陈大年猛扑过去，把陈大年紧紧地压在自己的身下，炊事班班长陈大年得救了。黄秀娥身受重伤，在医务人员全力抢救中，她由于伤势过重，于当天晚上也牺牲了。

埋葬黄秀娥的那天，陈大年为黄秀娥披麻戴孝，跪在地上一连给她磕了三个响头。他向黄秀娥发誓，如果自己能活着回国，一定去黄秀娥的老家对她的亲人说，黄秀娥是为救他死的，他永远也不会忘记黄秀娥的救命之恩。

奶奶的最后嘱托

抗美援朝胜利了，陈大龙回到了陈楼寨，张坤也回到了村里，两个人在一起商议如何去看望郭建礼的母亲贺金花，去了该怎么说，最后他们决定把军装脱掉换上便服，也许对老人的刺激小一点儿。两个人一前一后来到郭堂村郭建礼的家，老人正在院子里坐着缝补衣裳。见来了两个年轻人，贺金花上前迎接，搬了两个板凳让来人坐下，便问："二位来俺家有事？"

张坤说："大娘，俺俩都是您儿子的战友，来看您了。""孩子，你们都平安回来啦，好好，可我儿和儿媳妇咋走了呢？家里撇下老的老、小的小，这叫俺祖孙该咋过啊？"老人说完便号啕大哭，她哭得是那样伤心、那样悲痛欲绝，一旁的小孙子呆呆地看着奶奶，最后"哇"的一声扑到奶奶的怀里也大哭起来。两个人哭着拉着老人的手说："大娘，俺俩就是你的儿子，我们在战场上与建礼都结拜成兄弟了，您老的事就是俺们的事，给您老养老送终，帮您养育他们的孩子。”

老人用衣襟擦了擦眼泪，用她那像柴棒的手拢了拢已花白的头发，布满像沟壑一样皱纹的脸抽搐了几下说：“我知道人死了不能再复生，打仗嘛，枪一响就要死人。战场上死了那么多人，他们一样也有父母，也有妻子儿女，他们的亲人跟俺一样心里难受。如果能替死的话，俺情愿替他们死，他们还都很年轻啊。他们来到这个世上只有二十来年，你说说咋不叫人心疼呢。”老人说到这儿又是一阵撕心裂肺的痛哭。

张坤听到这儿，一把拉住老人的手说：“您老是俺最尊敬的母亲，俺俩就是您的亲儿子。来大龙咱给咱娘跪下。”张坤说完拉了一把陈大龙，两个人跪在贺金花面前说：“老娘在上，请受张坤、陈大龙两个儿子一拜。”他们连磕三个头，贺金花连忙起身把他俩拉了起来说：“你们别这样，你们都是建礼儿的好兄弟，我老婆子能看到你们这样懂事，俺心里好受多了，咱们今后都是一家人。我觉得儿和儿媳都是为国家死的，有国家的关心和你们的照顾，俺心里没啥后顾之忧了，咱们一起还要建设社会主义新中国，今后还要过幸福生活。”那一天，张坤和陈大龙陪了老人一天，到天快黑了才依依不舍地分开。

时光在无声中流逝，贺金花老人及不满三岁的孙子援朝的日子在悲痛和清苦中度过。苦难的生活使这位坚强的老人一夜白了头，自从她知道儿子和儿媳牺牲的消息那天起，便陷入痛苦和绝望中，一向开朗健谈的她很少出门，村里人再也没有听到她爽朗的笑声。有时人们见她抱着孙子援朝坐在自家的门口两眼呆呆地望着远方，蜡黄清瘦的脸上总是挂着混浊的泪花。她像一尊雕塑坐在那里一动也不动，有时一坐就是半晌，只有她那懂事的孙子援朝不时用小手抹去奶奶脸上的泪水。

有一定文化，在部队曾是代理排长的张坤被县里任命为小乡的书记，陈大龙也被群众选上了陈楼寨的大队书记。虽然他俩工作忙，但他们经常抽时间带些礼品去看望贺金花，帮她家里修修房子什么的，这给了老人精神上极大的安慰。一天夜里，贺金花老人做了个梦，她梦见儿子郭建礼和儿媳黄秀娥回到家，跪在面前哭着告诉她，说他们两口子在异国他乡生活得很艰难，没有吃也没有穿，更没有人送钱给他们，两个人伸着手向贺金花要钱。贺金花把所有的钱都给了他们，然后儿子紧紧拉住她的手说："娘，儿子挂念您和援朝，但儿子活着没有尽孝，死了也不能守着您和爹，儿子对不起老娘。"说着抱住贺金花大声痛哭，娘儿俩都大哭起来，这一哭把贺金花哭醒了。她一醒发现是个梦，但枕头已被泪水打湿了一大片。贺金花决定，把儿子和儿媳生前穿的衣服，装在一个木匣子里，埋在他爹的坟旁，一是让儿子和儿媳妇守着他们早死去的爹，二是每到过上元节和清明节她和孙子援朝好有个烧纸摆供品的地方。

在贺金花为儿子和儿媳妇举办葬礼的那天，乡里和周围大队的领导来了，村里老少爷儿们都来了。这一天，张坤和陈大龙早早地赶到了老人家，帮着她整理郭建礼和黄秀娥生前的遗物，并把他们两口子的照片和遗物装进木匣子里，然后把木匣子封好。村里管事的人安排人挖好墓坑，让人把只装了衣物的木匣子抬进去。

乡里来的干部组织村里人和贺金花的亲戚、邻居，还有一百多名小学生，以及县武装部的两名领导，为郭建礼和黄秀娥举行了追悼会。乡领导宣读了追悼词，张坤代表军队战友向参加追悼会的人员介绍了郭建礼和黄秀娥牺牲的经过，并把部队颁发给他们的参加抗美援朝战争的纪念章和立功勋章展示给大家。然后由县、乡、村里代表献花圈，老师领着学生们献了花圈。

用黄土垒起的一座新坟就在辽阔的中原大地上出现了，也是在贺金花老人那哭天喊地的凄凉哭声中矗立起来的。坟墓里并没有埋葬郭建礼黄秀娥的尸骨，而是埋葬了贺金花老人对美好生活的梦想，埋葬了一位老人对自己后人的希望和期盼，更埋葬了人们最珍贵的东西，那就是亲情。同时，也埋葬了小援朝那份属于他自己的父爱和母爱。小援朝用惊愕的目光，望着人们在哭泣中用土堆起的新坟，望着奶奶趴在地上撕心裂肺的痛哭，他还不懂得人世间生死离别的残酷和含义，不懂得失去亲情、失去父爱和母爱对一个年幼的孩子将意味着什么。

时光在日月轮回中度过，岁月在花开花落地更新，生活在人世间的人们在忙忙碌碌中艰难地前行，凄凉、苦难、艰辛、幸福、快乐、美好在每一个人生的旅途中体现得淋漓尽致，贺金花老人抚养着孙子援朝艰难度日，祖孙俩相依为命。她怎么也想不通、怎么也接受不了一下子就失去儿子和儿媳两位亲人的现实，她的人生坐标被摧毁了，在她的精神世界里只有痛苦和悲伤。上级党组织的慰问，大队里无微不至的关怀，人们对烈属家人的敬重敬仰，张坤、陈大龙对老人的关心帮助，给她增添了生活的信心和勇气，使她看到了今后的希望。但那痛失爱子的悲伤是刻骨铭心的，是忘却不了、挥之不去的。

贺金花带着孙子援朝迎来了儿子儿媳去世的第一个除夕之

夜，这一夜她感到特别冷，在如豆的煤油灯下她紧紧地抱着孙子援朝。她摸着援朝的头说："孩子，奶奶眼看着身体不中啦，虽然才五十多岁，但走路上气不接下气，等奶奶油尽灯灭的时候，撇下你一个不懂事的孩子往前咋过啊。我要是把你一个人留在这个世上，让你孤苦伶仃，我去阴间没有脸向你爷、你爹娘交代，但我真的硬撑不住了呀。我心里的苦只有我自己知道，人生的悲剧咋都落到我一个人的身上了，奶奶这一生没有过过一天的舒心日子，命苦呀。"贺金花说完呜呜地哭了起来。不懂人间悲伤的小援朝只知道奶奶抱着他经常落泪，他用惊愕恐惧的目光看着奶奶，不一会儿就躺在奶奶的怀里睡着了。贺金花老太太将孙子放在被窝里用被子盖好，她吃力地从床上爬起来收拾好她精心给儿子及儿媳准备的祭品，又拿了一沓草纸，她又一次在夜深人静的时候给自己已故的亲人烧纸说话，以倾诉自己精神的痛苦和生活的艰辛。

伸手不见五指的夜幕把无垠的平原覆盖得严严实实，呼啸的寒风没有把茫茫的夜幕撕裂出一丝亮光，从村里或外边村里偶尔传出那断断续续的鞭炮声，立即就被狂叫的寒风吞没了。贺金花踏着夜幕，顶着刺骨的寒风，气喘吁吁地沿着通向儿子坟墓的乡间小道走着，她不知行走了多长时间才摸到儿子的坟前。她先在丈夫的坟前点上几张纸不停地说着话："老头子你使钱吧，你走后这些年我吃了多少苦、受了多少累你是不知道吧，我想把儿子给你养大，给你老郭家传宗接代，可我为了国家又把儿子和儿媳送上战场，可他们都牺牲了。中年丧夫、老年丧子的人生悲剧都落到了我的头上，过度的悲伤把我击垮了，现在我连走路的力气都没有，我怕是不行了，也许这是我最后给你送纸钱，不久我们就能在那边见面了。”贺金花说到这儿放声大哭。

不知过了多久，贺金花又摸到儿子的坟前，她把祭品摆在坟前，点燃黄草纸，一边烧一边说：“儿子，你把娘给你们两口子送的钱收好，娘这一生感到最对不住的就是你，你来到这个世上没跟娘享过一天的福，长大后娘又把你送到了部队，还让儿媳妇随你去了战场，没想到你们都走了，撇下娘和你们没成年的儿子。娘的命苦到顶了，我想不管咋说要把你们的儿子援朝拉扯大，也对得起你爹和你们两口子，这一次娘是说到怕办不到啦。娘恐怕在这个世界上的时日不多了，我最放心不下的是我死后小援朝该咋办，我思来想去只能把他托付给你的战友张坤和陈大龙了。”贺金花说完又是一阵悲痛欲绝的啼哭。这悲凄的哭声在空旷的大平原的夜空中回荡，融入呼啸的寒风中飘向远方，这是这位历尽沧桑的老人离开这个世界前最凄凉的哀号。当迎接新年的鞭炮在村庄上空炸响的时候，当人们吃过新年的水饺走出家门相互拜年致以新年祝福的时候，贺金花躺在床上再也没有起来，她对前来给她拜年的乡亲们、村干部和村里的老少爷儿们只是点头，并用微弱的声音说：“新年好，谢谢大家。”村里人见贺金花包好的过年饺子不能起来下锅，纷纷从家里端来了肉菜、水饺和白面馍。她只让孙子援朝吃，自己却一点儿没吃。

大年初一的上午，陈大龙和张坤提着礼物来给贺金花拜年，见她身体已虚弱到说话都困难的地步，他俩十分伤心，紧紧拉住她的手放声大哭，说自己没有尽到一个儿子的责任，没有照顾好老娘和小援朝，对不起死去的战友郭建礼、黄秀娥。贺金花在人们的哭喊中突然振作了精神，紧紧抓住张坤和陈大龙的手说："孩子，你俩都是我儿子的好战友、好兄弟，我把孙子援朝交给你们了，你们要把他培养成人，长大了也要让他当兵、保卫祖国、保护人民。"这是贺金花生前留下的最后几句话，也是一位为国为民献出一切的农村老人留给后人最后的遗言。

兑现庄严的承诺

第二天，也就是农历的正月初二，贺金花在人们的呼唤声中微微地闭上了双眼。贺金花出殡那天，春城县的武装部部长，张集乡的书记和全体乡干部、村干部、数百名群众和学生及贺金花家的亲朋好友从四面八方赶来，在为这位“支前模范”“革命烈士”家属，这位普通的农村老人送行。

贺金花走了，她走的是那样突然，撇下了年仅五岁的援朝。在援朝的记忆里，没有爸爸的尊容，没有妈妈的形象，只有奶奶陪伴他走过的短暂时光。埋葬过贺金花，张坤和陈大龙商量把援朝先抱回到陈大龙家中，但小援朝一个劲地哭喊着：“奶奶，我找奶奶，奶奶，我找奶奶。”他从院子里跑到屋里，往床上看看，又到灶台前看看，又跑到院子里，他哭喊着，奔跑着，寻找着，人们的哄劝，人们的安抚，他都好像没听到一样，因为他不知道生死离别的含义，他不懂得生命消失的结果。

张坤与陈大龙两人商量，援朝先在陈大龙家生活，过一段时间再对援朝的长期生活做长远的安排，因为陈大龙是陈楼寨大队的书记，而援朝所在的郭堂又跟陈楼寨一个大队，当时让陈大龙照顾援朝也是在情理之中。陈大龙就安排他老婆把援朝抱回家。陈大龙的老婆是一位明事理懂人情的善良女人，在家她对丈夫陈大龙百依百顺，只要是陈大龙挤挤眼睛，她就知道丈夫心里想的啥。今天埋葬贺金花她一大早就赶来了，她在自己丈夫身后也哭得死去活来，她对小援朝的不幸早有恻隐之心，听陈大龙这么一说，她立即抱起援朝哭着说："乖儿子，别哭，走，咱们一块儿找你奶奶去，你奶奶在俺家等你，咱们和你叔一块儿回家吧。"小援朝听罢陈大龙妻子的一席话立即停止哭泣，从此，小援朝就生活在陈大龙家里，陈大龙夫妻便很自然地成为援朝的养父母。

小援朝到陈大龙家后，三天两头生病，不是感冒发热，就是拉肚子脱水，本来陈大龙家日子过得很清苦，再添上一口人使日子过得更加艰难，但陈大龙为了兑现那份庄严的承诺，陈大龙和妻子把能给的爱都给了援朝，他们发誓日子再苦再难也要把他抚养成人。陈大龙平时不管在村里组织生产劳动，还是到外边开会都带着援朝，有时让援朝骑在自己的脖子上，或者趴在自己的背上。有时弄点儿好吃的他自己不舍得吃先让援朝吃，有时家里改善一下生活，也就是家里吃一顿白面面条，先让援朝吃好，再让自己的孩子吃，两口子也只是喝点儿面汤。有一次，陈大龙去乡里开会，中午吃午饭会上每人发了一个杠子面馍和一个鸡蛋，陈大龙没舍得吃，中午吃饭时自己喝了一瓢凉水，他把馍和鸡蛋揣在怀里，回家后他塞给了援朝。援朝看着在一旁站着的弟弟、妹妹和哥哥，懂事的援朝把鸡蛋和馍分开，孩子们你让我、我让你地笑着吃着。陈大龙的妻子见到此情此景，一向多愁善感的她拉着陈大龙的手放声大哭，她说：“大龙啊，你为孩子们和这个家吃苦啦。”陈大龙却笑着说：“只要援朝和三个孩子能生活得好，再苦再难心里也甜。当过兵的人吃这点苦儿又算啥，自己身为共产党员、村里干部只要带领群众艰苦奋斗，今后能让孩子们过上不愁吃不愁穿的好日子，自己吃再多的苦，受再多的累心里都觉得值。”

半年后，张坤被调到张集乡任书记，他到任的第二天，就到陈楼寨看望老战友陈大龙和小援朝。张坤见到陈大龙时看见小援朝正跟陈大龙在一起玩耍，在陈大龙前后不停地喊爹，好像一对亲生父子一样，这让张坤既感动又欣慰，一个劲地夸陈大龙做得很好，是一位好兄弟、好战友。

如果说人生要经历生活的酸、辣、苦、甜和五味杂陈，那么在战场上生死离别的时刻所结下的战友情，便是那杯甜甜的蜜水，甜中还散发着纯朴清淡的香味。如果说生活是一坛人们用苦心酿造的老酒，那么让人品味出清香绵柔的便是亲情和友情，让人品尝一辈子也不能完全理解其中的神奇和奥秘。

张坤和陈大龙一对老战友相见格外亲热，好像有说不完的知心话，有表不尽的各自对人生的感慨，有叙不尽战友之间那兄弟一般的情感。吃饭时，陈大龙的妻子端上桌的是几个菜团子，每人一碗煮红薯、萝卜，说：“张大哥，你来家里确实拿不出好东西招待。不瞒你说，你大龙弟弟太耿直了，家里分点儿粮食他都拿出去分给困难群众。一次，村里食堂管事的人见俺家里日子过得太艰难了，晚上就送到俺家几斤面，这事被大龙知道了，回来大骂了我一顿，非让我把面送到集体的食堂，我一把面都没有留全部送了过去。他说咱当干部的多吃多占，说话不硬气，咋领导群众战天斗地，跟群众同甘苦共患难这才算得上一名共产党员。所以，这些年来俺家的日子一直过得很苦，你看你弟弟瘦得皮包骨头，整天在外头风打头雨打脸的忙活，他为大家吃多少苦、受多少累村里人心里知道，俺是心疼他呀。”陈大龙的妻子说到这儿哽咽了，这位面黄肌瘦的女人放下手中的碗放声大哭，面对此情此景，张坤也感动得哭了。

张坤看看陈大龙，又看看陈大龙的媳妇，动情地说：“弟妹，你要理解大龙弟弟，他做得对，咱是党员干部，干啥事都得以群众利益为主，千方百计地带领群众战胜自然灾害，与天斗与地斗、让群众都过上好日子这是我们的心愿。”那天，张坤与陈大龙说了很多掏心窝子的话，对当前农村的生产形势、农村工作面临的困难广泛交换了意见。张坤见陈大龙家日子过得如此清苦，决定回家与妻子商量一下，把援朝接到自己家去，因为他家中只有一个女儿，把援朝接回家当儿子养，就是兑现三人在战场上的那份承诺，再说也能给陈大龙家减轻点儿负担。

第二天一大早，张坤的妻子王秋霞推着独轮小木车，跑了八里地来接援朝。陈大龙两口子给援朝洗了洗脸，抱着他痛哭了一场，恋恋不舍地把他抱上小木车，千叮咛万嘱咐到了新家要多听爹娘的话，还说他们有空一定去看望他。小援朝很听话地点了点头，并把小嘴凑到陈大龙的脸上亲了一口，又凑到陈大龙的媳妇脸上使劲地亲了又亲。最后陈大龙两口子推车送了几里路，才依依不舍地挥手道别。从此，援朝便走进了张家，上学时起名叫张宏伟，也就是现在在春城县公安局任副局长的张宏伟。

常怀感恩之心

陈大龙几杯酒下肚便提起了往事，讲述了郭建礼和黄秀娥牺牲的全部经过，又说到贺金花临终前对他和张坤的嘱托，以及他与张坤是如何遵守与郭建礼结拜兄弟时的誓言的。说完陈大龙老泪纵横，泣不成声。

其实，张宏伟不知多少次听过这些故事。他从小学读到初中、高中，又参军在部队成为副营级干部，转业回春城后被安排在春城县公安局刑警大队，从一名技术员成长为刑警队队长、公安局副局长，这些感天动地的往事一直伴随着他的成长。

有人说人生本来就是一场悲剧，人一出生就哭着来到这个世界上，最后又在亲人的一片哭声中离开这个世界，一生要经历悲欢离合、生死离别，要体验七情六欲、酸甜苦辣、人间恩仇，要历经成功带来的欢乐、挫折给予的苦恼。在张宏伟的人生经历中便有着与众不同的生命轨迹，培养了他勤奋、勇敢、善良、担当的性格和品质。在他任刑警大队副大队长、大队长和主抓刑侦侦查工作的副局长期间，侦破各类刑事案件上千起，有较大影响的案件一百余起，曾两次荣立一等功、四次二等功，在春城县公安史上书写了重重的一笔。

张宏伟是一位为人处世都很低调的人，不管干啥工作，跟谁搭班子，大家一致公认他人品好、办事实诚、为人厚道、坚持原则、敢于担当，在春城县公安局有较好的人缘。

援朝被张坤的妻子王秋霞接到张家后，两口子对他像对待亲生儿子一样亲，张坤在乡里工作，每次回家都要给小援朝带点儿好吃的，所以每到张坤该回家时小援朝总是等在村口，人们总能看到爷儿俩有说有笑地一块儿回家。张坤的妻子王秋霞是位小学教师，去学校大多带着援朝，教他识字，教他去做自己能做的事情，教他见了女的叫阿姨、见了男的叫叔叔，援朝便成了人见人爱、乖巧懂事的孩子。

援朝到了该上学的年纪了，关于让援朝随谁的姓两口子商量了好久，说让他随他爹的姓姓郭吧，外人一听就知道他是领来的孩子，好像在人家面前矮半截，对孩子成长不利。要是让援朝随自己的姓又觉得对不起已去世的战友郭建礼两口子，还怕别人戳脊梁骨。两口子商量来商量去拿不定主意，正巧陈大龙两口子来张坤家看援朝，王秋霞就把让援朝随谁的姓这事说了。陈大龙的意见坚决让援朝姓张，理由是一对孩子的成长有好处，二对自己的家庭也有个交代，哪有抱养个孩子不随自家姓的道理，三是大家面子上都过得去。最后王秋霞给援朝起了个学名叫张宏伟，寓意是让孩子生长在红旗下有理想有抱负，成就一番伟业。

就在张宏伟来到张坤家的第二年，张坤又添一子起名叫宏涛。全家人其乐融融，日子在平淡而幸福中度过。那时候的人们对生活没什么过分的要求，能吃饱穿暖就是最大的心愿，十天半月的能吃顿白面馍那就算改善生活了，肉也只在过年过节时才能吃到。所以，在张宏伟的童年生活里与村里其他孩子相比，他感到很幸福。由于张坤和王秋霞为人随和，办事厚道，村里人对他们的养子都高看一眼，家里做了好吃的都送点儿让他尝尝，谁见了都逗他玩玩。村里人都这样说，小孩儿时看大人，人老了看孩子，也就是说你大人在村里为人好了，谁见了你的孩子都抱一抱或逗一逗。如果人年纪大了没有用啦，但你子女有出息，人们见了你家老人总会礼貌地打招呼，尊敬几分。所以，这就是人们常说的小时候看老子，人老了看孩子的道理。

就在张宏伟九岁那年冬天，他得了一场重病，躺在床上不睁眼，不吃也不喝。张坤夫妻俩急忙带着他去县医院，医生通过检查说目前这种病在县城医院是无法医治了，只有去省级医院或者北京方可治疗，否则只有在家等死了。听到医生的话，王秋霞当时瘫坐在地上。张坤把妻子扶起来说，你现在就是哭死了孩子的病也好不了，咱就是砸锅卖铁、扒屋子、卖宅子也得给孩子治病。两口子只好带孩子回家，那天晚上两口子抱着援朝哭了整整一夜。第二天，张坤东借西凑只弄到三百六十八元钱。两口子把女儿和小儿子宏涛安排给自己的弟弟，便带着身患重病的援朝登上了开往北京的火车。张坤想只有到部队找首长和战友碰碰运气了，去找一下在抗美援朝时任张坤部队团长的李涛。张坤曾给李涛团长当过多年通讯员，找老首长求他帮个忙，这也是没法子的法子了。

张坤夫妻抱着病重的援朝到了北京，找到了老团长李涛，得知他已升任师长。他们在老战友的带领下找到了李涛。十分重情重义的李涛师长，热情地接待了张坤夫妇。张坤详细地把宏伟的身世和病情向老首长作了汇报。李涛师长十分感动，紧紧地拉住张坤的手说："张坤同志你做得很好，你在生活十分困难的情况下能把烈士的孩子当作自己的孩子抚养，又千方百计为孩子看病，我们部队有责任把孩子的病治好，孩子的病只要有百分之一的希望，我们就以百分之一百的努力挽救孩子的生命。朝鲜战场上牺牲了那么多战士，他们用鲜血和生命保卫了国家，国家有责任帮助烈士的家属解决困难，你们夫妻先住在部队招待所，孩子的病我来安排，这事我还要向军长汇报，他是咱们部队的老师长。"张坤对老首长的关心十分感激，立即站起来给老首长李涛敬了个标准的军礼。当军长听了李涛师长的汇报，得知一名转业志愿军战士把烈士的孩子当作自己的孩子养，并千里迢迢来北京为孩子看病，孩子父母都牺牲在战场，他们的母亲黄秀娥曾是受到彭总司令表扬过的女战士，当时就感动地流下了眼泪，并安排李涛立即把孩子由师医院转到解放军总医院，他又给总院院长打电话，要求医院不惜任何代价抢救孩子的生命。当天晚上，李涛师长陪着军长到师招待所看望了张坤夫妇，并对他们的善举表示肯定和赞扬。军长说："我代表志愿军二师全体官兵向你们致敬，孩子的病你们放心，我们会尽力医治的，如果你们生活有什么困难，需要我们帮助的，咱们部队尽力帮助解决，但为孩子治病决不让你们花一分钱，你们吃饭住宿在部队招待所。"张坤向军首长表示最诚挚的感谢，说一定把部队首长对转业军人和烈士家属的关心和帮助传达到春城县全体复退老兵和烈士家属，并表示请部队首长放心，他们复退军人一定发扬部队的光荣传统和工作作风，在地方干好工作，为原部队争光。

小援朝在解放军总医院住了一个月零三天，手术后身体恢复得很好。张坤与部队首长道别，并千恩万谢一番后，带着活蹦乱跳的小援朝回到了春城县老家。张坤把小援朝抱在怀里说：“孩子啊，你小子一生多磨难，你一定要好好读书，长大了做对国家和人民有用的人。”十分懂事的小援朝点点头说：“请老爸放心，我会努力的。”

历经生活磨难的小援朝深知爸妈在自己身上付出的心血太多了，姐姐春贤和弟弟宏涛对自己也跟亲的一样，要是自己不好好学习，跟谁都没法交代。于是，他刻苦学习，不懂就问。争气的小宏伟从小学到中学都是班上的尖子生，每学期都得奖状。张坤和妻子王秋霞一谈起小宏伟，脸上总是洋溢着欣慰的微笑。

宏伟比弟弟宏涛大五岁，等宏伟上中学时，宏涛也上小学了。兄弟俩上学放学总是一路，一开始他们都跟妈妈一块儿去学校，后来宏涛嫌妈妈管得太严，就要求哥哥带着自己，宏涛是个淘气的孩子，在星期天或学校里放假，他总是带一帮村里的小伙伴到地里偷瓜吃，每次偷完瓜都给哥哥留一两个。有些还是苦瓤子的瓜，他们把瓤子挖出来，用水一冲就可以吃了。每次小宏涛把偷来的瓜、桃、枣什么的给哥哥的时候，宏伟总是说别再偷人家的东西，爸妈知道了会打的。宏涛满不在乎说，谁家的小孩儿偷个生瓜梨枣的，就算有人告状到爸妈那里，大不了吵上几句就完事，大人们还能咋着。可宏伟从小学到中学从来没有拿过一点儿别人的东西。那时在生产队里家家生活都很紧张，吃顿纯麦面的馍都不容易，每次爸爸从公社食堂带回的白面馍让宏伟和弟弟分。宏伟每次故意分一半大一半小，立即在大的一块上咬一口，然后问宏涛选哪一块，宏涛只好无奈地选小的那一块。时间长了宏涛不让哥分了，自己用小手比画着用刀切，基本上均等切开，然后让哥哥挑选。有时宏涛把平均分的东西三口两口吃完，然后夺起哥哥手里的就跑，一边跑一边往白面馍上吐口水，哥哥只好让给弟弟吃。两个人经常为吃的闹点儿小意见，一会儿就又重归于好了。在外边哥哥总是充当弟弟的保护伞，只要有哥哥在谁也不敢欺负弟弟。弟弟宏涛在小伙伴面前总是趾高气扬，对他们说，谁不听我的，我让我哥哥揍你们。他像大官一样腰里别着自制的木头手枪，双手掐腰，让小伙伴们排成一队，学着父亲在大会上讲话的姿势，向小伙伴们下达指示，或者训话，或者发表他认为最有水平的长篇演讲。有时他把小伙伴们分成两组，一组演解放军，一组演日本鬼子。他总是扮演解放军的指挥官，或带着队伍冲锋，或者与敌人拼刺刀，赢家总是他指挥的解放军。最后扮演日本鬼子的小伙伴们都不愿意演坏人了，都想扮演解放军，大家一致举手表决让他演一次坏蛋，让大家斗争他一次。宏涛以自己长得像正面人物，演坏蛋不像为由，取消了打仗的活动。宏伟每次都是站在弟弟身后偷笑，看着弟弟神气十足地给小伙伴们训话，看他果断地指挥声势浩大的战争表演。

张宏伟刚满十八岁时，正在春城县高中读高三，当他听说县武装部在征兵就回家跟爸爸说要当兵，并说他的生命是部队给的，他要像爸爸一样当一名光荣的解放军战士。张坤看着孩子一脸的真诚，心里五味杂陈。他想按宏伟在学校的学习成绩今后考大学是没问题的，不过孩子要求参军也是好事，部队能磨炼人的意志、锤炼人的思想，再说，他奶奶贺金花临终前说过，等援朝长大了要送他上部队，为国家出力报效。于是，他马上叫妻子王秋霞商量孩子当兵的事。王秋霞考虑半天才说："我真不想让孩子参军，他爷爷是在战争中牺牲的，父母也都牺牲在了战场，孩子在部队万一有个好歹，咱对不起你的战友。再说宏伟这孩子又听话又懂事，人见人爱，我真不舍得让孩子离开我，他是我的心头肉啊。"王秋霞说完两眼涌满了泪花。

宏伟知道妈妈的心思后，多次找妈妈商量。心软的王秋霞经不住孩子的软磨硬泡，最后还是同意了宏伟的要求。通过体检、走访、本人谈话，张宏伟被批准入伍服役，成为一名中国人民解放军战士，来到了他朝思暮想的军营。

张宏伟在新兵连经过三个月的军训下到连队，由于他长得高大魁梧，又是高中文化，他被选到师特务连当战士。在连队不管是政治学习还是军事训练，他都表现得十分突出，当年就被连队评为"学习毛主席著作积极分子"。当部队首长了解到他的身世后，就让他在师部机关做一次革命传统教育的报告，主要以他父母在战场上牺牲的情况，他父亲的战友又是如何抚养培养他为内容。于是，他认真做了准备，含泪写了一篇感人至深的发言稿，他的发言稿这样写道：

尊敬的首长，战友们：

我叫张宏伟，是特务连一班的一名战士。一年前，我怀着对党对人民对毛主席的无限忠诚，怀着深厚的无产阶级感情，怀着保卫家国的责任感和使命感，带着为人民服务的远大理想走进了军营，穿上了军装，成为伟大的中国人民解放军队伍的一员。在部队我决心加强世界观的改造，认真学习毛主席著作，做到活学活用、学用结合，时刻用毛泽东思想武装头脑，以深厚的无产阶级感情投入到全心全意为人民服务之中，力争做一名让党和人民放心，又红又专的无产阶级革命事业的接班人。

谁都有自己的童年，可我的童年是在生死离别、艰难困苦中度过的。我爷爷是在淮海战役中参加支前大队，在为部队送粮食中遭到敌机轰炸而牺牲的。抗美援朝爆发后，当战火烧到中国国门的时候，抗美援朝成为全国人民所关心的头等大事，具有爱国之心的奶奶把她唯一的儿子和儿媳送上了抗美援朝的战场，当时我只有一岁多，是奶奶抱着我把我的爸爸妈妈送出村庄，送到战火纷飞的抗美援朝战场上的。可谁也没有想到，我的爸爸妈妈先后牺牲在朝鲜战场上，他们牺牲时仅有二十二岁啊。他们撇下了家中日夜期盼他们平安回家的老娘，还有嗷嗷待哺的儿子。我的爸妈和无数革命先烈一样，为了中国人民的解放事业，为了保家卫国，为了全国人民能过上美好的生活，他们不惜流血牺牲，他们是中国的脊梁，是中国人民解放军的骄傲！

我的奶奶用面糊把我抚养到五岁，由于她经受不住突如其来的精神打击，伤心过度，抱病不起，最后撒手人寰。我奶奶是一位目不识丁的普通农村妇女，她为了全国人民的解放，为了世界和平和国家安全，竟先后把三位亲人送上战场，为国家和人民献出了年轻的生命。她是千千万万人民群众中的一位代表，这就是中国老百姓的胸怀和大义。我为有这样以国家利益为重，以民族尊严为重的亲人而骄傲。

当失去所有亲人，仅有五岁的我要沦为孤儿的时候，是我爸妈在部队的战友陈大龙、张坤收留了我。我的养父张坤，我的养母王秋霞为了抚养和培养我，付出了全部心血和情感。在我九岁时身患重病，这种病如果发生在一般老百姓孩子的身上，只有死路一条。面对我的严重疾病，面对贫困和绝望，我的养父母不退却、不放弃，抱着我到了北京，找到了我爸爸和我养父曾经服役的部队，找到了当年的部队首长，是部队首长要求医院不惜一切代价挽救我的生命，是解放军总医院把我从死亡线上又拉了回来，是我的养父母和部队给予了我第二次生命。那时候我就立志，长大后当兵到部队来报效国家，献身部队建设。现在，我的理想终于实现了，我穿上了军装，成为了一名光荣的解放军战士。

有多少个不眠的夜晚，有多少次情感的折磨，让我想到了牺牲在战场上的三位亲人，想到了含辛茹苦抚养、培养我的养父母。我的远大理想、我的奉献之身该驶向哪里，我真想面对泸定桥、金沙江，问问那铮铮铁骨、雄魄犹存的长征英雄；我真想走进西华台、歌乐山，问问那以身殉国、长眠九泉的无数先烈；我真想攀上世界屋脊的甘巴拉，问问那与苍天同在的边关军魂，我作为中国军人究竟该作出怎样的回答，为了世界和平，为了国家安宁，为了全国人民能过上幸福的生活，我愿随时献出自己的一切，乃至生命，这就是中国军人的回答！

张宏伟带着感情在作报告时，所有听报告的人无不潸然泪下，哭声一片。他们被报告中的故事所感染，这些故事无不体现出亲情和友情的伟大、品格与人性的珍贵。当时在部队，张宏伟的报告引起了不小的轰动，他成了名人，师政治部立即把他列为部队重点培养的干部苗子。

张宏伟入伍的第二年就入了党，第三年被破格提了干。由于他有较强的个人素质和指挥协调能力，第六年时就成为全师最年轻的连级干部，第八年他又被提为副营级。常言说，人有旦夕祸福，月有阴晴圆缺，正当张宏伟在部队如鱼得水的时候，一件令所有人预料不到的事发生了，这让张宏伟真是难作选择。那一年张宏伟的养父张坤由于长期做农村工作，一年四季在乡下跑，积劳成疾，不幸患上了肝炎，到后来发展为肝硬化，已卧床不起。张宏伟从弟弟的信中得到爸爸已病危的消息后，痛不欲生。他立即请假赶回家中，抱着爸爸瘦弱的身体大哭了一场。张宏伟面对病重在床的养父，他的心像刀割一样疼，他知道老爸的病已经到了晚期，陪伴他的时日已经不多啦。自己必须尽到一个儿子的责任，陪伴老爸度过生命的最后一段时光。于是，他背着家人赶回部队，向部队首长要求转业回家陪伴重病在身的养父。

部队首长看到张宏伟上报的请求转业的报告后十分惊讶，轮番给他做思想工作，要求他留在部队，说凭他当时的表现和才能，今后前途无量。张宏伟向部队首长讲明自己与养父母的特殊感情，说养父母在抚育他时所付出了无数的心血，现在父亲正需要他侍奉，他不能为了自己的前途而不顾父子深情，他必须尽到儿子的那份孝心。最后说到动情处，他竟给首长跪下了。部队首长见他这样重感情十分感动，十分惋惜地在他要求转业的报告上签下“同意转业”四个字，并安排政治部的有关人员前往春城县武装部帮助联系工作。最后，张宏伟被安排在春城县公安局刑警大队工作。

张宏伟转业到春城后，在医院里日夜陪护老爸，尽心尽力照顾，捧茶送水，擦屎端尿，没事时陪老爸聊天。老爸很怀旧，爱讲在部队抗美援朝的事，每次张宏伟总是趴在床前认真听，千方百计哄他开心。有时姐姐春贤、弟弟宏涛在医院里陪护让他休息一会儿，可他说啥都不肯离开，生怕老爸离世时他不在身边。在医院一有空就给老爸擦洗身体，按摩捶背，剪指甲刮胡子，照顾得无微不至。张宏伟在医院陪护的半年里，医生和护士谁也不知道病人竟是他的养父，医务人员都夸张宏伟是个大孝子，像他这样细心照顾病重老人的不多。张宏伟及家人的孝心和医生的精心医治，最终没有能挽留住张坤的生命，住院半年后张坤因病情加重，在家人们的千呼万唤中离开了尘世，离开了他的亲人和朋友，结束了他七十二岁的辉煌人生。张宏伟和姐姐春贤、弟弟宏涛含着极大的悲痛，为爸爸举办了隆重的葬礼，尽到了儿女应尽的责任。

勘查凶案现场

常言说，路在人走，事在人为，是金子放在哪里都会发光。张宏伟分到刑侦大队后，白天随着老侦查员调查取证、排查案件线索、走访群众，把分配的工作干得干净利索，晚上认真钻研法律书籍。大队领导看他认真且有担当精神，法制观念强，业务熟悉得快，不到半年便安排他当法医，一年后局里又提拔他担任刑侦大队副大队长。1989 年 8 月 8 日，陈楼寨发生凶杀案时，正是张宏伟刚任副大队长不久接办的第一起大案。当时大队长去外地参加三个月刑侦业务的培训，这副重担自然而然地落到了张宏伟的肩上。于是，张宏伟便带领全队的侦查员和局里的后勤保障人员赶赴案发地陈楼寨村。

杀人现场就是死者陈长贵的空院子，七具尸体横卧在院子和堂屋内，七人身上的伤都属于锐器伤，大部分伤口都在胸部和颈部的致命部位。陈长贵身上的刀伤竟多达十七处，大儿子陈兵身上十三处，其余的最多只有三处，陈长贵的大儿媳李瑞芳、二儿媳黄燕英、三儿子陈刚身上只有一处刀伤。从中心现场和尸体的刀伤情况分析，杀人凶手对陈长贵和他大儿子陈兵仇恨较大，是一个泯灭人性、心狠手辣、性情暴躁、做事不计后果的狂徒。让人不能理解的是，案发时陈长贵只有七岁的小女儿小花就在现场，凶手为什么偏偏留下了这个小女孩呢？一团团让人难以理解的迷雾笼罩在侦查员的心头。

侦查员在对陈长贵的尸体进行检验时，发现他的双眼瞪着，仰面看着远处的蓝天，嘴张得圆圆的，嘴角上挂着两道血迹。也许死者在死亡前看的最后一眼是凶手那狰狞的面孔、仇恨的双眼和那寒光闪闪的尖刀刺向他和他的亲人，他那张开的大嘴巴好像在向村民求救，也好像在向行凶者发问，你竟敢杀进我家不怕我报复你？

随着侦查员们对案件调查的深入，张宏伟和大家对这起案件有了一个初步的了解。犯罪嫌疑人乳名叫参军，学名叫陈长海，是一名复员军人，共产党员。妻子叫郑美姣，曾在两个大队担任过妇联主任，也是共产党员。家里还有六十九岁的母亲和两个没有成家的儿子、一个女儿。被害者陈长贵兄弟四个，他在家排行老四，人送绰号“四阎王”，是陈楼寨的第一个万元户、暴发户，任村党支部书记不足五年。两家有矛盾纠纷，属于报复杀人案。

案件发生的当天，春城县公安局将简要案情进行了逐级上报，此案引起了各级领导的高度重视，称此案自中华人民共和国成立以来，在全国影响极大，性质恶劣、手段残忍、杀害人数较多，是一起罕见的特大报复杀人案。公安部部长、省委书记、省长、市和县主要领导先后作出批示，要求各级公安机关要高度重视，尽快侦破此案，把杀人凶手缉拿归案，给党和人民一个交代。于是，省公安厅、市公安局刑侦部门也组织刑侦方面的专家奔赴春城县的案发现场，指导和帮助春城县公安局侦破此案。在上级公安机关的指导、协调、督导下，案件在有条不紊地进行着，但追捕工作进展并不顺利。案发后第一时间把陈楼寨通往外边的所有路口，春城县通往全国各地的交通路口路段、大小汽车站点，离春城县较近的火车站、汽车站都派了警力守候，设立固定和流动的治安卡点六十多个，对过往车辆特别是客车一一盘查，决不放过任何蛛丝马迹，对所追捕人员实行案件倒查制，并对陈长海所有的亲戚、朋友、战友等进行询问和盘查。专案组经过分析对嫌犯有可能逃跑躲藏的地方都增派了警力，昼夜值守。可谓是布下了天罗地网，可杀人凶手却像人间蒸发了似的，公安机关全力追踪围捕，却没有发现任何线索。专案组一致认为，追捕陈长海是破案的关键。

陈楼寨是一个有一千多号人的大村庄，“文化大革命”和“农业学大寨”时期是全县有名的先进村，地区宣传部、文化局曾在这个村开过农民赛诗会，省农业厅也在这儿召开过全省“农业学大寨经验交流会”。陈楼寨的人是脚脖子上绑铜锣走到哪儿响到哪儿，可寨子里突然出现这起特大杀人案，在周围村庄引起了不小的轰动。人们带着好奇的心理从四面八方向陈楼寨涌来，相互打听着：“喂，听说一下子杀死十多个，是真的吗?”“有的说杀死四个，还有几个在医院抢救，这人胆恁大，敢一下杀好几个。”“喂，你是这寨子里的吧？到底杀死了几个，外边都传神啦，说杀的是村支书，是因为收公粮、罚群众这款那款的，群众受不了才这样干的，是真是假？”“俺听说杀死的是‘四阎王’一家，他恁厉害，平时都横着走，没谁敢惹，谁恁有种敢杀他一家，我看这人不是一般的人。”“我看杀人这事都是别到劲啦，把人夹磨得没路可走了才这样干，否则人家过得好好的，谁舍得这样破命啊！”“天大的事没有锯不倒的树，没有过不去的火焰山，他把人家杀啦，你觉着他能活成呀？杀人抵命，欠债还钱，这是规矩。”“天大的仇也不能把人家一家子都杀完，这人心太歹毒啦，抓住他拎刀割了他也不解恨，这种人死一百回也不算亏。”人们在相互打听着，纷纷议论着，都用惊恐的目光注视着陈长贵的家，都想将第一时间探听到的最可靠的消息作为谈资，回去好向家人和村里人传达这一特大新闻。

“你们问问他，他知道得最多，是俺寨有名的‘新闻部长’，他肯定能给你说得头头是道。”有人指着在一旁站着的张登科。张登科见人们用期待的目光看着自己，昂了昂高傲的秃脑壳说：“我管他呢，谁死埋谁，谁杀人抓谁，我只管我家老婆孩子吃饱穿暖、天塌龙叫唤不管我的事。”“人家都说你在寨里管事的，你知道得最多，又称‘新闻部长’，跟俺说说到底杀死了几个，是谁杀的，到底因为啥事。”一位中年胖妇女凑到“张秃子”跟前看着他问，并用期待的目光在他的光头和面孔上扫视着，仔细打量着。

张登科用眼扫了一下这位妇女两只凸得老高像个打水罐子的乳房，又看了一眼那妇女挺得老高的大屁股，奸笑了两声怪声怪气地说：“你想知道死那么多少人是因为啥？”“那是，那是，不想知道俺跑那么远来干啥？”中年妇女说着又打量了张登科几眼。张登科说：“你想知道，我也想知道咧，刚开始我进去看了，那杀人场面真叫个惨啊，几个人被杀死横躺在院子里，只有他家的小女孩儿抱着她妈的尸体在哭。可警察来了拉了警戒线，外人就不让靠近了，刚才我上前想问问啥情况，还没开口被警察训了一顿。我真想跟他理论几句，想想算啦，人家这是为公家办事，咱是凑热闹的，这叫大道虽宽各走一边。”

这位胖妇女咧了咧胖嘟嘟的嘴，扭了两下胖得像缸的腰，调了几下屁股笑着说：“这老怪捣蛋咧，说话都一套一套的。”张登科高傲地一挺胸膛说：“牛屄不是吹咧，火车不是推咧，咱好赖也是靠着墙根屙屎面朝外的人，咱上知三皇五帝，下知天文地理，知晓人情世故，懂得人间冷暖，你要是听咱的故事，那可以说是三生有幸，来到世上一遭也值啦。”

杀人现场勘查完毕，法医把七个人的尸检报告也都做出来了。夏天天气炎热，不到一天尸体会出现腐烂，立即处理尸体是关键。县政法委的领导亲自与陈长贵三个哥哥及家人取得联系，提出把尸体送到县殡仪馆火化。陈长贵的哥哥及家人几次到陈长海家大骂，陈长海的媳妇已带着两个儿子和女儿回娘家去了，家里只有他的老娘在床上一个劲地哭，不管陈长贵的家人如何骂她都只是哭不吭声。公安人员早已向他们家人说明，谁杀人谁抵命，你们不能打骂或用过激行为对陈长海的家人进行人格上的侮辱以及人身攻击，否则你们也违法，谁违法公安机关就抓谁。所以陈长贵的哥哥及家人也只是骂骂解解气，也没有谁敢打陈长海的母亲。县政法委的领导通过做思想工作，陈长贵的亲属也同意先把尸体处理了，不然臭在家里也不是个事，也不再按当地的风俗为死者举行葬礼了，再说他家里也只剩下个小女孩儿，谁也不愿意出钱折腾这事，陈长贵的其他亲人就随灵车去县殡仪馆把尸体火化掉了。

横行乡里的村支书

“89·8·8”特大杀人案发生后，地区公安处处长郭刚立即组织专案组开会，听取各追捕小组的情况汇报，分析凶手陈长海可能藏匿的地方，制订下一步的追捕计划，分解追捕任务。郭处长再次详细传达了各级领导对此案的重要批示，所提出的要求，以及此案在全国的影响。他要求专案组一是要提高对侦破此案的认识，要从维护党在农村的基层政权、维护农村的社会稳定的高度，力争尽早缉拿杀人凶手。二是领导重视，要调集精兵强将，组织多个追逃小组，赴全国各地，只要与陈长海有任何关系的都要去到，要密织大网，决不给他任何潜逃的机会。三是对陈长海所有的亲戚、朋友、战友，要实行定人、定位、定时、定点、定任务的“五定”方针。四是详细了解陈长海的成长轨迹、家庭环境、社会背景。他是一名复员军人，又是党员，他是怎么走到杀人行凶这一步的？他与陈长贵到底有多大矛盾，是什么原因导致了这样的惨案？为什么他杀完人能大模大样地逃走，村里竟没一个人拦截？他居然到河里涮了脚，回家换了衣服才逃走。对陈长贵在村里的所作所为，有没有倚仗户大人多、有钱有势、欺压良善、称霸一方也要仔细调查，写出调查报告。五是要加强警务保障，做到要人有人，要车有车，要钱有钱，要不惜任何代价抓捕凶手，给上级领导和春城县父老一个圆满的交代。此案的侦破是对春城公安的严峻考验，相信有各级党委、政府领导的重视、关心、支持，有专案组广大侦查员的不懈努力，此案一定能按期侦破，杀人凶手定能缉拿归案。郭刚处长作了详细的部署后，春城县公安局局长金光对追捕工作也进行了具体安排。

根据专案组安排，第二天上午，张宏伟组织召开陈楼寨四十多名群众代表参加的座谈会。陈长海家人从他这辈往上数三辈单传，在村里是大家一致公认的老实人，从来没跟谁发生过大矛盾。有些事在别人眼里那是天大的事，但在他的家里都伸伸脖子咽了，他爷、他爹在村里都是有名的老实人，没有跟谁言差语错过。他爹的外号叫“闷头驴”，谁骂几声打几下都不带吭声的。可他娘是个烈性女子，论理直，办事公道，谁欺负到她的头上她是不依不饶，就是铡口都敢钻。他的爹娘在村里的人缘都不错，跟谁都没有啥过节，见了面相互打个招呼，相视一笑就各走各的路了。在陈长海十六岁那年，他爹得了一场急病，人还没抬到医院就断气了，从此他娘是寡妇熬儿，母子俩相依为命。在陈长海十九岁那年，他娘听说上级征兵，为了这个家不再像他的父辈那样活得窝囊，她决定让儿子到外边见见世面、长长知识，能给家里撑个门面，以改变孩子一生的命运。由于他娘的坚持，最终陈长海参军到了部队。陈长海深知母亲对自己的一片苦心，也深知父母为抚养自己成人不容易，为了给家人争气，不辜负亲人对自己的厚望，他在部队里表现不错，入了党，还当了班长。当时，陈长海人长得帅气，又是军人，很受农村女孩子的青睐，就找了邻近村的妇联主任，叫郑美姣，还是名党员。他媳妇在周围十里八村是数得着的漂亮姑娘，是个高中生，有文化，高挑的个子，杨柳般的腰，浓眉大眼，唇红齿白，鹅蛋形的脸又嫩又白，像二层鸡蛋皮似的，在农村那绝对是个极品美女。陈长海从部队回家后两个人就结婚了。郑美姣在大队里当了多年妇联主任，不知道因为啥，陈长贵当村支书后不让她干了，由陈长贵的外甥女干了。当时不是有这个说法吗，一人得道鸡犬升天，一个人当了官，三叔二大爷、七侄小舅子、七大姑八大姨都能升官发财。说你行你就行，不行也行；说你不行就不行，行也不行。在农村当个村官没有兄弟一大帮子，拳头不硬，又没钱下礼，县里乡里再没有人替你说话办事，谁能干成那就见鬼啦。

陈长海从部队复员回到陈楼寨后，也没见他跟谁惹是生非，老老实实在家种他那几亩地，操持着全家老小。有不少群众找他，认为他当过几年兵，又是党员，有正义感和责任心，向他反映村支书陈长贵的事情。原大队林场的近二十亩地被陈长贵以承包为由占为己有。原大队的家具厂也被占用，据陈长贵说是拿钱买下了，可是否给钱了鬼知道。还有每年收公粮陈长贵说收多少就多少，收的公粮数比周围村里都高。超生要罚款，村里谁家父母去世了要土葬也必须交罚款，否则陈长贵就暗地里带人扒坟头掘尸体火化。陈长贵在村里不是收这钱就是收那款，群众一年种的粮都不够交的。村民们敢怒不敢言，谁敢跟陈长贵理论，他就带着三个儿子拿着棍子撵到谁家追打，在村里他说一谁也不敢说二。他在村里开村民大会公开说，什么党不党的，在陈楼寨村他就是最大的党，他说的话就是政策，就是法律，谁敢龇牙就掰谁的牙。在村里除了“陈别子”看不惯跟他斗过几回，要不是张宏伟在公安局当着副局长，陈长贵有点儿害怕，否则“陈别子”早被他打趴下了。一开始陈长海也不想管这些闲事怕遭报复，但向他说的人多了，找他主持正义的群众不断求他，他便有点儿心动了。他想，现在还是共产党领导，法治国家，老百姓总得有说理的地方，难道正气还压不住邪气，好人还怕坏人不成？在村里一个支书就一手遮天，将集体的财产占为己有，想打谁就打谁，想骂谁就骂谁，胡作非为，横行乡里，难道乡里、县里都不知道吗？自己是党员应该给群众说句公道话，把陈楼寨的情况向上级反映一下。

陈长海的媳妇郑美姣劝他，咱好袜子好鞋不踏臭屎，不能拿鸡蛋往石头上碰，陈长贵的表叔是县里的常务副县长，张集镇党委书记李高峰又是副县长的小舅子，乡派出所所长李志是他的好朋友，上哪儿告他去，大家都能忍，咱才不找这麻烦事，他多收公粮咱能摊多少，咱好皮好肉的何必呢，千万别逞这个能。经过他妻子和亲戚朋友的好言相劝、百般阻挠，他心也活了，打算不再过问村里的事了，以免惹是生非。

妻子的良言相劝使陈长海动摇了，他不准备蹚这潭浑水了。可陈长贵不知听谁说的陈长海在整理自己的黑材料，准备到上边告他，就三番五次地在陈长海面前骂骂咧咧，有意或无意地向陈长海示威。陈长海就伸伸脖子咽了，装着没听见走开。听娘常说的一句话“啥贵不吃啥，谁厉害不惹谁”，你骂我走总可以了吧，骂又沾不到身上，就等于让大风刮走了。

陈长贵与陈长海的矛盾是在村支书换届选举中白热化的。按规定选举村党支部书记村里所有的党员都有选举权和被选举权，但选举那天村里没有人通知陈长海，可暗地里有人告诉他是村支书陈长贵有意不让他参加选举的。

陈长海到村委选举现场一看，陈长贵的三个儿子和他几个侄子在村委会门口转悠，村委会门口两边立着好几根棍棒。他想这哪是选举呀，这分明是在给参加选举的党员施加压力，看样子谁敢不选陈长贵，或在选举中与陈长贵对着干，必定会有灭顶之灾。乡里来的两位干部也不停地说陈长贵的好话，说他思想好、作风正派、群众意识强等，要求全体党员要识大体顾大局，与乡党委保持高度的一致，力争选举不出现任何问题，让陈长贵继续担任村支书。陈长海到选举现场还没坐下，陈长贵就对他说："今天是选举村支书，陈楼寨村不承认你这名党员，请你出去。"陈长海理直气壮地说："我是党员就有参加选举的权利，我的权利任何人都不能给剥夺。"乡里的两位领导一看这阵势就说："好，好，你们别争，让他参加，党的组织原则是少数服从多数，党内有分歧是正常现象，允许别人提出不同看法嘛，最后还有民主集中制嘛。"陈长海一看这阵势和乡干部的态度，一气之下站起来走了，选举他没有参加。选举结果在人们的预料之中，陈长贵又一次被选为陈楼寨村党支部书记，他仍然掌握着陈楼寨村的生杀大权。

就在选举后的第五天，陈长贵在村头树荫下与人聊天，陈长海下地干活回家走到那里，因近几天感冒老咳嗽，正好他走道咳嗽了两声，吐了两口痰。正在树荫下说话的陈长贵不愿意了，指着陈长海大骂了两句。在大家的劝说下陈长海走了，临走时他对陈长贵说："你厉害，俺怕你户大、人多、拳头硬，俺怕死还不中，惹不起俺能躲得起吧。"说罢陈长海在人们的劝说下回家去了。

陈长贵想，陈长海在村民面前几次让他难堪，处处与他对着干，如果让他占了上风，自己在村民面前多没面子。他陈长海别以为当了几年兵，在外头见过大世面，就不知道王二哥贵姓啦，敢公开与自己唱反调，这不是在太岁头上动土、在虎口里拔牙吗？看样子不给他点儿颜色瞧瞧不中啦。于是，他带着三个儿子拿着棍子闯到陈长海家，指着陈长海说："你以为你是谁呀，在我眼里你屁都不是，别以为你当几年臭兵，好像寨里装不下你了，不教训教训你，你不知道马王爷有三只眼，不知道在陈楼寨谁说了算。"他说完，就带着三个儿子如狼似虎地扑向陈长海，狠狠地打了他一顿，致使陈长海鼻口流血，身上青一块紫一块。陈长贵还要举棍打向陈长海，可就在这时，陈长贵的小女儿赶来，死死抱住陈长贵的腿哭着说："爸爸咱不能打人，老师说打人是犯法的，咱回家吧，别再打人了，这样不好，爸爸咱回家。"陈长贵的小女儿哭着拽着他，无奈他才让三个儿子走了，自己也拉着女儿走了。

随后，陈长海带着伤痛和控告信先后到派出所去了五十多趟。张集派出所所长李志一开始说得很好，说他派人调查，谁犯法治谁的罪。后来说，他们正在调查取证，让他在家等消息。最后就推了，说这事没有证据，也找不到证人，派出所也没办法。有人告诉他，所长李志与陈长贵的大儿子陈兵是好朋友，是烧香磕头的拜把子兄弟，在村里打人、骂人有相当一部分就是仗着派出所所长李志的势力。两个人在一起做生意，陈兵在村里建的烧砖的大窑就有所长李志的股份，找派出所告状那是"瞎子点灯——白费蜡"。最后陈长海只得咽下了这口恶气。

百姓心中有杆秤

专案组又组织一批老党员、复转军人、先进群众代表、村组长参加座谈会，具体了解陈长贵是怎样当上村支书的，当支书后的工作作风、群众威信等问题。一开始人们都不说，认为他人都死了再说没啥用，所以不管专案组怎么问大部分人就是不开口，还是老支书陈大龙先发言，最后大伙儿对陈长贵当支书前后的情况和他及三个儿子的所作所为作了叙述和评价。绝大多数群众有话直说，说陈长贵根本不配做一个共产党员，他连一般群众的觉悟都没有，他当支书后和他的三个儿子殴打群众达三十多人次，霸占集体的财物、土地等。也有的人看风使舵，净说些模棱两可的话，既不说好也不说坏。还有的说，对他不了解，人家是支书，咱是群众，他说啥是啥，庄稼人有碗饭就满足了，谁当官咱当谁的民，哑巴进庙门——多磕头少说话。

专案组通过座谈和走访，了解到陈长贵的一些人生经历。陈长贵的父亲曾当过几年生产队队长，为人办事还是很好的，虽然他有四个儿子，但从不仗势欺人。他常说，都是乡里乡亲的，能给人家办点儿好事就办点儿好事，不能办好事也别办坏事。所以，在村里人的眼中，他是位办事公道的好人。陈长贵兄弟四人邻里关系搞得也都不赖，跟谁也没啥明显矛盾，村里人见面了相互打个招呼，谁家有红白喜事也都相互帮衬，和睦相处。

陈家老四陈长贵脑袋灵活，见了当官的能说会道，大献殷勤。于是，大队领导看他父亲的面子，就让陈长贵在大队部里颠颠跑跑，如大队里找个人，到哪个生产队里传达个上边的指示，通知个会议什么的，人们给他起个绰号叫“二书记”。他每次听到这个称号心里都美滋滋的，只是咯咯地笑。后来分产到户，大队变成了村，村里干部变动不小，他没有职务，自然回家去了。可陈长贵很不适应，他总觉得当村官比当一般老百姓强，群众见了村干部都尊重有加、笑脸相迎，身份高人一等，人活到这个份上那才叫值，自己不管怎么整也要弄个村干部当当，也像模像样地过一把当干部的瘾。当时的村支书是陈大龙，既是老党员又是转业军人，群众威望很高。陈长贵认为不把陈大龙弄下去，自己想当村支书那是白日做梦，是件可望而不可即的事。

当时的社会风气是想当官必须找关系、走后门、请客送礼，有买官的就有卖官的，只要有钱没有办不成的事。于是，陈长贵就通过人介绍认识了与他拐弯的表叔，在某乡担任乡党委书记的石松。陈长贵如同抓住了一根救命稻草，三天两头去找石松，经常送礼送钱套近乎。石松也不断给张集镇的书记、镇长打招呼说好话。每次镇领导都说，陈楼寨村支书陈大龙一身正气、办事公道、心里装的都是百姓且群众威信高，硬把他拿下来怕群众不答应。陈长贵上下活动了两年也没见效果，钱没少花，人也没少找，还是没能把陈大龙拉下台来。

就在陈长贵为当官一筹莫展的时候，他的表叔石松升任春城县副县长，石松的小舅子李高峰便成了张集镇的党委书记。于是，陈长贵不惜钱财，先后给石松、李高峰送了不少钱。他俩都觉得不把陈长贵弄成村支书实在对不住人家，收了人家的钱得给人家办事，这是官场上的潜规则。但当时陈长贵还不是党员，他入党时两次党员表决都没有通过。陈长贵急得像热锅上的蚂蚁，三天两头找李高峰，有时还坐在他办公室里不走。眼看换届选举还有两个月，李高峰就安排镇组委想法把陈长贵的入党问题解决了，如果村里有阻力就以镇党委的名义直接解决。陈长贵见组委有点儿为难的样子，晚上给组委送了一万元钱，三天后陈长贵的入党申请就批下来了。

村党支部书记换届选举时，张集镇党委的主要领导坐镇陈楼寨村，多次召开党员会，一个一个地征求党员意见，分工做所有党员的思想工作。在村党员会上，镇党委对陈大龙的工作给予了充分的肯定和较高的评价，对陈楼寨村近年来的变化大力赞扬。最后，以陈大龙年纪偏大、身体有病、思想僵化为由，让陈大龙退居二线当顾问。陈长贵水到渠成地当上了陈楼寨村党支部书记。

陈长贵上任后，他首先要把自己为了当支书的投资收回来，就在收公粮时层层加码，该收的不该收的都收。计划生育工作，他专门派人对本村的育龄妇女进行摸底，只要怀孕了就想法罚款，并与村民组长分成。要是谁不交罚款就让她去做流产手术，要是人跑了就组织人去她家扒房子、拉粮食。他们村先后扒了二十多户的房子，牵羊、赶猪、拉粮食是常有的事，谁讲情都不中，可谓六亲不认、铁面无私。他在村民大会上公开说："有个别人不服气，说我乱收费、乱罚款，想整我的黑材料告我。我可以毫不夸张地告诉你们，我陈长贵要人有人，要钱有钱，县里的公检法司都有朋友，党政机关都有人替我说话，只要谁敢告我的状，让我知道了，我不把你整治得跪在地上喊我爹我是不会放过你的。在陈楼寨村，我说的就是最高指示，什么法律，什么政策，在我陈长贵这儿统统没有用。"于是，陈楼寨的群众暗地里便为他起了个外号"四阎王"。

侦查员去走访村民张登科，也就是被人们称为"张秃子"的张登科。"张秃子"问侦查员："你是让我说真话，还是说假话？让不让我说句公道话？"侦查员说："那当然要说真话，要讲公道话啦。"张登科向四周看了看说："咱凭良心讲，陈长海是个本分老实人，他长这么大在村里没有跟谁言差语错过，从不惹是生非，从没听说有人说他别的。支书陈长贵那是欺人太甚，别到劲啦，让陈长海无路可走了，陈长海才拿刀杀人。要我说，陈长贵死一百回都不亏。你们想想，陈长海杀了人在大街上大模大样地走没一个人拦，他又跑到河里涮了脚，村里人都看见了，但没一个通知陈长贵的哥哥和他的近门邻居，可想而知人们对陈长海的同情，对陈长贵的不满到了何种地步，人心是杆秤啊。但是，陈长海应该求助于党和政府，求助于法律，不应该用残忍的灭绝人性的手段剥夺陈长贵及其家人的生命。他应该受到法律制裁，应该落个千刀万剐、死有余辜的可耻下场。"

"张秃子"的话也许能代表陈楼寨村的人们要说的心里话。

试想，当法律的天平被人为地打破，犯罪者得不到严惩，弱者的权利得不到维护，人间的悲剧便会上演。陈楼寨的特大杀人案给人们留下了太多值得思考的地方。

陈长贵当村支书后，没有很好地带领群众建设社会主义新农村、走共同富裕奔小康的道路，而是把村支书这个岗位看作敛财的平台。他为了金钱和权势，竟选择了横征暴敛、弱肉强食、称霸乡里、欺压良善的行为方式，最终人生以悲剧谢幕，把自己和家人引入了不归之路。陈长海生活在社会的最底层，他的尊严被任意践踏，人格遭受侮辱，由于脆弱的情感经受不了被欺侮带来的伤痛，于是理智的高墙瞬间坍塌，最终他选择了铤而走险、以牙还牙的报复手段，用暴力剥夺他人的生命，亲手制造了这场骇人听闻的人间悲剧。他的行为必将受到法律的制裁，不但他自己将遭受万人的唾骂，而且他的家人也将被抛进痛苦的万丈深渊，不由得让人感到悲哀与叹息。

都是美貌惹的祸

按照专案组的安排，张宏伟带着侦查人员几经周折找到了陈长海的妻子郑美姣。郑美姣虽然人到中年而且是三个孩子的妈妈，但她那白里透红的脸庞透着俊俏，一双含着泪花的大眼睛闪现着青春的魅力和智慧的光芒，举手投足间仿若出水芙蓉一般。她那乌黑蓬乱的短发好像刚被泪水打湿过，紧贴在脸颊上，憔悴的面庞上布满了愁容，带着两道明显的泪痕。

张宏伟等人在郑美姣的对面坐下，她把女儿和儿子撵到别的屋里去了。爸爸杀人的事尽量不让孩子知道，以减少对孩子的伤害，毕竟孩子的心理承受能力是有限的。

“郑美姣，今天我们来有两层意思。一是你丈夫陈长海的藏匿之处你是否知道？法律规定，对犯罪人员提供帮助，比如提供路费、交通工具、躲藏地点，对其逃跑的方向、投奔的亲戚或者其他线索知而不报，是要依法追究刑事责任的。你说说，你丈夫杀人后逃到哪里去了？二是想了解一下你丈夫陈长海杀人行凶的原因和动机。到底是什么样的仇恨和矛盾让他举刀，如此残忍地连杀七人，亲手制造了震惊全国的特大杀人案。”

“他这个傻种，谁能想到他竟然干出这种蠢事。他把人家一家杀啦，可俺这一家也散了。平时我整天跟他说忍，忍忍就过去了，没有过不去的坎，哪家庙里没有冤死鬼，冤死不告状，饿死不做贼，生就的瞎头他不认。人家有钱有势，户大人多拳头硬，鸡蛋能跟石头碰吗？可他不服气，还是惹下了滔天大祸。你说，这家里老的老小的小，让我咋过啊？我昨晚悬梁上吊没死成，让孩子发现把我救下来了，要不是孩子发现，我昨天就死啦。”郑美姣号啕大哭，双手使劲地拍着大腿。

“你也别太难过，一人犯罪一人承担，你还有老有小，千万不能办傻事，这事都发生了，谁也改变不了。你唯一的出路就是发现他逃到哪里后马上向公安机关报告，如能见面就劝他投案自首，争取政府宽大处理，这是最好的选择。他杀人后你们两口子就没有见过面，或者见面了他向你说啥了没有？”

“那天我从地里干活回家，走到门口碰到长海，他见到我后惊慌地说：‘我把那个孬种一家都给宰啦，这口恶气算是出了，你把家里人都照顾好，我走啦。我不会跟家人联系的，你们就当我死了，我不会再回来了。’他说完就往外边跑啦，全家人都不知道他跑哪里去了。如果我说半句瞎话，你们就枪毙我。”郑美姣说完用真诚的目光看着侦查员。

“从现在起，如果你发现了陈长海的任何踪迹，立即向派出所、县公安局报告，你作为杀人凶手的家属这是唯一的出路。”

张宏伟对郑美姣说。

“我明白，只要有陈长海躲藏的任何线索，我都会第一时间报告的。”郑美姣认真地说。

“你家与陈长贵家到底有多大矛盾不能解决，你丈夫能拿刀将人家一家人都捅死了，这可不是一般的深仇大恨，他杀人前没有与你说过啥话?”张宏伟问郑美姣。

郑美姣听张宏伟这样问，哭得更厉害了，泪水像断了线的珠子，一个劲地“啪嗒、啪嗒”往下落，心中的委屈像闸水一样涌了出来。她向张宏伟及侦查员们诉说了陈长贵父子给她及其家人造成的伤害。

陈长海还在部队时就与郑美姣结婚了，两人是郎才女貌，村里人都说他们是天生的一对、地配的一双。这对小夫妻对这桩婚姻也都心满意足，彼此深爱着对方。他们俩结婚后只在一起生活了半个月，半个月后陈长海的假期满了要回部队，两个人缠绵得难舍难分。陈长海要归队，郑美姣又跟随他到了部队。在部队住了一个月，郑美姣不得不恋恋不舍地回了陈楼寨村。

因为郑美姣在娘家就是村妇联主任，而陈楼寨的原妇联主任因随军去了部队，当时村里的妇联主任一职空缺。郑美姣结婚到了陈楼寨村，通过乡里妇女主任的介绍，郑美姣自然而然地成了陈楼寨村的妇联主任。村里的妇女工作郑美姣干得有声有色，村里人都说她是个女强人，她在寨子里妇女中间有很高的威信。

郑美姣说：“现在都到这种地步了，我也不再顾及面子了，啥都说出来吧。他陈长贵不是人，曾两次对我下手，我死也不从，就这样他就不让我干妇联主任了。俺想，村里这么多女的，人家不当妇联主任不照样活得很好，就是八辈子不当干部也不能让他个鳖孙得逞，脸面值得多啊！”她说到这儿低声地哭泣着，看得出她哭得很伤心，所经历的那些不堪回首的往事像电影一样在她脑海中闪现。

在陈长贵当村支书时，郑美姣还是村妇联主任。见了女人就走不动的陈长贵早就对郑美姣垂涎三尺，在他眼里郑美姣就是天底下最动人、最漂亮的女人。他心想只要他当着村支书，郑美姣当着妇联主任，玩她不是手到擒来、水到渠成的事。在一个秋高气爽、星稀夜深的晚上，陈长贵在村室里组织召开村支部委员和各村民组长参加的会议，散会后陈长贵到郑美姣跟前小声说：“你先留下，我有事跟你商量。”

等参加会的人都走完了，村室里就剩下陈长贵和郑美姣了，陈长贵奸笑着说：“美姣啊，我看咱村里这么多女的就你最漂亮了，哥想你不是一天半天了。常言说，石榴裙下死，做鬼也风流，能跟你大美女玩一回就是死也值啦。这叫英雄配美女，我是书记，你是妇联主任，这是天赐的良机。来吧美女，我下边早硬得不行了。”陈长贵说着就往郑美姣身上扑，郑美姣左右躲闪着说：“你别这个样行不，这种事如果让人知道了，让我在村里咋做人，俺是良家妇女，决不做这伤风败俗的事。”

“你别装正经的了，女人跟男人一样也需要，长海不在家你不急啊，我来给你下点儿及时雨。再说办这事叫水缸里插擀面杖——拔出来没有印，咱俩干这种事你不说我不说，谁也不知道，来吧大美女。”陈长贵急不可耐地抱着郑美姣就往床上扔，并把郑美姣的裤子扒掉了，露出雪白的皮肤和软软的肚皮。就在这千钧一发之际，郑美姣用尽全身力气把陈长贵推开说：“你敢这样我就喊人啦，长海在部队，我才不干对不起他的事，你就死了这份心吧。”

陈长贵脸一沉说：“你就别装正经人啦，像你这样美丽的女人我就不相信不跟别人玩，我玩过那么多女人你是头一个‘抗日’的。”陈长贵深知郑美姣是军人家属，如果不顾一切地硬弄，那是破坏军婚，也不敢使强，要换了别人，陈长贵决不会放过这么好的机会。

郑美姣拉开门冲进了茫茫的夜幕中，她像一只无助的小鸟，在伸手不见五指的黑夜里，飞呀飞呀，去拼命寻找安全的栖身之处。

从那天晚上起，郑美姣见了陈长贵就躲得远远的，从不两个人单独相处，一是怕别人说闲话，二是怕再给陈长贵机会对自己不轨。可陈长贵心里十分恼火，想想那天晚上多好的机会，眼看到嘴边的肥肉硬没吃到嘴里，后悔自己没有来硬的，要死拉住郑美姣不放也弄成事了，费了半天的劲落个鸡飞蛋打，没打住黄鼠狼落两手骚，真晦气。他又一想，反正牛吃不了回头草，卖枣的跟着卖碗的——枣枣碗碗（早早晚晚）。他陈长贵看上的女人玩不上那不叫陈长贵。于是，他千方百计找机会接触郑美姣，但始终没有找到机会。

一只小羊羔长期生活在狼窝里，总有一天会成为恶狼嘴里的美食。那年县妇女联合会组织的保护妇女儿童权益工作经验交流会，要求每个村的村支书和妇联主任参加。所有参会人员的就餐和住宿都在县委招待所里，陈长贵注意到郑美姣与乡妇联主任被安排在一个房间，也就是三零六房间。晚饭后陈长贵见乡妇联主任赵香走出招待所，马上问赵香说：“赵主任还没休息，晚上去哪里？”“我回家住，跟孩子说说话，团聚一下，孩儿他爸开车在门口接我来了。”赵香很客气地跟陈长贵说着，走出招待所大门，上了在门口停着的小轿车一溜烟走了。

陈长贵暗暗高兴，心想这真是天赐良机，机不可失，时不再来。今晚决不能像上一次弄个半途而废，必须把郑美姣弄到手。陈长贵心急火燎地等着，他准备晚上九点以后再去，早了人来人往的不方便，到那个点大部分参加会议的人都睡了，神不知鬼不觉地就把事办了。

时间刚一过，陈长贵就急不可耐地敲三零六房间的门，郑美姣以为是乡妇联主任回房休息了，就起床穿着睡衣打开了房门。门一开陈长贵立即挤了进去，把房门反锁上，一下子扑向床上的郑美姣。他掀开被子，强行扒掉郑美姣身上的睡衣。郑美姣一下子赤身裸体了，雪白如玉的肌肤、两只高耸的乳房一览无余。陈长贵欲火中烧，像饿狼一样猛扑过去，身子死死压在郑美姣的身上。尽管郑美姣竭力反抗，可还是抵不过人高马大的陈长贵。郑美姣不敢喊，因为房间两边都住着人，如果这事在大会期间被传出去，那人可丢大啦，以后还咋有脸出门。于是她只好选择了沉默，任陈长贵在身上折腾，她只是用双手捂住脸不作声。陈长贵在郑美姣的身上得到满足后，用手抚摸着郑美姣的全身，奸笑着说：“美人啊，我都想你几年了，把我想得好苦好苦，今后你只要顺从我，我有的是钱，咱俩谁也不吃亏，萝卜白菜各有所爱嘛。”说完他穿好衣服走出了郑美姣的房间。

陈长贵走后，郑美姣哭了。她哭得很伤心，觉得对不起在部队服役的丈夫，对不起待她像亲女儿一样的婆婆，对不起自己的大女儿小翠。她想去告发陈长贵，但是她已用水冲罢身子没啥证据了，再说陈长贵在县里、公安局、检察院、法院都有朋友，他的关系网织得很密，到时候不但告不倒他，自己还落个身败名裂，今后难以做人。她思来想去，最后决定自己打掉牙往肚里咽，天大的痛苦由自己一人承担。于是，她决定辞去村妇联主任一职。她想，如果再继续当这个妇联主任，陈长贵这个色狼就甩不掉了，纸是包不住火的，没有不透风的墙。到时候丈夫是不会谅解自己的，要是把家庭破坏了那就太惨啦。

第二天，郑美姣连上午的会都没参加，没吃早饭就从春城县赶回了陈楼寨。她对陈长贵说自己不当这妇联主任了，愿意让谁干让谁干去，自己坚决不干了。一开始陈长贵还假惺惺地劝说，后来他想，郑美姣这个女人不识抬举，玩一次费了九牛二虎之力，要是这事败露了弄个破坏军婚罪也不划算。于是，他又选了一个与自己有一点儿拐弯亲戚，人长得虽然赶不上郑美姣，但在农村也算有几分姿色的还没有结婚的大姑娘郭春芳当了村妇联主任。后来村里人都说郭春芳就是陈长贵养的“二奶”。两个人经常开房同居，寻欢作乐，陈长贵走到哪儿把她带到哪儿。但郭春芳也不在乎别人怎么说，她认为人嘛，只要玩得开心，能弄点儿钱，干啥都行。据说，每天打扮得像妖精一样的郭春芳没少在陈长贵的身上弄钱。

父亲的心在滴血

时光像奔腾不息的黄河水静静地流淌着，农村人的日子伴随着时代的节拍在黑白之间静静地往前过着，村庄里的红白喜事、增人添口、老人离世等村中大事，在人们的欢笑和痛哭中慢慢地成为了人们的记忆。那些让人烦恼的抢劫、偷盗、行骗、兜售假货、卖淫嫖娼、欺男霸女、打架斗殴等丑恶现象，也在人们的咒骂中出现再出现，发生再发生。涉世不深而只讲现实拼命赚钱的年轻人认为时代赋予他们的只是金钱，和金钱相依相存的是物质，其余的都是扯淡。只有经过战争年代，经过苦难岁月，受过社会主义教育和毛泽东思想熏陶的老年人，才知道祖辈传下的美好传统和现代精神文明的珍贵。每当看到世风日下、人心向背、金钱至上的社会现实，他们只能叹息和叫骂，但这些却被儿孙们的取笑所代替了。他们在担心，年轻人今后的信仰在哪里，金钱至上的观念将又把他们引向何处？农村人祖辈传下来的优良传统和美德是否还能得到传承？农村青年的价值取向又在哪里？

陈长海在家人的期盼中复员回到陈楼寨，回到了阔别七年的家乡故土，他决心为家乡新农村建设出一份力，用勤劳的双手和拼搏精神来改变自己的命运，让受了一辈子苦的老母亲、贤惠的妻子和孩子过上好日子，全家人共享天伦之乐。当他怀揣的梦想与社会现实相碰撞的时候，当他的美好愿望与实际生活发生冲突的时候，他才意识到他的梦想是那样幼稚可笑。他从部队回来的那份热情也慢慢地凉了下来，从部队出来的单纯的他很难适应错综复杂的社会，他开始有点儿怨天尤人了。他知道铁打的营盘流水的兵，自己只是参军尽到义务，部队再好也要复员回家。人嘛，遇到新的环境和新的生活，总要有个适应的过程，自己刚回到家尽管有很多不适应，但你也走不了，还要在家里生活，跟老少爷们儿一样家里地里一身泥水一身汗水，还得过土里刨食的农民生活。他本来就是农村人，无非比别人多穿了几年黄裤衩子，这也不是自己骄傲的资本。于是，他就安心开始了他的农民生活。

春去冬来，花开花落，岁月在无声地流逝着，时光在人们的忙碌中箭一般地度过，转眼间陈长海已复员回乡十多年了，大女儿小翠也长成了大闺女，两个儿子相继出生，他的老母亲年事已高，身体还算硬朗，家庭生活虽然比不上那些万元户，但也算幸福美满。大女儿小翠是陈长海的掌上明珠，她和她妈一样长得那样水灵，一双大眼睛忽闪忽闪地透着青春的活力，白里透红的瓜子脸俊俏美丽，红红的嘴唇和嘴角上总挂着甜甜的微笑，像瀑布一样的披肩长发散发着淡淡的清香，高挑的身材走起路来如风摆杨柳。十六七岁的年龄就如出水芙蓉，成了周围村庄男孩子的追求对象，陈楼寨及周边的村子都知道陈长海的女儿是个美人。

小翠读中学时就有不少男学生追她，为了给女儿一个好的学习环境，陈长海夫妇先后给小翠转了三所学校，但到情人节那天，给小翠送花、送纪念品的还是不少，要请小翠吃饭、喝咖啡的也是不断。高中只读了一年级小翠就不愿意再上学了，说想要外出打工来摆脱这些男孩子的纠缠。陈长海夫妻俩觉得女儿外出打工不安全，现在世道这么乱，女孩子一人出去怎能放心，如若发生意外后悔也来不及。于是，郑美姣托人给小翠在春城县城内一家叫红妆养颜的美容院里给找了一个当美容师的工作，今后女儿会个手艺，一辈子平平安安，也算有个可靠的职业，找个不接触男性的职业，免得有人打扰她平静的生活，既安全又能安排自己的未来。

村支书陈长贵的大儿子陈兵比小翠大四岁，很早就对小翠垂涎三尺，陈长贵托了几批人到陈长海家提亲。一开始为了不公开得罪村支书陈长贵，陈长海推托说都是一姓陈家，又都生活在同一个村寨，这样两家成亲不好看，怕别人说闲话，委婉地拒绝了这桩亲事。

一贯爱吹大气说大话的陈长贵说，我要钱有钱，要权有权，又有一帮势力，他女儿小翠能嫁给我儿陈兵那算是他攀上了高枝，糠囤跳到米囤里了，我不说别的他还讨饭的不要白面馍，穷拿劲。一贯秉性强硬、为人耿直的陈长海更是不吃他那一套，他从心眼里就看不起陈长贵为富不仁、欺软怕硬、爱给当官的溜须拍马的无耻小人样儿，一口拒绝了前来提亲的人。

当陈长海的老母亲听说有人来给自己的孙女提亲，对方是陈长贵的大儿陈兵时，就对长海两口子说："我家小翠要找就找为人本分诚实、勤劳善良的好人家，像陈长贵这样的人品，被村里人人恨，不干好事，专干些伤天害理的事，他家再有钱不遮我的眼黑，决不能把孩子往狼窝里送。"陈长贵见儿子陈兵与陈长海的女儿小翠的婚事无望，就为儿子草草找了一个姑娘办了婚事，以此来展示自家在村里的势力。不久，他又为二儿子操办了婚事。从此，陈长贵对陈长海怀恨在心，认为陈长海在村里人面前驳了他的面子，心想今后有机会一定出这口恶气。

小翠无奈离开了学校，去红妆养颜美容院上班后，陈兵还三天两头到美容院纠缠，几次都被小翠骂了出来，送的花和金首饰也被小翠扔到店门外。很有正义感的店老板朱玲玲多次警告陈兵，说再到美容院里无理取闹，纠缠店内的员工影响生意，就打110电话报警。陈兵只得在店门外来回转悠，不敢再进店，在小翠下班的路上进行纠缠。

那是中秋节前一天的傍晚，全家人围着餐桌正在吃晚饭。郑美姣见女儿哭着回家来了，披肩发很凌乱，衣服上沾的有泥巴有草，她看上去好像矮了一截，修长的腿弯曲着，走路时一歪一斜的，家人的问话她没有回答，径直走进自己的房间，反锁住房门谁叫也不开，只是一个劲地呜咽。当人们都睡觉的时候，小翠把澡盆端到屋里，自己坐在澡盆里洗了半天。在小翠端着澡盆到院子里倒水时，郑美姣闯进女儿小翠的房间，发现她换下的内裤里有殷红的血迹，还有污迹，就知道女儿被人给糟蹋了。小翠在妈妈的再三追问下，说在她从城里回家的路上，就在村南的玉米地里被陈兵给强奸了。说完，小翠伤心地哭了半天。郑美姣面对痛哭的女儿，也流下了伤心的泪水。她安慰女儿，说乖孩子你放心，妈会给你出这口恶气的，决不放过这个色狼，并让女儿谁都别说，妈知道就行了。

当天晚上，郑美姣回到自己的卧室，丈夫陈长海见她脸色十分难看，眼里还噙着泪花，就追问女儿怎么啦，在县城美容院里遇到啥不顺心的事了，是不是被人欺负受委屈了，怎么回到家一个劲地哭？无奈之下，郑美姣就把小翠遭陈兵强奸的事向陈长海说了。陈长海听说心爱的女儿被陈兵糟蹋了，顿时火冒三丈，一脱上衣，找出自家的铁斧头，非要去找陈兵拼命，亲手把那个孬种劈了，说这口恶气不出枉为人父。

郑美姣立即拦住丈夫说："翠她爸，你不能这样，你这一闹不当紧，今后咱女儿咋出门，咱这不是把孩子往死路上逼吗？这样一传出去女儿被人糟蹋了，哪个男人还愿意娶她，咱也丢人啊。"

陈长海听媳妇这么一说，把手里的铁斧头扔了老远，气得在院子里直跺脚，双手抱头呜呜地哭了起来。郑美姣把自己的丈夫扶到屋里床上，可谁也没有睡意。陈长海说："我去公安局告他个孬孙，以强奸罪把他送进监狱，咱也能出这口恶气。"郑美姣说："你想得简单，咱没有人也没钱送礼，咱再有理也告不赢。那一次陈长贵家爷四个把你打伤，鼻口流血，你告了两个月不还是不长也不圆，那派出所所长李志是陈长贵的狗，他还指望陈长贵到县里找他当县长的表叔石松升官呢，他肯定跟咱和稀泥，弄不出个所以然。那个孬种法院里、检察院里都有人，咱一告，他用钱一活动，咱是哑巴吃黄连——有苦说不出啊！"

陈长海双眼望着妻子突然问："你在村里当妇联主任时，风言风语地听人说陈长贵他还找过你的事，对你也曾动过邪念，不知是真是假，我知道陈长贵不是啥好鸟。”郑美姣听丈夫突然问这么一句让人摸不着头脑的话，她心里一颤，心想难道陈长贵强奸自己的事丈夫知道了？她又一想这绝对不可能，自己从来没有跟他提及过此事，陈长贵就是再傻也不可能把这种卑鄙龌龊的事说出去。她想到这里，用惊愕的目光轻轻地在丈夫面上扫了一眼，立即又埋下了头长长地叹了一口气，好像故意在向丈夫隐瞒什么，也不知她是在摇头还是在点头。陈长海从妻子惊恐的神态和躲闪的目光中似乎知道了什么，他心里五味杂陈，心好像被一下子掏空了似的，两行热泪从他那布满血丝的眼中滚落下来。

那天晚上，夫妻俩从两人相识相爱到结婚，从一天天老去的老母亲为家里事操劳一辈子也没有享过一天的福，谈到三个乖巧懂事的孩子，从部队七年的生活谈到回家乡十多年心里所受的委屈、人格上所受的欺侮。他们谈了很多很多，除了仇恨，还是仇恨，那无名仇恨的烈焰在他们心中升腾着、燃烧着，好像非把他们的心烧焦才罢休。

从那以后，陈长海像变了一个人似的，他见人就躲着走，吃饭好凑饭场的他，吃饭的时候再也没有出过门，以往他好玩好热闹，经常和战友和朋友喝几盅、聚一聚，可现在大家约他喝酒他都拒绝了。他每天望着天空发呆，好像白天他在看云聚云散、日出日落，晚上在望着月亮在云彩中时隐时现、星星有亮有暗。他在感受大自然的奇特和神妙，他在叹息黑白之间的时光不管人间的疾苦，不问善恶的存在，一切都在不可抗拒地流逝着，新老有规律地更替着。

有一种阴影在他脑海里挥之不去，有一种悲哀的声音在他耳旁萦绕，驱之不走，那是女儿伤感流泪的双眼，是她那悲痛欲绝呜咽低沉的哭声。这一切数百次模糊了他的双眼，震撼着他那脆弱的心，一种无名的冲动一次次击打着他情感的神经，冲破他忍耐的底线。八月七日那天晚上，女儿小翠又哭着回家。那天小翠晚饭也没有吃，谁问她什么她也不说，只是关着门在自己房间里低声地呜咽。郑美姣隔着门问女儿，是不是陈兵那个孬种又欺负你了？女儿听到这话哭得更凶了。陈长海知道女儿是无法启齿的，他什么也不说，什么也不问，他把早已准备好的一尺多长的杀猪刀在家人都睡后磨了半夜。第二天他先后几次到陈长贵门口探视，见陈长贵的家人都到齐了好像在给谁过生日，他就提着刀去了，然后血案就发生了。

张宏伟认养遗孤

在陈楼寨的村室里，专案组的侦查员们在张宏伟的带领下，夜以继日地工作，对陈长海家、郑美姣家所有在外地工作的亲戚进行了梳理排队。九个小组分头开展工作，每天天不亮就进行，晚上一个小组一个小组地汇报，直至深夜。炊事员老鲍天不亮就把饭做好了，他把炒好的菜一份一份打好，又把热腾腾的馍端到侦查员的住室，一遍一遍地催促他们起来吃饭，可喊了半天，有的醒了抬头看看是鲍师傅就没好气地嘟囔几句倒头又睡了。只有张宏伟早早起床，从这屋里跑到那屋里，催大家起来吃饭。大家每天顶着烈日走村串户开展调查工作，直到傍晚才踏着夜色拖着疲惫的身子回来，身上的衣服全都被汗水浸湿了。回到村室大家把一天所调查的人数、所了解的情况、是否发现有关案件的线索一一向专案组汇报。对于每个组的汇报张宏伟都认真地记录，时间、地点、每个组的负责人、主要负责排查的对象、排查发现什么线索、省市县公安机关的领导对侦破工作的每个环节所作的指示、下一步工作开展的重点等。张宏伟是个特别认真的人，每起刑事案件他都记得清清楚楚，对于特别有影响的案件他更是一丝不苟。就因为他工作细心，大家便给他起了个绰号叫“细箩底”，队长倒叫得不多，“箩底队长”叫得山响，还有人叫他“箩队长”。开始他不承认，大家叫多了他也就默认了。侦查员办案经常下乡蹲案件，没有任务时就互相侃大山、互相起外号，有的叫马，有的叫驴，有的叫猴子、黑熊、豹子等。当时刑警大队大队长姓朱叫“大耳朵”，于是大家就编了顺口溜，“马驾辕子驴拉套，车上坐个大耳朵”。主抓刑侦的副局长听了说，你们都有外号我还没有呢，于是大伙儿挖空心思给他起了个外号叫“老虎”。刑侦大队的侦查员的外号大部分都是动物，老虎也就是兽中之王的意思，当时刑侦大队的人被局机关的人都喊成动物园里的动物。但这些人破起案来都有两把刷子，干起工作来谁也不服谁。刑侦大队在一个星期内曾连破三起命案，先后被县政府记过三次一等功。

春城“89·8·8”特大杀人案发生一个星期后，尽管省厅、地区公安处都派了刑侦专家参与此案的侦破，尽管全体侦查员夜以继日地开展工作，杀人凶手陈长海的潜逃方向仍然没能被发现，任何有关他的蛛丝马迹都没有。在最后一次案情分析会上，专家们各自谈了对这起案件的分析判断，提出了今后工作的方向和目标重点。最后因为其他工作的原因，刑侦专家都拍拍屁股走人了。根据专案组排查出的陈长海、郑美姣两家在外地的亲戚的地址，派出七个追捕小组分赴全国各地，对陈长海的行踪进行排查摸底，实行定人、定位、定时、定点等工作方法，要求不漏掉任何一个可疑点，不漏掉任何一个可能逃往或躲藏的地方。七个小组都带着自己的任务出发了，投入了艰难的追逃工作。专案组要求，每个追逃小组每天都要向专案组组长张宏伟汇报当天工作的开展情况：见没见到你要见的人，工作进展如何。张宏伟对所有工作做到全面掌握、心中有数，及时调整侦破方向，有条不紊地指挥七个追逃小组的排查工作。

二十天后，七个追逃小组先后从全国各地回到了春城，但都没有摸排出陈长海潜逃的任何线索，案件的侦破工作处于难以开展的艰难地步。负责此案侦破工作的张宏伟也是心力交瘁，食不甘味、夜不成眠，他每时每刻都在苦苦地思索着，把全部精力都用在了案件的侦破上。

县里又发生了其他命案，专案组不得不从陈楼寨命案上撤下来，使张宏伟最放心不下的就是受害人陈长贵的小女儿小花。那天张宏伟和同事在勘查那起惨不忍睹的杀人现场时，她那悲哀伤痛的哇哇哭声，她那惊恐无助的孤独眼神，她那幼稚白嫩的小脸上挂着的愁容和泪痕，让张宏伟心疼不已，也许这与他自己童年的经历有关吧。他想走前一定去看看小花，他还想再听听她对当时陈长海行凶过程中的描述。陈长海不杀小花的原因是什么，她今后的生活该依靠谁，这一切都让他放心不下。

一大早，张宏伟开着警车带着侦查员小陈来到陈楼寨村，找人把陈长贵家的大门打开，在案发现场详细地看了一遍，在脑海里还原了当时的杀人现场。根据七名受害人倒地的位置，按案情分析会上大家的推断，第一个遇害倒地的应该是陈长贵，第二个应该是陈长贵的大儿子陈兵，第三个、第四个……大家谁也理不清说不明，反正陈长海行凶时用刀所刺的部位都是致命的部位，说明陈长海在行凶前对人体的各个部位都有所研究，不然一刀毙命的部位他不可能把握得这样准确，七名伤者也很有可能抢救过来两三个，也不可能导致全部丧命。张宏伟看完现场后，他让人把门锁上，一般情况下不让人随便进入中心现场，等把陈长海抓获后让他好指认现场，进一步稳定证据，以形成完整的证据链。

出了陈长贵家的大门，他又带着小陈来到了陈长海家。他推开虚掩的大门来到了堂屋，见陈长海的老母亲在床上躺着。听到有人推门进来，她以为是自家亲戚来看望她的，抬起头来看了看，见是刑警队的人。她想公安上的人都问她许多遍了，她早就不耐烦了，就又躺下也没说啥。张宏伟对老人很客气地说："大娘还没起来，今天早上吃了点儿啥？该吃就吃，该喝就喝，事既然出了，也得想开点儿，照顾好身体最重要，天大的事总得有结束的那一天，长海这样在外老躲着也不是办法，这么大的事躲是躲不掉的，唯一的出路就是投案自首，把事跟公安机关说清楚，该承担法律责任的必须承担。如果您老能见到儿子，您也好好劝劝他，省的全家人都为他担惊受怕的，我这话您说是不是，大娘？"张宏伟的一席话说得老太太心里热乎乎的，她见张宏伟说话这样和气，对人也不摆架子，是她接触的那么多公安人员中最好的一个。于是，她吃力地坐了起来，认真地看了看张宏伟说，家里没茶也没烟，不能像以前那样接待外人，让张宏伟多多理解。她又说，这么多天家里也没有开过火，都是闺女往家里送饭，自己身体一天不如一天，又出了这样天大的事，整夜整夜地睡不着，恐怕自己在这个世上也没有多少时日了。她只要能见了儿子参军，一定劝他去派出所投案。杀人抵命，借债还钱，这是老几辈子留下的规矩，他杀了人家就该给人家抵命，老是在外跑也不是办法，但躲过初一也躲不过十五，他投案了你们也不用费劲抓他了。

“大娘，我知道您老是通情达理的人，您一辈子没少吃苦受累，老了老了又摊上这么一档子事，您老咋能心安呢?”张宏伟很温和地说。

老太太听到张宏伟的一番话，突然号啕大哭起来，她用衣襟擦了擦鼻涕和眼泪说：“我自从嫁到陈家没有享过一天福，他家是三辈单传，都是老实本分的庄稼人，都争气过日子，家里地里没有拿过别人家一根柴棒，没有跟人家言差语错过，天大的亏俺能吃，人家欺负得再过分俺都能忍，瞎人得认瞎，不认瞎不行啊。他陈长贵‘四阎王’，就仗着他户大人多拳头硬、有钱有势，俺在他眼里狗屎都不如，他是蹲在俺头上拉屎拉尿，把俺逼到死路上啦。俺儿参军就是忍不下了，不能再忍了，才走到这种地步，我知道孩子心里苦啊，兔子急了还咬人呢。唉！千不该万不该，他不该行凶杀人，杀了人也不该跑，有种杀人就该有种承担责任，他这一跑害得你们也不得安宁，全家人都提心吊胆，东躲西藏的也不是个办法。”老太太说完又是一阵伤心的痛哭。混浊的泪水从她那昏花的眼中涌了出来，她那像沟壑一样的皱纹在不停地抽搐，布满青筋的双手像柴棒一样在空中舞来舞去，这可能是她宣泄情绪的一种方式，好像在质问上苍这世间的不平事又该由谁管。

张宏伟安慰了老太太几句，又从不同角度劝说了一番，就与老人道别走出了大门。他心里也有一种难以名状的滋味无法表达，但他也不想陷入说不清、表不明的深深苦思之中，这是他经历太多刑事案件所给他带来的思考。

张宏伟在村里走着，与他熟悉的人们向他打着招呼，有让烟的，也有让茶水的，上了年纪的人都知道他的身世，也都认识他的家人，毕竟他在陈大龙家生活过近一年。在陈楼寨，大人小孩儿都认识他，他也没什么架子，说话随和热情。村民们也没把他当外人看，只要见了他都热情地跟他说话，问吃过饭了没有，什么时候回来的，回来办什么事，杀人凶手陈长海抓住了没有，等等。张宏伟都一一作了回答，说着话走着路，直奔陈长贵的大哥家去找小花。他大哥大嫂说小花在老三家，张宏伟又找到老三家。老三家两口子说可能在老二家，张宏伟又找到老二家。刚走进老二的家，就听见老二媳妇在嘟囔："你大爷不想要你，你三大娘把你往外推，连顿饭也不想管你吃，可俺孩子大小都跟你差不多，吃饭不说，这住就是个大事。嘿，遇到这倒霉的事谁也没法，你说咋弄法?"老二媳妇说完无奈地看着小花。她转身见张宏伟到了她家也不再说什么了，就到屋里拿把板凳让张宏伟坐下，说去倒茶被张宏伟十分客气地谢绝了。

张宏伟仔细地打量着小花，只见她头发蓬乱，幼嫩的小脸蛋上留下一道道泪痕，目光痴呆，眼含泪花，身上的衣服也很脏，一双拖鞋紧裹住沾满泥土的小脚。张宏伟看到小花，一种怜悯之情油然而生。于是，他想到了自己的童年，想到了幼时所遭到的不幸和苦难，他便对小花的不幸有一种同情感，也对她的亲人不顾亲情的态度有一种说不出的滋味，他担心小花的未来和以后的生活。

"小花，那天参军拿着刀杀人时你在没在跟前，他杀人时嘴里说啥没有，他举刀不杀你的时候是咋说的，你能不能再跟我学一遍。”张宏伟凑到小花跟前小声说，并拉了一下她的小手。

“他拿着刀闯到俺家里，那天是俺妈的生日，全家人都在俺家喝酒。他说，你们欺负得俺没法过了，我今天跟你们拼了。然后，就举刀又是砍又是扎的。当时俺家的人都没有准备，都被眼前的一切吓傻啦。我也吓哭了。他说，我不杀你，你全家就你是个好人，你爹打我你抱住他的腿不让打，就这我留你一条命。他还说了很多，我都忘啦。”小花说完仍用惊恐的目光看着张宏伟，脏兮兮的小手在不停地拉自己的衣裳角，她茫然地呆呆站着不知所措。

“小花，你的家人都没有了，你今后想跟着谁生活，你姥家愿意收留你吗?”小花没有说话只是摇了摇头。“你的几个大伯哪个愿意要你，你想跟着谁?”小花又摇了摇头，只是绷着脸不说一句话。张宏伟望着可怜的小花心里难过极了，只要小花说出来她想跟着谁，他一定去找谁做说服工作，好让小花有个依靠，也有个幸福的未来。孩子是无辜的，不管大人如何也不应该让一个七岁的孩子承受这么大的精神压力，遭受这么大的苦难。张宏伟在心里这么想着。

也许是陈家大人的安排和嘱咐，不知道又是什么原因，小花见到张宏伟格外地亲。“叔叔我想跟着您，长大了我也当警察，为俺爹妈报仇，抓住杀俺爹妈的孬人，您就答应俺吧。”小花这突如其来的恳求让张宏伟措手不及，他面对孤独无助的小花不知道怎样回答她，收留不收留她一时拿不定主意。因为这样的大事必须征求妻子陆轲的意见，一般自己说的事妻子是不会反对的。如果当面拒绝小花他又于心不忍，如答应她自己不能全当家，就摸摸小花的头说：“乖孩子，叔叔今天不能马上答应你，让我回家商量一下，叔叔再告诉你行吗?”“那中，你得说话算话，我等着你来接我。”小花认真地说。张宏伟用力地点了点头。“这事得跟你家的人说好，他们不同意咋办?”张宏伟说。站在一旁的小花的二大娘马上接过话茬儿说：“俺们都同意，孩子能跟着你俺们是求之不得的，谁也不会说啥，今后孩子跟着你肯定能考上大学，你就发发善心把小花带走吧，俺陈家永远忘不了你的恩德。”张宏伟听到她二大娘的这些话，心里有说不出的滋味，他想难道眼下的亲情这么不值钱，人的眼光就是这么短?

张宏伟回到家里时，妻子陆轲和十一岁的儿子张晓宝在守着餐桌等他一起吃饭。儿子见他回来了猛扑过去，张宏伟抱着儿子亲了又亲，抱了又抱，爷儿俩在逗着乐，又耳语了几句悄悄话，全家人便坐下来吃晚饭了。张宏伟长长地叹了一口气，妻子陆轲马上说：“还是为抓那个杀人凶手犯愁吧，干工作只能顺其自然，抓不住人愁也没有用，身体要紧。”张宏伟摇了摇头，就把小花的悲惨遭遇向陆轲说了，小花要求要跟着他们一起生活，也不知陆轲愿不愿意接受小花。陆轲用惊讶的目光看着自己的丈夫，她知道丈夫心里在想什么，她说：“只要你同意我没啥说的，你小时候若不是好心人收留抚养你哪有今天的你，人到难处了能拉一把就拉一把，咱当个亲女儿养就中了。她和儿子张晓宝哥妹相处也不错，就这样定了。”张宏伟用感激的目光看着妻子陆轲，他想在这个世上了解和理解我的莫过于妻子陆轲了。

第二天，张宏伟带着妻子陆轲、儿子张晓宝来到陈楼寨，把小花接到自己家。小花从此便成了张宏伟的养女，一种难以置信的情感温暖着小花那颗孤独的心，使她从小就懂得了人间的真情是那样的无价和珍贵。

张宏伟想，人生的磨难和经历，是要穿过长长的时光隧道，去探索信仰的真谛，领略灵魂的纯洁，寻求人性的奥妙，感受人间亲情、友情和爱情的珍贵。人的情感不是任何人都可以寄托的，任何人不经过生死离别、艰难困苦的考验是难以感受和领略到的。他父亲的战友陈大龙、张坤把人间的真情给了他，让他在真情的滋润下长大成人，他又把这份真情传递给了小花，难道这种情感不是人间最美好的东西吗？

传奇故事人“张秃子”

“89·8·8”特大杀人案发生后，在春城大地引起极大的反响。曾经的陈楼寨村是全省农业学大寨的先进典型，村里人走到哪里都一伸大拇指自豪地说“俺是陈楼寨的”，可现在村里出了这档子事，村里人走到哪里都觉得抬不起头来，以前的那种自豪感荡然无存。可被村民称为“新闻部长”的张登科照样在他家那棵老槐树底下与村民们谈天论地，向人们发表着他每天捕捉到的各种新闻，照样跟村里的少妇们打情骂俏，在欢笑中过着那平淡乏味的日子。照他的话说谁犯法惩治谁，做人做事善有善报恶有恶报，只要自己遵纪守法，村里发生天大的事不关他屌事，各人自扫门前雪，莫管他人瓦上霜。

入秋时节的一天中午，张登科在家里感到心神不宁，心里感到百般寂寞和惆怅，但又不知道问题出在哪里，就无故找老婆的不是，骂了老婆几句，没等老婆还嘴就搬着板凳出门到老槐树下乘凉去了。

张登科抬头看看天，万里无云，天气晴朗，秋风轻轻地摇动着树枝，吹到人身上也没有半点儿凉意，人们感到天气闷热闷热的，树上的知了在不停地叫着，叫得让人心烦意乱。从地里干活的人三三两两地来到老槐树下，围坐在张登科周围有说有笑。这时候老支书陈大龙从地里回来也来到了大槐树下，对着张登科高喊：“张秃子、张发亮、张明光，你又在发表啥狗屁新闻，你是小秃跟着月亮走——谁也不沾谁的光，你这是秃子头上趴虱子——明摆着的，你是秃子打伞——无发（法）无天，你小秃脱帽——头一名（明），人家都说你是送暖的使者，你是光明的象征，你与月亮媲美，你与太阳争辉。”“陈别子”的一席话说得在座的人笑声一片，两个人斗了一辈子嘴，几天不见都十分开心。“别子哥你是狗嘴里吐不出象牙，你这是骑着骆驼放屁——吹得还不低咧，你是屎壳郎掉尿盆里——满嘴是瓷（词）。见面别再咬啦，你看你想坐谁那儿？坐吧俺小。”张登科笑着说。

陈大龙用眼扫了一下大伙儿，见大伙儿都看着他俩相互骂着，都笑得十分开心，陈大龙就又开咬了。“你叫小，小叫你叫娘的，我不升官你还能爬堂哩，我不娶你你还不能上床的，你不生孩子我还不给你称糖哩。”

张登科又笑着说：“我没听见水响让鳖咬一口。”陈大龙又往前走两步说：“咬你是细狗，两人架住你细扭，拜罢天地才让你前边走，砰的一枪你吓得浑身抖。”两个人的对骂在人群中爆发出一阵掌声和开朗的笑声。人群里有人提议让张登科讲段故事，人们都想听他讲故事，有人给他递烟，有人给他递水，他看看陈大龙说："让'陈别子'讲一个。"陈大龙说："有俺孩子在此哪里显着老子，还是让'张秃子'给大家讲一个吧，大家鼓掌鼓掌。"

张登科看看陈大龙，又看看这么多人大部分都姓陈，就干咳几声，清了清嗓子说道："话说在乾隆年间，风调雨顺，五谷丰登，万民称颂，被全国子民称为盛世，国泰民安。皇帝整天打理朝政，忙得身心疲惫。一日，皇帝见雨过天晴，春暖花开，想去郊外游玩散心。一是想下去体察民情，二是到郊外赏花观景，便带着正宫娘娘和宫中太监一起走出宫门，登上一座高山……"这个故事又一次引起人们的捧腹大笑，大伙儿都说张登科肚子里的故事就像井里的水抽不干、提不完。在寨子里不管是辈分高的还是辈分低的，不管是男的还是女的，张登科见面照骂不误，不骂上两句，他心里痒痒。要是谁一见面骂他几句，他更是笑得合不上嘴，别提多高兴了。他也常说自然灾害那几年，要不是寨里人对他好，孩子老婆早就饿死了，特别是老支书陈大龙对他最好。只要见张登科骑在墙头上唱戏，唱得泪流满面，喉咙都唱哑了，就知道他家人又挨饿了，已是凉锅断顿，锅盖不掀了，他便让自己的老婆给送点儿吃的。他从部队受伤获得的残废军人补助都帮助像张登科这样的困难户了，有时到了吃饭时自己在外喝一肚子凉水充饥，回家告诉老婆他在外边吃过了，最后饿得全身水肿昏倒在路上，他老婆才知道真相。张登科见人就说这辈子最感恩的人是陈大龙，这些年来没有陈大龙的帮助，就没有他"张秃子"全家的今天。所以在陈楼寨陈大龙说的话就是最高指示，陈大龙在村里当支书时，每年交公粮张登科都让妻子把要交的公粮用簸箕把杂质弄干净，把最好的粮食交给国家，他总是在全村第一个完成公粮任务。只要是上级号召的张登科都积极响应，是有名的农业生产积极分子，他教育孩子要永远听党话，永远跟党走。他坚信毛主席讲过的话，只有社会主义才能救中国，是颠扑不破的真理。

在陈楼寨人的眼里，张登科是一百成的好人，他做人有骨气，做事讲诚信，为人讲义气，天大的事在他面前只是哈哈一笑。他除了爱跟人家开玩笑取乐外，没有啥毛病，村寨里谁家有红白喜事都离不开他，收钱记账都是他的事，钱物交给他都放心，都知道他不会往兜里装一分。大集体那年月，生产队的庄稼谁不往家拿，唯有他从不沾集体一分钱的光，他说屈死不告状，饿死不做贼，做人得硬邦。他儿子立志从上学起晚上都住在学校里，家里两间房子连住加做饭，而且只有一张床。小立志从小就有志气，他深知家穷谁都看不起，绝不能像父亲那样一辈子在穷苦的环境下生活，走到哪里都抬不起头，让人看不起。立志从上中学起吃住都在学校，星期天别人家的孩子都与家人团聚，享受天伦之乐，可他却留在学校里看校，就求能在学校食堂里免费吃饭。学校的老师也都喜欢他，因为他学习好，在学校里又勤快，学校逢星期天或放假就让他看校，老师和同学们给他起了个绰号叫“二校长”。

在立志幼小的心灵中有一个心结，时刻撕扯着他脆弱的情感。在他上小学五年级时，他与村里同龄的孩子们玩。小伙伴们在河里洗过澡后，在青纱帐的掩护下偷摘了村里二孬家的小瓜子，不巧被二孬的父亲抓到了。一群孩子有比立志小的，也有比立志大的，二孬他爹谁都不打，偏偏抓住立志不放，在他脸上连打了几个耳光。立志哭着去找他爹张登科，把事情的来龙去脉说了一遍。张登科把儿子紧紧抱在怀里，两眼泪如雨下，用他那长满老茧的手抚摸着儿子有点儿红肿的小脸哭着说：“儿啊，咱家穷，爹又没有本事，你托生在这个穷家里，让孩子你吃苦受罪了，爹对不起你啊。咱在陈楼寨不是姓孤人单嘛，人瞎不认不中啊。孩子要记住，努力读书，考上大学，别像爹这辈子整天和土坷垃打交道。要切记这几句古语，穷没有根，富没有苗，人十年河东，十年河西，咱不能这样一直穷下去，有志者事竟成，做人要有志气。”那天父亲和儿子说了很多很多，父亲的无奈和苦衷在小立志幼小的心灵里打下了深深的烙印。从那以后，小立志再也没有拿过任何人的任何东西，他视二孬一家人为仇人，见面再也没有说过一句话，有时二孬跟他说话他连理都不理，因为那儿记耳光已在他的心里种下了仇恨的种子。

在立志上高中的一个星期天，张登科实在挂念在县一中上学的儿子，就骑着人力三轮车赶到学校。见儿子只穿了一条裤头一个人在宿舍里学习，额头上挂着豆大的汗珠，他感动得拉着儿子的手不知说啥好。他一边用手擦去儿子额头的汗水，一边用书为儿子扇风，半天才关切地说：“立志啊，别光为了学习累坏了身体，每次学校组织考试你都考这么好，你付出的努力和心血也不少啊，一分努力就有一分收获，天道酬勤就是这个道理，爹相信儿子是最棒的，你一能成功。”

“爹，您和娘供我上学也不容易，我在学校花的每一分钱都是您和娘的血汗钱。我是穷人家的孩子，咱家没钱又没权势，经常被人欺负，我只有拼命学习，考上名牌大学，才能挣钱让您和娘过上好日子。我要报答对咱家好的大龙伯和村里帮助过咱家的人，让那些有俩臭钱、有一点儿小权势就称霸一方、欺负老实人的地头蛇看看，穷人的孩子也有出息，也能帮助更多的穷人。”立志双手紧握拳头，认真地对爹说。

张登科听了儿子的一席话，心里热乎乎的，一拍儿子的肩膀说：“儿，有志气，有骨气，你一定能成为咱张家的骄傲，也成为咱陈楼寨的骄傲。你爷爷那辈子通读四书五经，满腹经纶，但他生在那个兵荒马乱的时代，一生不得志，只当了个教学先生。你爷爷死以前让五台山上的名人看过，说他一生属于怀才不遇，推算咱张家的下辈人要出有才人，我想这个有才人便是儿子你了。”那天父子俩交流了许多，因为张登科也是读过许多书的人，也算出生在书香门第，在村里人眼中他也是最有才的人，所以父子俩交流起来对一些事物的看法都是一致的，总能达成共识，所以立志对当农民的爹十分尊重。在他的心目中，爹为人淳厚，不媚金钱权势，人穷骨硬，人品和人格都是一流的。虽然爹见人总是笑眯眯的，喜欢与人打情骂俏，在吵闹和笑声中打发时光，但立志知道爹实际心里苦得很，每当遇到伤感和难事，爹总是骑在墙上唱戏，唱过了自己大笑，这是爹发泄内心苦楚的一种特殊的方式。立志虽然从小吃了不少苦，受过其他孩子的许多欺负，但他没有埋怨过父母半句，他知道爹在陈楼寨孤门独户，亲戚朋友都是地地道道的农民，在以金钱权贵为人们追逐目标的当今社会，能在异地他乡站住脚，并有几个相识相知的朋友，混得算不错了。人心是一杆秤，世道再糟糕，世上还是好人多，通情达理善待他人的在农村还是有很多的。所以好人一生平安的说法还是被大多数人认可的，农村人还是纯朴厚道的。起码他在心灵深处对家乡还是有深厚感情的，他希望农村经济振兴，农民能过上好日子。

那一年，张立志以全县状元的分数考上了北京一所名牌大学，县领导和县教育局的领导来到陈楼寨张登科家表示祝贺，表扬张立志这个高考状元为春城县争了光，感谢张登科培养了一名好学生，这是春城人民的骄傲。送走了县里的领导，张登科望着那么多轿车远去后留下的尘烟，望着村民见了他那尊重的眼神和一张张笑脸，他感觉自己在陈楼寨是一个最伟大的人。以往见了他都横眉竖眼、不屑一顾的土豪们，村里有头有脸的头头们，如今见了他也都笑脸相迎，热情地与他握手祝贺。在陈楼寨自认为有钱有势，在十字大街上跺跺脚四面房子都掉砖的风云人物叫陈二孬。他让人捎给张登科口信说，只要立志能到家说说话，在村里人面前给他点儿面子，立志上大学的学费他都拿了，免得张登科为儿子的学费犯愁。听到这个信息，张登科没有马上表态。他跺了跺脚，连吐几口口水，暗暗地骂道："狗眼看人低，平时你欺负我够狠的。孩子就摘你家一个小瓜你爹用巴掌朝俺孩子脸上扇，让俺父子俩抱着哭了半天。一大群孩子摘瓜你爹都不敢打，偏偏打俺立志，你们不想想俺能不伤心吗？你再有钱是你的，你们家那钱不干净，是骗人家得来的，不干净的钱白给俺也不要。"但这事只是他自己在心里琢磨的，他想用这件事考验一下儿子，看他是不是有血性，有没有骨气。

那是一个月高星稀的夜晚，喧闹的白日已躲避得无影无踪，劳累一天的人们都已进入了梦乡，夏夜的热风在无情地撕裂着这个寂寞的世界。夜幕像一张无形的大网，把世间万物都笼罩在夜色之中。劳累一天的张登科拿了一领竹席铺在院子里，躺在竹席上望着空旷的天空，望着数不尽的星星在云中穿来穿去。偶尔见到有流星闪过，被人们称为天河的一条青云带横跨在夜空之中，牛郎星和织女星在天河两边不停地闪烁，勺子星和七仙星一成不变地镶嵌在蓝天上的固定位置。他从布满繁星而浩瀚的天空想到了人世间永恒不变的万物，又想到了人世间的善与恶、美与丑，人与人之间最珍贵的亲情、友情和感情，欺诈、残暴、争斗和弱肉强食的残酷、尔虞我诈的无情、烧杀奸淫的恶行。于是，他又想到了早已过世的父母，想到父母背井离乡，一生漂泊他乡，教书育人，抚养他们兄弟三个苦度日月，自己一娘同胞的哥哥张登朝、弟弟张登府在兵荒马乱中走失多年音信皆无，是否还在人间？自己在这些年的人生道路上受到的磨难，经历的坎坷，遭受的屈辱，经济上的贫困，生活上的艰辛，尊严上的损害，精神上的打击，利益上的侵占，一幕幕、一桩桩像电影一样在他脑海里重现，那混浊的泪水从他的眼中滚落下来。他哭啦，他哭得很伤心，但也只是内心的，他没敢发出任何哭泣声。他又想起了在生活的苦难中成长起来的儿子立志，人穷志不短，刻苦读书，考上了名牌大学，给老张家长了脸、争了光，也许从此改变了他张登科的命运，他和家人再也不受别人的欺压，孤门独户的张家也活出了作为人应有的尊严。

大门“吱呀”一声开了，是儿子立志从外边回来了。立志见爹像往常一样睡在院子里梧桐树下，就走到爹跟前。张登科坐了起来问：“立志，到哪去了才回来？”立志说：“到别子大伯家坐了会儿，别子伯说啥也不让走，就在他家吃的晚饭。大伯可高兴啦，喝了一斤多白酒。他说我为咱陈楼寨争光了，得好好谢谢我。可我想别子伯是位老革命、老党员、老干部，他帮了咱家不少忙，人家恶人欺负咱，他一脱上衣赤背跟人家干，这恩我一辈子都不会忘。”立志说着泣不成声。

张登科说："知恩图报才是君子，滴水之恩，当涌泉相报这才是人，要记住你别子伯、西头你陈大头叔、东头的陈大牙伯、南地的陈军陈善人，在陈楼寨村还有很多很多。有一天你真的有出息了千万别忘了咱陈楼寨的老少爷儿们，别忘了陈楼寨是生你养你的家乡故土。但最重要的就是要立志报效国家，要为国争光，要时刻想着天下的百姓，为家而学习，为人民而学习，要像过去的老党员、老干部那样全心全意为人民服务。"张登科说完停了下来，他习惯地干咳了两声，扭过头又往堂屋里看了看，轻轻地叹了一口气。

立志说："爹，这些年你和娘为了供我上学，吃了多少苦，受了多少罪，我心里清楚。不管咋说我没有辜负您老的期望，考上了理想的大学，今后我要让您和娘过上最好的日子，永远不会再让您作难受罪了。"

张登科说："孩子，你给你爹我长脸了，你是咱家的骄傲，我和你娘从内心里感激你，我和你娘受再多的苦都觉得值。你接到大学通知书的那天，你娘听说你考上了名牌大学，激动得哭了。我跑到你爷爷坟前第一时间告诉他，让他在那边也高兴一下，也让他知道他的下辈有出息了，你为咱张家光宗耀祖了。今天有人告诉我咱寨里的陈二孬跟人说只要张家那小子立志能到他家坐一会儿，所有的学费他帮拿完，对这事你是咋看的，心里又是咋想的？我想听听你的意见。"张登科问儿子。

立志说："他陈二孬就仗着他有几个臭钱，为富不仁。他平时在村里欺压良善，横行乡里，就会给当官的、有钱有势的人拍马屁，见到村里人他都不带正眼看的。他一贯瞧不起咱，现在这样说，他就是给我一座金山我都不会去他家一步，咱两家不是一个道上的人，在我眼里他就是个人渣。”

张登科听完儿子这番话高兴得一拍大腿，说：“这才是我的儿子，跟爹一样有骨气。这些不仁不义之人在我眼里统统都是小人，说实在的，压根儿我都看不起他。他与我吵架时曾指着我的鼻子说，在陈楼寨你‘张秃子’能混成个有头有脸的体面人，我‘陈’字都倒着写。我让你站着你不敢蹲下，让你蹲下你不敢站着，用手捏你个圆的是个圆的，捏你个扁的是个扁的，你这号人不给你点儿厉害瞧瞧，你就不知道马王爷有三只眼。说完他就把我打倒在地，你娘给他讲理，也让他打倒了。让你陈二孬现在知道，俺张家父子是硬骨头人，不畏权贵，视金钱如粪土。我张登科在陈楼寨也有扬眉吐气、受人尊重的时候，县长也伸手与俺握手，你陈二孬再有钱，在县长眼里你屁不算，俺张家儿子考了全县状元，县长都到家祝贺，让你陈二孬眼热去吧。”那天夜里，张登科失眠了，可能儿子考上大学他心里实在太激动了。

张登科家门口那大槐树下又聚集了许多人，都想听张登科讲故事。大家打心眼里喜欢听他瞎摆划，因为他为人随和，肚子里真有知识，讲出的故事有根有梢、有板有眼，让人越听越想听。只要张登科往老槐树下一坐，一会儿就会聚许多人，跟他有说有笑，东拉西扯一番。人群又有人说让“张秃子”来一小段。张登科也有个毛病，他一会儿不讲心里就痒痒，给人们讲上一段心里舒服着呢。

张登科说：“为人要多做好事，善待自己，善待他人，要多积德多行善。古人说得好，善有善报，恶有恶报，不是不报就是时候不到。中华人民共和国成立前，离咱陈楼寨五里地有个张岗村。张岗村是个大村，逢双都有集，逢六都有会。在张岗村有个街霸叫张振山，人送外号‘张铁锤’。意思是他拳头硬，见谁不顺眼想打谁就打谁，在张岗集上是一霸，也有人叫他‘张霸天’，在张集那一带无人敢惹，横行乡里，作恶多端，到集上从来不带钱，拿个竹篮子，需要啥拿啥，从来不给钱，卖菜的谁也不敢向他要钱。在集会上人们一见他出现了，要卖的东西都盖上布单子，等他过去了再把布单子拿掉继续卖。有一天，山东有一大汉推了一独轮车大蒜到张岗集上卖，也用大蒜换麦子。这时候，张振山手提竹篮子，二话没说弄了满满一篮子，他对山东卖大蒜的男子说，老子好吃蒜，蒜钱等你下次来了老子再给。山东男子立即上前说，俺从山东推那么远也不容易，多少给点儿钱行不？这时张振山不高兴了说，你在这儿打听一下，老子买啥东西付过钱，要你点儿东西是老子看得起你，别他妈不识抬举，给脸不要脸，不然老子把你这车蒜给你没收了。说着，又把半袋蒜提在手中。这时集上有许多人围观，没人敢吭声。张振山不但不给钱，还要打山东卖蒜的男子，这事正好被咱陈楼寨的上辈祖爷陈大成碰到了。陈大成外号叫‘陈关公’，在咱这一方是有名的陈大侠。陈关公为人真正义气，爱打抱不平，是位仁义君子，在陈楼寨一带很有威望。他见此情景挺身而出，指着张振山大吼一声，给我放下，光棍能打九九别打十一，谁没有出门的时候，谁一辈子不去外地做生意，你这样白抢人家的大蒜丢咱们的人。张振山一见有人敢在大集上当着这么多人的面让他丢人，冲上去抓住陈大成的衣领挥拳就要打。陈楼寨赶集的人一见是陈大成，一下冲上十几个，大喊，你敢动俺陈楼寨的老爷子一指头，下半身给你损了。陈大成大喊一声，是陈楼寨的人给我听好啦，这个恶棍我们陈楼寨的人不治他，张岗集没有人敢惹他，今天遇到我陈大成陈关公，这事我管定了，站着是你们的，躺下算我的，天大的事由我一人承担。话音刚落，陈楼寨的人将张振山按倒在地，狠狠揍了一顿。一贯在街上称王称霸的张振山只好跪地求饶，在张岗集上没有一个人敢给张振山说话。打过张振山后，陈大成买了酒肉在张岗集上大摆宴席，庆贺打击了街霸，大快人心。

“听人说，几年后张振山去山东做生意。一天中午走到一个村庄，在路边乘凉的一个男子认出了张振山，拦住了他的去路，问他老家是不是张岗集的，他点头说是。那男子让村里人把张振山拉回家，说这位客人爱吃蒜，来到山东不让他吃够说啥也不能让他走。于是就让人弄了很多蒜汁，听说他是被山东人用蒜汁活活灌死的。张家人多次去山东寻找，才得到这个消息。几年后山东那位卖蒜的男子带着家人专门赶到陈楼寨感谢陈大成，并带了许多山东特产，走后他留下一封信，道出了街霸张振山的可耻下场。这个真实的故事在陈楼寨一带被人们讲了很多年，陈家人也以此为骄傲，说陈楼寨在古代和近代都出过许多仁义之人，以善为本是陈楼寨的好传统，也是老陈家的家训。”

张登科从古代社会文明到现代社会的进步和国家的强大，讲得头头是道，人们报以热烈的掌声。陈大龙走上前拍了拍张登科的光头说：“我看啊，‘张秃子’就是咱陈楼寨村的‘名（明）人’。”人群中又爆发出一阵欢笑声。

震惊中原的特大投毒案

备受社会和春城人民关注的陈楼寨“89·8·8”特大杀人案已经过去三年了，春城警方为缉捕杀人凶手陈长海曾先后组织了四次专案攻坚行动，专案组侦查员的足迹遍及全国各地，警方付出了极大的代价和努力，陈长海就像人间蒸发了一样，没有获取到有关他潜逃的任何线索。负责侦破案件的刑事侦查大队副大队长张宏伟也由副大队长提升为大队长，但他不管在任何时候都把缉捕陈长海放在了重要位置。他曾先后七次去新疆、内蒙古、云南、贵州等地对陈长海的行踪进行重点排查，但都没有获取有关陈长海的蛛丝马迹。张宏伟在刑警队这些年，从侦查员、技术员、法医、侦查大队副大队长干到大队长，侦破了许多惊天大案，缉捕了许多狡诈的犯罪分子，再狡猾的犯罪分子也逃不出他的手掌心，被刑侦同行和上级刑侦部门称为“神探”。全省举办刑事侦查尖端业务培训班，特别邀请他到场介绍破案经验。在全省范围内遇到疑难案件，曾几次抽调他参加侦破工作。每次在侦破疑难案件时，他都显示出了对案件的独特见解和特有的侦破案件的才能。但“89·8·8”特大杀人案不能侦破，杀人凶手不能缉拿归案，成了他的一块心病，他总觉得此案一天画不上句号，他一天都抬不起头来。全大队的兄弟们都知道他对此案的付出，都了解此案在他心理上和精神上的压力是巨大的。每次侦破刑事案件时都把排查陈长海的潜逃线索放在第一位，尽管大家付出了很多，却没有发现陈长海潜逃藏匿的任何线索。

随着时间的推移，新的刑事案件的叠加，“89·8·8”特大杀人案悄悄淡出人们的视线，慢慢地成为人们的记忆。但张宏伟心中的压力却越来越大。在陈长海母亲去世的那段时间里，他安插了四名眼线和七名便衣警察日夜值守，陈长海的身影一直没有出现。他深信，只要他张宏伟在任一天，就把侦破此案列为重中之重，时间一定会验证“法网恢恢，疏而不漏”的真理，陈长海被缉捕归案只是时间问题，在他的从警生涯里绝不会让任何一个罪犯逍遥法外，陈长海也不例外，一定要活着见人，死了见尸。

在侦破此案的过程中，也有同行曾多次劝过张宏伟，说他何必自己给自己施加压力，在公安史上没有侦破的刑事案件多了去了，没必要为一起没有结果的案件折磨自己，只要内心无愧就行，啥事不能太较真。

张宏伟对并肩战斗的战友说，警察是犯罪分子的克星，杀人凶手陈长海一天不归案，追捕他的脚步一天也不能停止，维护法律的尊严，保护人民群众的生命财产安全，让一切违法犯罪人员服法是警察的天职。

1993年3月21日，正当张宏伟带人在陈楼寨对“89·8·8”特大杀人案重新梳理线索、走访排查的时候，县公安局连续接到全县六个乡镇发生的投毒杀人案。有十一人食用来路不明的水果糖中毒后经抢救脱离生命危险，有六名在校学生中毒后经医院抢救无效后死亡。在陈楼寨村周围的三个村庄先后发现四名儿童误吃水果糖中毒，有一名儿童抢救无效死亡。

在短短五天内，全县范围内连续发生十七起投毒杀人案，引起了各级公安机关的高度重视，春城县委、县政府、县委政法委、县公安局立即组织召开紧急会议，要求县公安局立即成立专案组，集中人员、集中时间，在原发案村庄对每起案件定人员、定时间，开展对“3·21”特大系列投毒杀人案的侦破工作。公安局局长任专案组组长，政委和主抓刑侦的副局长任副组长，张宏伟还兼任专案组办公室主任。其他局领导只是应个名，办案中的大部分工作都是张宏伟具体负责，包括专案组民警的分配、侦查排查任务的分解、案件侦破计划安排部署、各类线索的统计归类、案情的分析情况、侦查工作进展情况、各项工作落实汇报材料的编写等，都是由具体干活的侦查大队来完成的。所以，张宏伟深知自己肩上的担子分量有多重。他干起工作来从来都是踏踏实实，再苦再累只是自己默默地承受，在领导和同事面前从不说自己的工作成绩，更不会表现自己，侦查大队的战友们都说他就是埋头拉死套的“老黄牛”。

通过对“3·21”投毒案的摸排，专案组基本掌握了案件发生的情况，案件发生区域和分布的乡镇。

3月21日上午，张集镇张楼村村民张涛四岁的儿子和六岁的女儿在大街上玩耍时，拾到了六颗水果糖，吃后口吐白沫，全身抽搐，躺在地上不能动弹。张涛夫妻立即把两个孩子送到医院，经过医院给孩子洗胃等抢救，孩子才幸免一死。3 月 21 下午，离陈楼寨仅两里地的马庄村民刘娟带着三岁的孙子马玉和五岁的孙女马秀花在大街上玩，正碰见本村村民马大山带着两个孙子玩耍。这时，刘娟在大街北边的一处砖上发现一个鼓囊囊的芒果牌的烟盒。她捡起来打开一看，里边是六颗水果糖，外边的包装纸包得很完整，她剥掉外边的包装纸放到鼻子上闻了闻，也没有闻到其他异味，她把正在玩耍的四个孩子喊过来，一个小孩儿发一颗水果糖。四个小孩儿吃过后不到十分钟，都哭喊着肚子疼。随后便躺倒在地上，全身抽搐不停，个个口吐白沫不省人事。马大山和刘娟面对地上的孩子立即大喊大叫：“快来啊，孩子出事啦，快救救孩子们吧！”人们听到这焦急的呼喊，立即从家里跑了出来，见此情景都惊慌失措，立即把躺在地上的四个孩子抱起来。人们惊讶地问马大山和刘娟：“这几个孩子咋啦，他们吃啥了没有？两家的孩子咋都得一样的病？”刘娟说，她捡了一包水果糖，一个小孩儿分一颗吃了，这烟包里还剩下两颗没吃呢。这时村长赶来了，吩咐说：“你们还愣着干什么，还不马上开车把孩子送县医院抢救，再晚怕是要出人命，这水果糖可能是坏人投的毒，快打 110 电话报警。”人们立即抱起孩子，分两辆车把四个孩子送到县医院，医生简单的询问后，根据孩子的症状，判断四个孩子肯定是食物中毒，并有针对性地对四个孩子进行抢救。经过抢救刘娟的大孙女马秀花和马大山的大孙子脱离了生命危险，而刘娟三岁的孙子马玉和马大山四岁的小孙子因抢救无效而死亡。此案在陈楼寨一带产生极大的影响，在村民中引起了恐慌。刘娟和马大山都抱着死去的小孙子哭喊着在村里跑来跑去，人们的好心相劝和安抚也没有用，他们的哀号痛哭在村子上空回荡，震撼着人们脆弱的心灵，无情地撕裂着人们的情感。人们仰望浩瀚无垠的天空大声质问，苍天啊，这是咋啦？孩子仅吃一颗水果糖瞬间就一命呜呼，与家人阴阳两隔。乌云密布的天空像一张冷酷的死人脸，面对人间的悲凄冷暖、喜怒哀乐不屑一顾，在云展云舒中显现出它冷酷严峻的面孔，回答人们的是那一阵阵带有寒气的北风，偶尔也向人们洒下几滴泪滴，表示一下上天对人间的慈爱。

有人在光天化日之下用毒水果糖投毒杀人，在春城县造成了多人中毒、六名儿童死亡的特大投毒杀人案。公安局的技术人员将刘娟剩下的两颗水果糖和受害人胃中提取的食物、呕吐物等，送到上级公安机关检验，检验结果均含有大量的“毒鼠强”成分。专案组初步认定这是一起人为的故意投毒杀人案。侦查人员首先对受害人家长马某的情况进行调查。经调查马某是村干部，也许他平时在村里工作得罪了人，有人将沾了毒鼠强的水果糖放在他家门口，有意针对他家孙子下毒。他的孙子吃了放了毒药的水果糖，中毒死亡。张宏伟带领侦查员连夜对与马某发生过矛盾的七户人家排查，结果嫌疑均被一一排除。案件侦破工作陷入了难以开展的地步，张宏伟和他的战友们心急如焚，不得不坐下来一起分析案情，重新确定侦破方向，寻找突破口。

一组侦查员在邻近乡王庄的排查中，本村五十三岁的村民程秀芝向侦查员反映，3月21日午饭后，她准备下地干活时，在自家院子里发现一包芒果烟盒装的五块水果糖。她剥掉糖果上的包装纸看了很久，又放到鼻子上闻了闻，但没闻出有啥味，就对家里人说，别是人放毒啊，反正我都这么大年纪了，也不怕死了，我先尝一尝，如果没有毒再让孩子们吃。说完她把水果糖放到了嘴里，但她仍不放心，又剥了一颗喂了自家养的狗。没想到小狗吃过水果糖，就上下乱跳，惨叫不止，躺在地上挣扎着，狂叫着，不大一会儿便死了。这时候，程秀芝老太太也感到心中难受，周身抽筋，口吐白沫。家人知道她吃了有毒的水果糖，就立即把她送进医院。由于对症治疗，抢救及时，程秀芝老太太才免遭杀身之祸，逃过一劫。程秀芝认为是自已误食了有毒的食物，也没有到派出所报案，自认倒霉，这件事也没往外声张，只有她家里人知道。当她听说周围村庄发生多起投毒案，她才向公安人员说出了她吃过有毒的水果糖中毒住院抢救的事。公安人员也把她的中毒列为“3·21”特大投毒杀人案并案侦查。

春城县多个乡镇连续发生多起投毒案，作为刑侦大队的大队长张宏伟整天忙得不可开交，虽然他把这些案件都分解下去了，但他要对每起案件的基本情况有所了解，对下一步的工作要做具体安排，对每个案发现场他都要跑到，对每个受害人及其家属他必须亲自见。掌握案件的全过程。就在这时市公安处也发出了协查通报，通报中说，全区有四个县发生系列投毒案，地区公安处刑侦支队将组织专案组全力侦破此案，确保全区治安稳定。地区公安处将春城县列为重点，处长郭刚亲临春城案发现场，带领刑侦专家组指导春城公安对系列投毒案的侦破工作。

郭刚处长具有丰富的基层公安工作经验，他从一名治安警、刑事侦查民警到派出所所长、县公安局局长、地区公安处处长，是全地区公安系统中“四大名捕”之一。他在春城县当公安局局长时，创建的基层公安工作巡访制经验在全国推广，春城县公安局被评为“全国优秀公安局”。他任地区公安处处长创建的农村交通管理经验受到公安部的认可，即把警力摆在路面上，把交警中队建在路上，交通安全宣传重点放在村上。交通安全村成了全国农村道路安全管理的代名词，地区交警支队荣立“集体一等功”。他对工作认真务实，从不搞花架子，对基层民警关怀备至，为人义气忠厚，具有良好的个人素质和优秀品质，是张宏伟最尊重的领导之一，用他自己的话说“我们都是干活踏实的人”。两个人是在侦破一起公安部督办的系列诈骗案中认识的，由于两个人都当过兵，童年都生活在农村，经历过贫困和饥饿的考验，人生经历相同，性格接近，工作作风、为人处世、对事物的认知都一样，所以郭刚处长很欣赏张宏伟。张宏伟也把郭刚处长当老师，处处尊重自己的上司。只要郭刚处长到春城检查工作，都要找张宏伟说说话，交流交流思想，鼓励他一番。有时交流一下对某起重大刑事案件的看法，聊聊侦破工作中遇到的问题。一来二去，两个人处得跟亲兄弟一样。

地区公安处处长郭刚有一个特点，下基层搞调研或指导破案从不向当地党委、政府和县局领导打招呼，不让人陪同，吃饭也都是走到哪里在派出所的食堂随便吃点儿，因为他反感吃喝招待那一套。他生活俭朴、为人低调、工作认真、待人热情，在基层民警的眼中没有半点儿架子，说话随和得很。这天上午，郭刚来到陈楼寨村，他先去看望了一下老书记陈大龙，因为他在春城当公安局局长时两个人结下了友谊，也是无话不说的老朋友。最后他给张宏伟打电话说，他已经到陈楼寨了，想听听对系列投毒案的侦破情况。于是，正在陈楼寨附近开展排查工作的张宏伟，很快就赶回陈楼寨，两个人在村委办公室见了面。“宏伟啊，春城发生了案子我不怕，因为有你这个当刑警大队大队长的在，再难破的案子你都能拿下。可全区四个县连续发现多起投毒案，与咱省交界的外省的金城县也发生多起此类案件，造成了十四人死亡。随着中原一带接连发生这类投毒案件，新华社内参都作了详细的报道，邻近省省委领导亲自挂帅，公安机关将其作为一号攻坚案件正在抓紧侦破。公安部召开了三省公安机关系列投毒案并案侦查的协作机制联席会。案情重大，我是寝食难安。你们春城公安刑侦要在这场硬仗上打先锋，把这块硬骨头啃下来。我让公安处刑警、刑事技术部门全力配合你们的侦破工作，从人、财、物上给你保障，此案要尽快有突破性的进展。”郭刚处长说完一直望着张宏伟，他在等待张宏伟的表态。

“请处长放心，我一定把侦破这起公安部督办的特大系列投毒案作为重中之重，将从3月初到4月底这段时间发生的用水果糖等食物作为诱饵进行的投毒案件并案侦查。侦查范围：一是报复社会，二是报复干部，三是因经济纠纷和生意上产生的矛盾引发的投毒，四是受过公安政治机关打击处理过的不法分子蓄意制造社会动乱。”张宏伟认真地向处长汇报工作。

郭刚处长突然又问：“春城县这些投毒案发生之后，社会上有哪些反应，基层派出所民警们又做了哪些具体工作?”

“自从全县出现了多起投毒案，弄得人心惶惶，传言四起，很多家长不敢单独让孩子上学，怕在上学途中捡到有毒的食物吃了中毒而遭不幸。许多村民从压井压出来的水都不敢马上做饭，怕有人往压井内投毒，先让自家养的猪羊喝过确认无毒才敢拿去做饭。全县的大部分学校都对学生进行了有关方面的教育，不管在任何地方，决不能捡来源不明的食物和饮料吃喝，捡到任何食物都马上交给当地派出所。一时间各级领导和群众忧心忡忡，害怕这类案件再度发生，人们的心中都笼罩着一层厚厚的阴影，许多信仰佛教的善男信女长跪在神佛面前一遍又一遍地祷告，求神佛保佑世人太平，惩罚投毒作恶的歹人。但更多的是要求公安机关尽快破案，抓获投毒者，以稳定民心，给人民群众创造一个良好的生活环境。我们知道肩上担负的责任的分量，人民对我们的期望越高，我们精神上的压力就越大。”张宏伟说完站起身来在屋里来回走了几步。

“所以，此案不破我们无法向受害人和全区人民交代，这块硬骨头还得你啃啊。”郭刚那双闪着光芒的大眼睛一直在盯着张宏伟，张宏伟也从处长的眼神里感觉到他对自己的信任、期望和鼓励。他坚定地说：“请处长放心，我会尽心尽力，一定交一份满意的答卷，决不辜负上级领导和全县人民群众的信任和期望。”

“那好，我等着你的好消息，等着喝你的庆功酒。”郭刚笑着说。

外地老汉有投毒嫌疑

劳累一天的太阳像一个火轮无精打采地悬挂在天边，恋恋不舍地放射出余晖。夜幕像一张天网无情地把太阳留在这个世界上的余晖裹去，多彩的世界瞬间被茫茫的夜幕笼罩。忙碌一天的人们肩扛农具踏着夜色回到了村子，回到了自己的家中。

驻扎在陈楼寨村委专案组的侦查员们拖着疲惫的身子陆陆续续赶了回来。炊事员鲍师傅早已把饭菜准备好了，一人两个馒头。有的靠着墙蹲着吃饭，有的脱下鞋坐在地上吃饭，还有的坐在床铺上吃，侦查员们吃着晚饭有说有笑。

沸腾一天的村庄安静下来，劳累一天的人们都进入了梦乡，黑暗的村庄里偶尔传来狗的叫声。这狗叫声有高有低，有从远处传来的，也有从近处传来的，这些狗叫声打破了这黑夜的寂静。但专案组住所里仍然灯火通明，张宏伟在听取白天各排查小组的调查情况汇报，他在认真地做着记录，又把侦查员们排查的线索归纳起来。

侦查员在马庄走访排查中，六十五岁的村民马先锋反映，3 月 21 日上午，他沿街准备下地看看，见一位五十多岁的男子络腮胡，有点儿秃顶，个子在一米七左右，在村里跟几家讨要去年赊的雏鸭账，几家都没有讨到，还有一家跟他大吵了一架。这老汉说话像青河省跟当地交界处大平县的口音，他骑了一辆助力自行车，前轮安装了助力器。他在大街上嚷道："都是些啥人，正儿八经欠的钱都昧着良心不给，还说些孬话，真没有一点儿人味。过去我在这一带做赊账小鸭子的生意，到时来要账没有一家不给的，都是一年一清，谁都信任谁。这几年不知道咋啦，人富啦，信任却没有了，人的基本道德都没有了，欠债还钱，天经地义，你们的良心都让狗给吃啦。你们这样坏良心都不得好死，上天睁眼看着嘞。"那老头在村里骂了一阵子，坐在砖垛上吸烟，歇了好大一会儿，也没有人知道他是啥时候走的。那个用烟盒包的水果糖是不是他放的也没人见，但他应该是最大的嫌疑人。

侦查员通过对受害人程秀芝的走访得知，她家也欠了赊雏鸭的老汉的钱没还，两人在说话中还发生冲突对骂过。第二天就在她家院子里捡到五颗用烟盒包的水果糖，她尝了一颗就中毒了，其余的经检验均含有毒鼠强，可以肯定是有人故意投毒。根据矛盾点，那位赊雏鸭要账的老汉投毒的疑点上升。

侦查员对十六起投毒案涉及的受害人进行走访，这些受害人所在的村庄或多或少都有人赊过雏鸭，均或多或少拖欠人家的账没还，有的没还清，有的一分都没还。赊给村民雏鸭的老汉多次来春城催要，有时还与村民发生口角。有人见过老汉在村口啃着干馍，喝压水井的凉水，提起要账的事竟放声大哭，说这些钱打了水漂，他全家都没法活了。老人哭得很悲痛，让在场的人都为之动容。

据陈楼寨老支书陈大龙反映，3 月 22 日下午，他准备去张集镇上办事，在大街上碰到一个外地老汉与本村绰号黄大牙的老妇女吵架。陈大龙上前一问才知道，那个外地老汉是讨要赊给黄大牙的雏鸭账。黄大牙说赊账时老汉说全部是母鸭，可她家赊的鸭子长大了都不下蛋，都是公鸭，因此拒绝给钱。卖鸭的老汉坚持说根本不可能，他卖出的上千只雏鸭绝没有一只是公鸭。双方各执一词都不相让。陈大龙一听就知道在村里一贯爱占小便宜的黄大牙在跟这位外地人装孬，就上前说："欠人家的钱给人家，人家做生意在外风打头雨打脸的都不容易，别人家赊的账都给了，你家不给说不过去。"陈大龙说。

"就你狗咬耗子多管闲事，我可告诉你，人家怕你我可不怕你，咱井水不犯河水。我不惹你，你也别惹我，吃饱了没事干去南地看蚂蚁上树去，我这事你问不着。"黄大牙像泼妇一样，在陈大龙面前上蹿下跳。

陈大龙听黄大牙这么一说，那股别劲立马就上来了，指着黄大牙说："我这一辈子只要碰见不讲理的事就要问，人这辈子谁还没有出门做生意的时候，将心比心，咱陈楼寨村人老几辈子都是讲情讲义的，社会风气再坏，咱村的人决不能办输理的事让人家说咱。路是弯的，理是直的，人家都给了，你为啥不给？这事我管定了，你家欠人家多少钱少个钱角我让你用蜡补住，相信不？你败坏咱陈楼寨的声誉，丢咱陈家的人，我让你敲锣找孩子——丢人打家伙。"

黄大牙一看陈大龙的别劲上来了，就知道惹上事了，心里想，都知道陈大龙说到哪做到哪，认准的理九头牛也拉不回来，因为这几十元的小钱跟他陈大龙置气不划算。算啦，再吵吵一会儿人多了除了丢人就是丢人。她干咳了两声，走到陈大龙跟前说："你别再说啦，我跟他闹着玩的，看在你的面子上立马把钱全给他。我也是讲道理的人，你说是不?"

陈大龙一看黄大牙向他讨好，也给自己面子了，就笑着说："人家都说你黄大牙鬼难缠，我看怪通情达理的。请你记住，在陈楼寨办事，谁丢咱村的人，我跟谁没有完，只要我活一天就不允许任何人损坏咱村的形象，在我眼里名誉比命都珍贵。"

黄大牙把欠外地老汉的雏鸭款还清后，陈大龙又和张登科以及两名村干部把其他五户欠的雏鸭账也帮老汉要了回来，那位外地老汉十分感动。他说自己是青河省大平县南边的，他们村的南边有条大河，他见许多人做水货生意都发财了，自己家里老父亲和老婆都有病，家里经济一直都很困难，想做赊雏鸭生意赚几个钱，一是给家人治病，二是改善一下家里的生活条件。他以前也干过这种生意，可以说稳赚不赔，可这一做才知现在跟过去不一样了。过去人说一是一，现在要账难得很，明明见到鸭子下着蛋，硬说是公的，不给钱不说，有的还打骂，拿着棍子往外赶，像你们这样讲理的少。俺永远不会忘记在春城还有个民风淳朴的好村哩，还有很多讲仁义道德的好人，你们村会有上神保平安的。那位外地老汉对陈大龙、张登科他们千恩万谢，表示只要春城县陈楼寨的人到大平县办事，一定尽地主之谊，能帮助办的事一定尽心尽力。

据陈大龙等人的描述，那名讨要雏鸭账的老汉年龄在五十至六十岁之间，络腮胡，秃顶，身高在一米七上下，体态偏瘦，交通工具是一辆自行车，前轮安装有助力器，说话操着浓重的大平县口音。

陈大龙想若是那位大平县卖雏鸭老汉下的毒，陈楼寨之所以没有发生投毒案而周围的村庄都发案了，那是因为陈楼寨的人不欠他的账了。他庆幸自己坚持正义做对啦，不然这次系列投毒案陈楼寨人也免不了一场灾难。

通过张宏伟带领侦查员日夜走访座谈，加上受害人的陈述，投毒者直指大平县讨要雏鸭账的老汉。地区公安处处长郭刚、春城县公安局局长林金东、主抓刑侦工作的副局长朱铁华都在案发现场督导案件侦破工作，并听取张宏伟对案件走访调查的情况汇报。大家根据现有掌握的线索，通过对案情分析，认为春城县发生的系列投毒案有三个特点：一是投毒的方法，都是投在大街上、院子里等人们经常活动的区域，使用的物品均是一个牌子的水果糖，使用的毒药均是毒鼠强。二是案发前投毒现场都出现过讨要雏鸭账款的外地老汉，其体貌特征、年龄长相、说话的口音、身上的着装打扮、使用的交通工具一致。三是案发的村庄，大部分受害人家里都有拖欠雏鸭账的现象，有的家庭主人多次与要账的外地老汉发生口角，有的不但不还欠款，还动手打了要账老汉，要账人一怒之下扬言要对赖账不给的小人进行报复。专案组决定，那个讨要雏鸭账的外地老头有重大作案嫌疑，对全县的大小旅馆、出租房全部清查，对客人登记册详细查阅，调查重点放在青河省大平县流动人口上。在出入春城县的所有交通路口设卡盘查，十辆流动巡逻警车全天候巡逻在路经春城境的国道、省道和县道上，一旦发现骑着助力自行车的人立即仔细盘问，全城搜查寻找讨要雏鸭款的外地老汉。

讨债之路上的艰辛

第二天，地区公安处召开由各县公安局局长、主抓刑事侦查的副局长、刑警支队支队长、科技支队支队长以及各县公安局刑警大队大队长参加的全区系列投毒案案情通报会。处长郭刚通报了春城县公安局对此案的侦破进展情况，要求全区公安机关要加强治安防范，全区三百零六个派出所要成立治安巡逻队，做到全天候巡逻，对可疑人员，特别是外地口音的流动人员要认真盘查，登记个人信息。要对群众进行法治宣传、道德宣传，对无故赖账、谩骂和殴打要账人的，派出所要出面过问，依法及时处理。各地公安机关要配合当地宣传部门、工商部门，把安全常识绘制成宣传画对群众进行法治宣传，增强群众的安全防范意识，若发现可疑人员立即报告公安机关。各地主要出入境的道路仍设卡布控，对进入本地区的所有卖鸭人认真盘问，对赊销雏鸭的主要乡村的收款情况进行登记。如果发现与案情特征一致的讨账老汉立即缉捕归案。同时，对近年来全区出现的三十三起投毒案，逐一进行复查，与当前的系列投毒案并案侦查，并限期破案。

专案组决定成立由张宏伟任组长的二十六人的追捕小组，前往青河省大平县开展工作。追捕组围绕排查出的线索，以大平县为中心，向四周辐射，寻找卖雏鸭的老汉。

警车载着春城县公安局的侦查员们奔驰在通往大平县的公路上，有的侦查员在车内聊天，有的在欣赏车窗外的风景，可坐在车后座的张宏伟一上车便呼呼大睡。战友们都知道张队长这段时间太累了，刑事案件一个接一个，身为刑警大队大队长的他哪有喘气的时候，身上的衣服被汗水打湿了，他都顾不上回家换，几次都是他爱人陆轲把洗干净的衣服送到破案现场。大伙儿见他每天拖着疲惫不堪的身体忙碌很是心疼，陆轲更是心疼不已，有时送衣服时还给他买些牛奶等补养品。外号叫“大老驴”的战友马涛和陆轲开玩笑问她：“嫁给警察幸福吗?”陆轲说：“许多民警家属编了顺口溜，‘嫁夫不嫁警察郎，嫁了警察守空房，十天半月不回家，回家一身脏衣裳’。只要是警嫂都有这个体会，家中两个孩子老张从没接送过，家务事更不要说啦。老张经常说，他这辈子欠我和孩子的太多，只顾单位的工作，顾不上家，等他退休了再一起补过来。话虽然好听，但指望不上，等退休要等到猴年马月，分明是给句好话暖心的。俺家老张心实，干工作肯卖力，对人也真心实意，为人处世没说的，只要他工作干出成绩了，苦点儿累点儿俺心里也甜。”在一旁的一位民警看了看马涛，开玩笑说：“他大老驴在家也没带过小驴驹子，小驴说他哪像个当爹的样子，有时回家驴脾气还挺大的。”这句玩笑话说得大伙儿都笑了。

“抓住他，快抓住他，别让他跑了。”张宏伟在车上突然大叫起来。大伙儿被这突如其来的喊声惊呆了，目光都投向了张队长，见他喊过几声又睡着了，人们笑着把他喊醒。“张队，你又发啥神经了，睡着了做梦还抓人呀。”张宏伟努力地睁开双眼，见大伙儿都在望着他，他笑了笑说：“我做梦嘞，我梦见咱们一下车就看到那秃顶老汉在卖雏鸭，一见到咱拔腿就跑，我在后边追，所以就喊出了声。我希望咱们能旗开得胜，到大平县能把那个卖雏鸭的秃驴抓住，把案破了，我给大家放两天假，好好歇一下。”他这句话把大伙儿都说乐了。警车载着侦查员的期望和笑声飞驰而去，车后扬起一缕尘土和烟雾。

张宏伟带着侦查员到达了大平县。他立即与大平县刑警大队取得联系，并向当地警方通报了案情。大平警方十分重视，立即抽调警力全力配合，并让科技、户政部门配合案件侦破工作。

张宏伟带人走出大平县公安局的大门，面对人来人往、车水马龙的大平县的大街小巷，心想偌大个大平县要找一个没有住址、不知姓名和年龄的卖鸭老汉，无疑是大海捞针，更何况还拿不准卖鸭人到底是不是大平县的，万一是其他县的人，在这做的工作岂不是白干了？卖鸭人自己说，他们村前有一条大河。从大平县地图上看，这个县境内有三条大河横穿境内，那就是大沙河、黑滋河和小红河。目前只能围绕这三条河开展工作，根据掌握的情况安排摸排了。

追捕小组兵分三路，沿三条河流一个村一个村地摸排调查，寻找与卖鸭老头体貌特征相同的人。侦查员风雨兼程，昼夜工作，对三条河流两岸的村庄一一调查走访。走访了十天，累计行程八百多公里，排查了近两百个村庄，走访群众上万人，但是一无所获。张宏伟的压力很大，他想，是侦查方向有误，还是卖鸭子的老汉故意说错住址迷惑侦查员的视线从而把侦查工作引向歧途呢？但他又一想，在陈楼寨陈大龙帮他讨回了欠款，他从内心里感激不尽，他对陈大龙说的话应该不会有假。于是，他坚定了在大平破案抓人的信心。

侦查员们又调整了工作方法，有的着便衣称是来当地做生意的，有的声称自己是春城县公安局的。他们声称前不久大平县赊雏鸭的一老汉在春城要账时遭人殴打和抢劫，现在抢劫的人被抓住了，抢走的钱被追了回来，他们来一是想取个证明材料，二是把被抢劫的钱退还给卖鸭人。卖鸭人年龄在五十五岁左右，身高一米七以下，络腮胡子，有点儿秃顶，经常骑一辆助力自行车。这样一说贩卖雏鸭的人开始积极提供线索，先后帮追捕小组找到四名与侦查员描述的差不多的人。通过与这四个人交谈，并请受害人辨认，结果被一一否定，排除了他们在春城的作案嫌疑。侦查工作又陷入困境，侦查员的情绪又一次低落下来。张宏伟紧锁的眉头又增加了一层阴云，他心中的压力可想而知。

侦查工作进行到了第十三天，张宏伟带领四名侦查员沿小红河行驶四十余华里，找到了大平县一个较大的雏鸭批发市场。张宏伟在批发市场找到了总经理，把来意向他讲述了一番。总经理对两百多人的特征进行反复比对，认为这人很像李国华，年龄和体貌特征基本相似。李国华曾向他发牢骚，说赊给春城县的许多雏鸭款没讨要回来，给他家的生活造成了很大困难，不但没有赚到钱，还赔了不少钱，不过遭抢劫的事没说。

抓捕组根据这一线索，立即赶往李国华居住的村庄，在村民的带领下找到了他家。李国华的家很破旧，两间低矮的大瓦房，房子的墙全是土坯垒成的，与周围邻居的高楼形成很大的反差。他家里更寒碜，屋内没有什么家电，家具也很破旧，一看就是农村里很贫穷的人家。衣着褴褛、面如黄土、弱不禁风的李国华的妻子十分热情地接待几位陌生的来访者。她听说有人寻找自己的男人，不禁泪如雨下。"我丈夫是个老实人，一辈子苦做俭省，不舍得吃不舍得花，守着家里这几亩地，靠土里刨食，艰难度日，家里生活一直过得很清苦。前年他借钱贩卖雏鸭，赊出的鸭账要了多次也没要回来。几个月前他哭着离开了家，说这次要不回账就是死在外边不回家了。这一走几个月都没有音信，也不知道他在外边要账啥样了，着实让人挂心啊！"李妻说完低声哭泣起来。

侦查员们提取了李国华的正面照片两张，张宏伟立即派人拿着他的照片返回春城，让陈大龙和程秀芝等人辨认。多人的照片放在一起，陈大龙和程秀芝一眼就认出照片上的那个人就是卖鸭老汉，这一消息立即被告知追捕小组。张宏伟听到这一消息十分高兴。他立即安排八人化装成当地村民，在李国华家附近昼夜守候，仔细观察出入李国华家的所有人员，只要李国华出现立即实施抓捕。他还清示县公安局局长，要求购买十辆自行车和十个冰糕箱子，抽十个侦查员扮成卖冰糕的人在李国华所居住的村庄附近沿路巡查。张宏伟等人蹲在李国华家门口的大沙河边装作钓鱼，严密监视他家的一切动静，防止走漏风声后李国华潜逃。张宏伟还要求大平警方增派警力，全力配合抓捕重大犯罪嫌疑人李国华。

青河省公安厅对此案高度重视，立即选派精兵强将赴大平县组织指挥抓捕李国华，并在大平县境内开展地毯式搜查，要求不惜任何代价，在最短的时间内将李国华抓捕归案，全力侦破这起跨省的特大系列投毒案。在大平警方和春城追捕小组的努力下，于第二天下午将潜藏在他女儿家的李国华抓获。

当李国华一听提审他的是春城县公安局的，就知道自己用水果糖投毒的事惹出大祸了，要不春城县的公安不会跑这么远来抓他。但他心里清楚这事可是要被杀头的，不到万不得已决不能承认，他想到这儿就说："你们搞错了，也抓错人啦，我一个庄稼人一贯遵守法纪，不偷、不抢、不犯法，老老实实在家干活，是在本地出了名的好人。"

张宏伟不慌不忙地说："李国华，你应该明白，没有铁一样的证据我们不会千里迢迢到你们大平县来抓你，还是老实交代吧，争取政府宽大处理。"

李国华翻眼看看张宏伟，又看看周围坐着的几名陌生男子，干咳了几声，摇了摇头说："我没有犯法，没有杀人放火，没有偷盗抢劫，你们让我交代什么？"

张宏伟把桌子一拍怒吼道："李国华，我告诉你，不要在我面前要小聪明，揣着明白装糊涂。我问你，你在春城县共赊了多少雏鸭，有多少欠款没有讨要回来，你为了报复这些拖欠你钱的人你做了些什么？如实交代！"

李国华一看事情败露，心中暗想，公安要是没掌握一定的证据，也不会跑这么老远来抓我，恐怕他们什么都知道了，抵赖也抵赖不掉，没有退路了。李国华又望了望张宏伟他们，轻轻地叹了一口气，额头上的汗像豆粒一样往下滚，只是一个劲地叹气。

时间在一分一秒地过去，受审的李国华在激烈的思想斗争中守着最后的思想防线。他心里清楚，看这阵势不交代怕是过不了关了，能扛一会儿算一会儿吧。

张宏伟一拍桌子站起来说："李国华，你不要执迷不悟，你应该知道政府的政策，坦白从宽，抗拒从严，如果你想蒙混过关，你做梦去吧，只有老实交代犯罪事实才是最明智的选择，否则只会搬起石头砸自己的脚。老实交代，自己做的事自己心里清楚，别再硬扛着啦。"说完张宏伟递过去一杯茶，等他把茶喝完，又递给他一根香烟，帮他把烟点燃。李国华用力地吸了几口烟，擦了一把脸上的汗珠，便如实交代了他利用水果糖投毒的全部犯罪事实。

李国华身高不到一米七，身上的衣服十分破旧，紧紧裹着他那骨瘦如柴的身躯，脚上的一双拖鞋后半截已磨去很多，黝黑的脸上布满了纵横交错的皱纹，络腮胡子说话时在不停地抖动，秃顶的头皮上已沁满了豆大的汗珠。可能是害怕的缘故，说话时声音有些颤抖，一句一顿地交代了他实施犯罪的经过。

"我叫李国华，今年五十三岁，家住青河省大平县李家屯，祖祖辈辈都是农民，小时候因家里贫穷没有读过书。父亲以前做水货生意，就是孵化鸡鸭鹅，过去都是赊销，养得差不多了再去讨账。我自十几岁起就跟着父亲学着做水货生意，二十一岁时娶贺氏为妻，育有两个女儿和一个儿子。自从土地承包到户后，许多乡邻靠做生意都富起来了，可我和妻子靠种这几亩黄沙地刚刚解决温饱问题。眼看周围的邻居相继盖起了楼房，购买了家电、汽车，可俺家还是老样子，穷得叮当响，儿女们埋怨，老婆子嘟囔，我一气之下借了一万多块钱去北京做磨香油的生意。由于我没有做这方面生意的经验，销路也没有打开，干了将近一年，不但没有赚到钱，还欠了一屁股债。我为了偿还债务，便选择了风险大的贩卖雏鸭生意。每天我早出晚归，担着一百多斤的担子走村串户，每天都要行走一百多里地，在村里叫卖，有一部分是现钱结账，也有一部分是赊销。一天下来腰疼腿酸，身子骨像散了架，肩膀上磨出了血泡，有时肩上的血都粘到衣服上了，一脱衣裳钻心地疼。说良心话，干我们这一行赚的都是血汗钱，下乡那些天身上的衣服都没有干过，有时一天啃几个干馍，连瓶水都不舍得买，走到哪里都是喝压水井里的水。有一次我在卖雏鸭的路上得了重病，幸好碰到一位好心的大伯，他让儿子开车把我及时送进医院进行抢救才捡回一条命。就这样我辛辛苦苦干了一春天，赊出了近万元的雏鸭款，我想这下能赚些辛苦钱，也能把欠的账还了，常言说无债一身轻嘛。可秋后我怀揣着梦想去讨要赊出去的雏鸭账，大部分赊鸭户都如数给了，有的要了几趟甚至十几趟却以种种理由赖着不给。这些事说起来真让人伤心，让人气愤啊！”

李国华说到这里双手抱头，号啕大哭，混浊的泪水从他那失去光亮的眼中滚落下来，一个经历过岁月磨砺的老男人的哭声是那样震撼人心，又是那样让人动容。

李国华使劲用他那长满老茧的手抹了几下脸上的眼泪，又在衣服上擦了一下，干瘦的身躯动了一下，接着交代他投毒作案的过程。

“为了能顺利要回在春城县所欠的鸭账，我买了一辆旧自行车，又在自行车上安装了助力器。我骑着那辆旧自行车踏上了茫茫的要账之路，就在这漫漫的讨债路上，记录了我人生的悲伤和苦难。有的人说，他家没有钱，不然把养成的鸭子顶账算啦；有的一家人推来推去，男的说女的当家找女的，找到了女的又说男的管钱让我找男的，反复找来找去就是不给钱；有的干脆说赊的雏鸭没有养活，拒绝给钱；有的赊雏鸭时报的是假名，根本找不到人；有的眼看着他养的鸭子在院子里呱呱叫，硬说根本没赊过我的雏鸭，并当着很多人的面说再去他家要账就打断我的腿。我忍无可忍跟他辩理，要求和他家人一起跪下对天发誓，他家人不但不敢对天发誓，还把我赶出家门，女主人更是吐了我一脸口水。出了这家的大门我伤心得泪如泉涌，但一个外地人谁又肯上前替我说句公道话。

记得在一个叫刘桥庄的村，我找到赊鸭的主人。他说，他家养的鸭子下蛋小，要扣一半欠款。另外一家共赊了十只鸭子，说有一只是公鸭，赊鸭时有承诺如果有公鸭不要钱！我知道我赊出的雏鸭绝对不会有公鸭，但谁能说清？我说自认倒霉，给九只的钱总可以吧，但他说一分都不给。我在他家说了半天好话，没要到一分钱。

还有一个村叫贺楼村，这个村有三户赊了我的雏鸭，讨要时只有一户给了，另外两户以家里没钱为由一分不给。再到那个村讨要欠款时，不但那两户没有要到，交钱的那一户非让我退给他已付的钱。我想，欠账还钱天经地义，如果都像这个村我就赔光了，现在的人怎么不向好的学，偏学那些不仁不义的。于是，我坚决拒绝退款，可他一家人大打出手，把我打得鼻青脸肿。当时围观的群众很多，都在现场大眼瞪小眼地看着他一家人欺负一个外地老人，没有一个站出来说句公道话，哪怕拉着他们不让打我都行，但没有人啊！我真不知道现在的人怎么啦，只讲钱，啥也不讲。我小时候常听爹说世界上还是好人多，在以前他赊出雏鸭根本没有赖账的，有一家不给钱全村人都不愿意，他在春城县做水货生意多年，那里有他好多老朋友，父亲在世时他们还经常走动。但也有好人，在陈楼寨要账有一个叫黄大牙的妇女不给欠款，可村里的一位老人叫陈大龙遇见了立即站出来，逼着黄大牙把欠款还给我，并帮助我要回那个村所有的欠款。像陈大龙这样的好人俺一辈子也忘不了，每到过年过节，我总在佛像面前点燃香纸，人家总是许愿发财啥的，我许的愿是让上神苍天保佑像陈大龙这样的好人一生平安幸福。

“人跟人不能比，常言说得好，人间百态，形形色色。在张集村有一个中年妇女，我跟她要欠我的鸭账，可她说要钱可以，你得跪在我面前叫我一声姑奶奶，再给我磕三个头，这钱算给你的压岁钱。说完她把钱扔到我的跟前，她这一丧尽天良的举动不但没人制止，还引起人们一阵狂笑，这不是明摆着拿我这个外地人开心吗？民警同志，你们想想，谁家没有老人，谁能没有父母，如果有人这样对待你的父亲，你们能容忍吗？他们这样对待一个外地讨账的老人天理难容啊！老天啊，你咋不睁眼，坏人越来越多，这世道好人活得越来越艰难了。”李国华说到这里瘫坐在椅子上不停地叹息，不停地摇头。他是在向上苍发问，还是在向审讯他的民警发问，人们不得而知。

“就在去年冬天，我冒着刺骨的寒风，拖着多病瘦弱的身体，骑着我那辆破旧自行车，穿梭在春城县等四县之间，整天奔波在漫漫的讨债路上。为了讨回我的血汗钱，我吃了多少苦，受了多少辱，挨了多少骂，遭了多少打，流了多少泪，连我自己都说不清了。

“今年春节，人家都全家团圆，欢欢喜喜过年，可我家却冷冷清清，来家里讨债的人说些难听的话，妻子埋怨我奔波一年没挣到钱，还欠了一屁股债。我是欲哭无泪，我心里的苦又该向谁说？春节那天我蒙头盖脑地睡了一天，也在被窝里哭了一天。

“过了春节，当人们还沉浸在节日的欢庆之中，贫穷的我便抱着一线希望，又一次踏上了讨债的道路。伤心至极的我在想，如果再要钱不给，再辱骂、殴打我，我就要报复这些猪狗不如的人。于是，我花五元钱买了毒鼠强，又花六元钱买了水果糖，在一偏僻的地方，把水果糖剥掉纸，一个一个沾上毒鼠强，又一个个重新包好。我想这些人吃过死不了，也得花钱治疗，决不能让欠我账的人占便宜。当我要不到账或遭到辱骂时，我就在赊雏鸭的地方放一包，在欠债人的院内或大门口旁放一包有毒的糖。我先后在二十多个村子，投放了三十余包带毒的水果糖，有的用烟盒包装，有的没有包装，也有的用纸包装。说心里话我真不想伤害任何人，我多次想打消做这种坏良心事的念头，但是那些人不给钱还辱骂我、殴打我，我真没有想到我的这一举动竟然造成这么严重的后果，竟然死伤这么多人，我更没有想到这么快就被春城县公安人员抓住，我是罪该万死，死有余辜。”

1994 年 4 月 30 日，李国华被春城县人民检察院批准逮捕。同年 12 月 15 日，郭阳地区中级人民法院一审以投毒罪判处李国华死刑，剥夺政治权利终身。12 月 30 日，春城县召开万人公捕公判大会。清晨七时，春城县看守所的大铁门缓缓打开，公、检、法和县委政法委的警车开进看守所，震惊中原的特大系列投毒案主犯李国华被两名荷枪实弹的武警战士押着从监号走出来，脚镣“哗啦、哗啦”响个不停。面如土色的他知道自己将要被执行枪决，浑身不住地颤抖。他腿上的脚镣被去掉，由武警押着走进审判大厅。他抬头望了一眼庄严的审判大厅，里面站满了公安人员和荷枪实弹地站在他两边的武警战士。审判庭的正中央坐着两名威严的法官，宣读判决书的声音像洪钟一样震撼着人们的心。

郭阳地区中级人民法院刑事判决书，（1994）青2424刑终168号。公诉机关郭阳地区人民检察院。被告人李国华，男，1944年7月12日出生，住青河省大平县李家屯，因涉嫌投毒罪，于1994年4月21日被刑事拘留，1994年4月30日被春城县人民检察院批准逮捕，同日，由春城县公安局执行逮捕，现押于春城县看守所。

郭阳地区人民检察院以郭检刑诉〔1994〕18号起诉书指控被告人李国华犯投毒罪，于1994年6月2日向本院提起公诉，郭阳人民检察院指派检察员郭英、李同生出庭支持公诉，被告人李国华及其辩护人高罡斗到庭参加公诉，现已审理终结。

郭阳地区人民检察院指控，1993年春季被告人李国华到春城县和邻近的三个县赊销雏鸭近两万元，在讨要欠款中有部分欠款没有讨要回来，有时与欠账人发生口角，甚至厮打。被告应依法维护自己的合法权利，通过法律程序讨回欠款，但被告为了报复欠账人，用水果糖沾上毒鼠强先后在春城县等二十多个村庄，投毒三十余次，造成了春城县二十多人中毒、六人死亡的严重后果。为证实上述事实，公诉机关当庭宣读并出示了以下证据：1. 书证材料；2. 证人证言；3. 被告人李国华的供述和辩解材料；4. 辨认笔录四份；5. 提取的含有毒鼠强成分的水果糖五颗。为此，公诉机关认为，被告人李国华的行为已构成投毒罪，请求依照《中华人民共和国刑法》，犯投毒罪的，致人重伤死亡，或者使公私财产遭受重大损失的，依照刑法第一百一十五条规定，处十年以上有期徒刑，无期徒刑或者死刑。损害极端严重的，处死刑或无期徒刑之规定判决。

本院经审理认为，被告人李国华明知毒鼠强能危害人的生命，为报复他人仍用水果糖为诱饵致使多人误食，造成了多人中毒，六人死亡的严重后果。社会影响十分恶劣，造成的后果特别严重，为维护法律的尊严，保护人民的生命财产安全，有力打击犯罪，维护社会稳定，公诉机关指控以投毒罪，事实清楚，证据确实充分，罪名成立，本院予以支持，依照《中华人民共和国刑法》第一百一十五条之规定，判决如下：被告人李国华犯投毒罪判处死刑，立即执行。

随着审判长对投毒犯李国华执行死刑命令的下达，荷枪实弹，戴着墨镜、口罩的武警战士将李国华验明正身，押赴刑场执行枪决。沉闷的枪声响过，李国华结束了他罪恶的人生。这起震惊中原的“3·21”特大系列投毒案画上了句号。张宏伟和他的战友们用忠诚诠释了人民警察的奉献精神，在春城公安史上留下了光辉的一页。春城县的百姓们敲锣打鼓放鞭炮，一拨一拨地给公安机关送锦旗，称公安民警是群众的保护神。在刑事侦查的团队里流传着这样的顺口溜，“刑警破了案，给个县长都不干”。当刑警的自豪感，破案后的荣誉感，被体现得淋漓尽致。当这起特大跨省投毒案圆满画上句号的时候，当侦查员们都沉浸在喜悦和掌声之中时，张宏伟却觉得如鲠在喉，心里有说不出的滋味。他一遍又一遍地在想，他从接触到李国华那一刻起，李国华给他的印象是一个老实巴交的农民，却因区区小事就报复投毒，制造了这起骇人听闻的特大投毒案。在社会上的影响十分恶劣，造成多人死亡，后果十分严重。李国华被执行枪决是罪有应得，死有余辜，但是枪声响过，人们是否该思索更多的问题呢？

在李国华的报复投毒案件里，世人应该吸取什么样的教训呢？如果我们的法律宣传能够普及，如果李国华能学法、懂法、守法，拿起法律的武器维护自己的权益，依靠政府和法律讨回所欠的鸭款，也许他不会走上犯罪的道路。如果欠李国华鸭账的村民们欠账还钱，按赊雏鸭时的价格如数给付，或许他们的孩子、亲人、邻居就不会遭受报复，也许这起跨越省界的投毒案也不会发生。张宏伟在李国华被执行死刑的那天夜里又一次失眠了，他的心病又一次加重了。

来自战友的诬告信

正当张宏伟带领刑侦大队连破大案，公安局被县委、县政府连续两次记大功的时候，春城县公安局进行了班子调整。有两位副局长和政委因年龄原因要退居二线，在公安局中层领导里要推选三名同志进局党委班子。通过公安局党委推荐，县委组织部考察，中层以上所、队、股长无记名投票选举，领导个别谈话等方式，张宏伟的名次遥遥领先。就在这次推荐提拔中，张集派出所所长李志凭着跟张集镇党委书记李高峰的特殊关系也脱颖而出。其实，他们俩以前根本不认识。一贯爱攀高枝的李志，拼命地跟李高峰套近乎，本来李高峰只比李志大五岁，李志人前人后都喊李高峰书记叔。逢年过节的时候，李志总是拿着东西和钱去送礼，多次向李高峰表示绝对的忠心耿耿。李高峰有事安排一声，李志跑得比狗还快。公安局的同志给李志送了个外号叫“三种话”，也就是见啥人说啥话。

李志先后在三个乡镇当过派出所所长，见了当官的像孙子一样，搞权钱交易，而群众找他办事只要不给钱绝对不办，该办的事不跑个七趟八趟绝对办不成。群众都说他黑，告他的信也不少，但由于他爱跟当官的拉关系送礼，这个乡镇干不下去了，再到别的乡镇干。所以群众先后给他起了三个外号：“野生鱼”，意思是不是人养的；“剖宫产”，意思是不是人生的；“电子警察”，意思是不是人。李志虽然当个所长，到哪都是人模人样的，但由于他人品太差，办事只认钱不认人，只要是他能用得着你，他喊你爹都行，一旦用过你或者用不着你，他连正眼都不看你，人们都说他是那种“擦嘴无恩，转眼无情，过河拆桥”的人。所以，这些年他没少给他父母挣骂。

那一年张集乡党委书记李高峰的父亲去世，李志立即赶到李高峰的家，趴在棺木前号啕大哭，哭得鼻涕一把泪一把的，可是他并没有见过李高峰父亲的面，最后他还披麻戴孝送到坟地里。后来有人辱骂说，李老汉临终前又生了一个儿子，还有人说李书记真有福，跟前有一个当派出所所长的儿子孝敬。还有人把李志为李高峰的父亲穿孝服说成“人家李志戴孝帽子进灵棚，又充近人的”。

这一次公安局班子调整，李志认为高升的机遇来了，就找李高峰活动。李高峰带着李志去找他姐夫，就是已当上了县委常委、常务副县长的石松。李志就把自己的简历说了一下，并说自己在公安局也是老所长了，这次公安局班子调整，如果按资排辈也该轮到自己了，论水平自己是警校毕业，法律知识和业务水平都是一流的。

油头滑脑的石松听完李志的自我介绍，笑笑说：“李所长，一个人要求进步这是好事，个人的成长跟组织培养和自己的努力是分不开的。现在官场上的关系很微妙，党委班子里的人都要推荐自己一派的人，我说了也不一定能办成。这人事关系错综复杂，就看你活动的情况了，如果活动得不错，当个副局长也不是不可能。现在的官最好当，人嘛都是两眼一个头，谁也不比谁高明多少，你说是不是？”

李志连连点头说：“那是，那是，如果让我当抓刑侦的副局长照样能破大案、立大功。”石松看了看李志说：“就凭你这股劲，我看一定能干好。但据我所知，现在的刑警队队长张宏伟可是块破案的好材料，常委里边的人对他的评价都很高，他在侦破大、要案上没少出力，给咱县争光不少。他在群众中也有威望，这次他应该是最佳人选。”

“他张宏伟也不过徒有虚名，论法律知识、办案经验我要在他之上，他是老好人从不跟谁结仇，跟谁都是一团和气，谈不上什么原则性，但他有硬伤，超计划生育，那是能被一票否决的。”李志说完看着不怀好意的石松笑了笑，他等待着石松的表态。

石松听李志这样一说，脸色立即阴沉下来，他摆了摆手说：“小李啊，这样的事可不要乱说，这事关系到一位同志的政治生命，说话要实事求是，要有根有据。”

这时李志也弄不清自己说的话是对还是错，不好意思地点了点头说：“石县长说得对，今后我要多听您的话，按照您的最高指示办事，多向您汇报工作，多听您的教导。这是我孝敬您老的，您笑纳。只要我能当上公安局的副局长，我就是您一辈子的心腹，愿意给您效劳一辈子，您就把我当您儿子看待就中了，啥都不说啦，我这事您看着办就是了。”

石松看了看李志放在沙发上的包，就已经明白里边装的是什么了，冲李志笑着说：“这你放心，我一定会尽力的，但局里那边你们要多做工作，组织考察、民主选举、局党委推荐都很重要，只要局里报上来我想办法也就是了。”

李志走出石松的办公室，心里直乐。他想，不管工作干得好坏，只要拿钱找关系，不管水平高和低，照样可以当领导。如果自己能抱住石松副县长的大腿，只要不怕花钱，想当官那还不是容易的事。他张宏伟工作再积极再有成绩，那是瞎子点灯——白费蜡，巴巴狗追兔子——瞎忙一场。李志想到这儿，心里别提有多高兴了。

再说李志与张宏伟两人的关系。李志从警校毕业后来到春城县公安局刑侦大队，当时张宏伟是副大队长，具体负责案件的侦破。李志与张宏伟接触后觉得张宏伟为人厚道，对谁都很诚实和善，工作也很敬业，在刑侦大队里威信也高，爱攀高枝的李志便与张宏伟套近乎，人前人后都称张宏伟为老师。有一次中秋节刑侦大队聚会，酒喝得差不多了，李志给张宏伟敬酒称老师，有人提议叫老师需要拜师，要敬三杯酒、磕三个头才算拜师，大伙儿一致说这是老辈子传下的规矩，要拜师必须这样做。张宏伟连连摆手说不需要，大家都是兄弟，在一起工作那是缘分，相互帮助，取长补短，以老带新，那是刑侦上的老传统，不兴拜师那一套。李志坚持说张队长就是我的老师，这个师傅我认定了，磕头咱就免了，敬三杯酒，鞠三个躬行不？大家都齐声说“好”，李志就给张宏伟连端三杯酒，又鞠三个躬，就这样李志算拜了张宏伟为师。两个人关系密切，逢年过节两家也相互走动，在刑侦大队都知道李志和张宏伟不是一般的关系。

春城县公安局对新提拔的三名候选人进行了组织考察，股所队长及副科级以上人员进行无记名投票，局党委投票推荐等组织程序，张宏伟按记分算排在了第一名。李志尽管在参加竞争提拔候选人前做了大量工作，该送钱的送钱，该托关系的托关系，该请局中层领导吃饭的连续在大酒店安排了好几场，可谓机关算尽，多管齐下，可最终按分数排名他是第二名。李志心里很不是滋味，评选结果出来后他在床上躺了两天，骂有些人转眼无情，又骂有些人口是心非、阳奉阴违。这些人太现实了，自己能做的工作都做到位了，可以说没有任何遗漏的地方，十分有把握的事变成竹篮子打水一场空，他心里前所未有地失望、苦恼和沮丧。李志想，人不为己，天诛地灭，既然弄到这个份上了必须搏一搏。于是，他就在一个夜深人静的晚上写了一封举报张宏伟超计划生育，不符合提拔干部条件的匿名信，送到了县委常委、县纪委、县委组织部、县委政法委等部门。

李志为了不让张宏伟怀疑他写举报信，在写过举报信送出去的那天晚上，约了张宏伟一起吃饭，还让张集镇党委书记李高峰作陪。在酒桌上李志一个劲夸奖张宏伟为人忠厚老实，工作有思路，刑侦大队在他的带领下干得有声有色，说张宏伟在群众中威望高、口碑好，在公安局内部也有好人缘。他还几次为老师敬酒，祝贺他提拔入选，一再称提拔他的老师当副局长是众望所归、人心所向，在公安局没有比他更合适的。张宏伟也劝李志要继续努力，要改正为人虚伪的一面，多干工作，少搞些歪门邪道，工作才是立身之本，说他还年轻，今后会有机会，千万不能灰心丧气，相信上天不会辜负有心人的。李志心想，你别光说漂亮话糊弄人，你这是饱汉子不知饿汉子饥，你被选上了当然高兴了，可我仅一票之差就被淘汰出局，这公平吗？这还有天理吗？你张宏伟也别高兴得太早，有你哑巴吃黄连——有口说不出的时候，咱骑驴看唱本——走着瞧。

可能是张宏伟多喝了几盅酒，就把李志当作了自己的朋友。他知道李志在局里和群众中威信不高，喜欢巴结当官的，爱同有钱的人交朋友，就掏心窝子劝李志说，作为一个正直的人，为人处世要厚道，要做一个好人，不管办啥事要怀着一颗善良心，不昧着良心说话，不做亏心事，这就是一个人的做人准则；不揭人之短，不伤口撒盐，就是一个人的善；不卸磨杀驴，不过河拆桥，这是做人的基本道义。处事的时候，宁可吃亏，也不用心算计他人，宁可贫困，也不去坑蒙拐骗，这就是我张宏伟做人处事的原则。常言说路遥知马力，日久见人心，现在的人谁傻呀？爱耍小聪明的人是最傻的。李志听了张宏伟的这番话，好像每一句都是针对他的。他听后浑身不自在，以自己喝醉了为由，草草结束了这场本来不该有的朋友聚会。

县委接到举报信后，县委书记等人建议由县委组织部、县委政法委抽调人员成立联合调查组，对举报张宏伟违反计划生育政策一事作调查核实。常务副县长石松建议取消张宏伟的提拔候选人资格，由李志替补，决不能把有问题的干部提拔到领导岗位上，落实计划生育一票否决的政策。双方各自发表意见，互不相让，但大家都不相信张宏伟在要被提拔时会犯如此低级的错误。最后还是县委书记一锤定音，成立联合调查组，一定要查清张宏伟是否违反了计划生育政策。

联合调查组把举报信的内容反馈到公安局，局长林金东听到这一消息后十分震惊。他说，张宏伟就一个儿子，怎么会违反生育政策，他收养小花那是出于人道主义。《人民公安报》都报道了他人性化执法，把警察的一片爱心献给了一位受害人的女儿。他的这一善举受到了社会的充分认可和人民群众的高度赞扬，怎么会有人昧着良心诬告他违反计划生育政策，这真是奇谈怪论。向联合调查组反映，这些年张宏伟带领刑侦大队民警侦破了许多大案，为春城县的社会稳定、经济发展做出了突出贡献，在全局民警推荐投票中张宏伟得了满票，无论哪一方面来看他都是十分优秀的，提拔张宏伟是全局民警和局党委的一致意见，代表着民心民意，举报他违反计划生育政策纯属诬告。

当联合调查组领导找张宏伟谈话时，张宏伟如实向调查组说明了他收养小花的经过和想法，唯一的错误是他没有到有关部门办理收养手续。当时他想把小花养大供她读书，让她走出她爹被凶手杀害的阴影，让她跟其他孩子一样读书生活，等把她养大了她想回陈楼寨找她大伯和叔叔认姓归宗随她去，如果办了收养手续回家就不那么随便了，没想到竟被人抓住把柄，以一票否决阻止他的进步。他当时就向联合调查组领导表态，自己对提拔不提拔不是很在意，提拔不提拔都一样工作，但举报他超生这完全是诬告。

联合调查组通过座谈走访，征求公安局党委的意见，一致认为这封举报张宏伟违反计划生育政策的信件完全是诬告，可能有人对提拔张宏伟有忌妒心理，故无中生有，才向组织写诬告信。联合调查组实事求是地向县委汇报了调查结果，并把公安局党委的意见、证人证言、座谈会综述、张宏伟本人对此事的陈述、小花的自述等情况写成了一份调查报告，最后注明了调查组的意见。

春城县公安局局长林金东立即把举报张宏伟违反计划生育的诬告信向原地区公安处处长郭刚作了汇报，当时郭刚已由公安处长升职为郭阳地区人大常委会副主任，负责抓政法工作。郭刚听到这一消息十分震惊，他立即与政法委书记、新任公安处处长赶赴春城，就关于张宏伟被推荐提拔为副局长候选人交换了意见。他们说，张宏伟这些年在刑侦战线上恪尽职守、努力工作，侦破了许多大案、要案，是公安系统难得的人才，如果春城县委不能形成一致意见，张宏伟可调到地区公安处刑侦支队工作。春城县委主要领导当场表态，根据联合调查组的意见，排除一切干扰，坚决把像张宏伟这样德才兼备的同志选拔到领导岗位上，决不让老实干活的人吃亏。

其实张宏伟对提拔不提拔并不是很在意，干好自己的工作，干啥只要内心无愧也就行了。于是，他仍然每天早出晚归地带领刑侦大队的战友们奋战在侦破案件的第一线，工作还是跟以前一样卖力。可他的妻子陆轲知道这事后心里很不是滋味，最了解张宏伟的莫过于知冷知热的陆轲了。他俩自结婚后恩恩爱爱，遇到啥事相互谦让、相互包容。丈夫在人生的关键时刻遇到被人诬告的事，陆轲怕丈夫心里过不去这个坎，因为她知道丈夫遇事从来都是自己默默承受，从不把心里的苦楚向外人说。

那是一个细雨纷纷的晚上，陆轲有些担心丈夫，他出门时没有带雨具，也不知道他吃过晚饭没有。于是，她打着伞来到回家的街头，想接丈夫一程。她孤身一人撑着雨伞，站在街头的雨雾中。她看到春城大街上没有了汽车的鸣笛，没有了熙熙攘攘的行人，偶尔出现一个或打着雨伞或身披雨衣的路人匆匆而过，街道两边的路灯被茫茫的雨雾笼罩，坚强地放射出微弱的光。她望见远方的家属楼窗户里透出温馨的灯光，偶尔听到远方传来悦耳悠扬的舞曲声。她顺着声音望去，看见了五彩灯光在茫茫的雨夜里闪烁，她知道五彩灯下的舞池里帅男靓女们在翩翩起舞，尽享快乐的生活。一阵带着寒意的风吹了过来，她的身子猛地一颤，一种难以名状的寂寞和孤独向她袭来，她在雨雾中站了很久很久，最后十分失望地回到了空荡荡的家中。

在客厅里陆轲看陈小花正坐在沙发上发呆，晶莹的泪水挂在她俊俏的脸上。陆轲立即放下手中雨伞，跑到小花跟前亲切地问："我的乖闺女这是咋啦，你这是哭啥嘞，谁欺负你了？"小花一下扑到陆轲怀里哭着说："妈妈我走吧，是我连累了爸爸，我对不起您和爸爸。""乖孩子你说的这是啥话，你从走进俺家那天起，我和你爸就把你当成亲闺女养，你是无辜的，大人的事你别多操心。"陆轲抚摸着小花的头亲切地说。

夜深了，窗外的雨无情地拍打着门前的树叶，拍打着房顶发出的声音是那样刺耳，那样让人焦躁不安。懂事的小花依偎在陆轲的身旁，双手握住陆轲的手说："妈妈，在我的生命里，在我人生的阅历里都浸透着您和爸爸的爱，你们都是我的恩人，我长大以后一定报答你们，一定为我死去的亲人报仇。""乖孩子，我们不图你什么回报，只觉得你小小的年纪太可怜啦，能把你养大，培养成对社会有用的人才，这是我和你爸的初衷。人嘛，都不容易，你爸工作这样卖力，组织要提拔他，可有人诬告，你想他心里苦谁知道呀。你要记住你的身世，你一定发奋读书，将来成为对国家有用的人才，我和你爸就觉得为你付出得再多都值。"陆轲满怀深情地说。

“妈妈，我代表我们学校参加了‘中学生作文大赛’，我写的一篇作文题目是《我的警察爸爸》，最终荣获一等奖，我们学校专门开会为我庆贺，说我为我们学校赢得了荣誉，所有入选的作文以后还编辑成书出版呢。我一定努力学习，决不为您和爸丢脸。”小花认真地跟陆轲说。

“小花，你把你写的作文拿来我看看，俺小花真了不起，要是你爸知道了他的闺女写的作文能在全国获得大奖，他该多高兴啊。这喜事你爸回来赶快告诉他，让他也分享咱们的快乐。”陆轲说完接过小花拿来的作文，展开稿纸，认真阅读起来：

我的警察爸爸

人来到这个世上，谁都有自己的家，谁都有自己的爸爸。我的爸爸是一名警察，他是在我六七岁时才走进我的人生世界的。那时我的爹妈及亲人都被人杀害了，从此我便失去了父爱和母爱，成了一名无人想抚养的可怜孤儿，就在我对人生陷入绝望时，我的警察爸爸带领民警破案时，见我无依无靠，身陷绝境，他怀着一种慈爱和善良的心收留了我。从此，他就成了爱我疼我的爸爸，我在爸爸那博大的爱意里快乐地生活和学习。

爸爸跟我一样从小就是个孤儿，爸爸的爸爸妈妈在抗美援朝中光荣地牺牲了，是他爸爸的战友收养了他，把他培养成一名军人，转业后又当了一名人民警察，他为了把人间的这种大爱传承下去，他义无反顾地收养了我这个孤儿。爸爸为了培养我和哥哥，他节衣缩食，一年四季除了一身警服外，他从不舍得买一件像样的衣服，节省的钱他全部为我和哥哥购买学习用具，把我们送到最好的学校。每当我看到爸爸拖着瘦弱的身躯奋战在破案一线，我心里有一种难以名状的酸楚。爸爸常说做事不能怕吃苦，没有苦中苦，难求甜上甜，俭能养德，人生最珍贵的是亲情和友情，最难得的是处处想着他人，把心中的那份爱无私地献给他人，在给予他人幸福和快乐的同时，自己也享受幸福和快乐。爸爸用光辉的人性和高尚的品德装点人生，用真诚和善良来回报社会，爸爸在我心中的形象永远是伟大的，他是我人生追逐的最完美的偶像。

爸爸是一个十分敬业的人，他夜以继日地奋战在破案抓捕犯罪分子的一线，经他侦破的大案、要案数不胜数，他被誉为“破案能手”“神探”等称号。由于他身体瘦弱，又加上他没白天没黑夜地拼命工作，他曾三次累晕倒在办案现场，他以“拼命三郎”的工作业绩，书写他作为新时代人民警察的壮丽篇章，他先后被授予“全国优秀人民警察”“全国劳动模范”等称号，曾荣立过一、二、三等功多次。他用默默无闻的无私奉献，诠释了人民公安忠于党、忠于人民、忠于法律的核心价值观。我为有这样的爸爸感到无比的骄傲和自豪，我要以爸爸为榜样，向他学习，传承人间大爱，心系国家和人民安危。在学校我要刻苦学习，用更多的知识武装自己，力争考上一流的大学，将来像爸爸一样当一名人民警察，当爸爸事业的继承人，除恶扬善，保护人民群众的生命财产安全，亲手抓住杀害我家人的凶手，决不让每一个坏人逍遥法外，还社会一片安宁，还百姓一个公道，让天下的百姓都能安居乐业。

陆轲看完小花写的文章，激动得泪水一下涌了出来，她这才知道平时少言寡语的小花心里竟装了那么多东西，连声夸奖小花“了不起，真的了不起”，然后把小花紧紧地抱在怀里，对着她白嫩的小脸亲了又亲，母女俩的心紧紧地贴在了一起。

联合调查组将对张宏伟违反计划生育的调查报告报到春城县委，县委常委召开会议，并在会上宣读了调查报告，并对新提名的春城县公安局副局长进行了无记名投票，张宏伟以绝大多数票通过。组织部派员到公安局全体民警大会上宣布，张宏伟任公安局党委委员、副局长，主抓刑侦工作。同时宣布李志任张集镇副镇长，兼任张集派出所所长。

虽然李志没有被提拔为公安局的领导，但他也被提拔为副科级，心中虽然有点儿失落，但也美滋滋的。宣布任职那天，他请张宏伟吃饭，酒席间两人推杯换盏，李志叫张宏伟老师，这老师叫得特别亲切。张宏伟对李志的为人也略知一二，有刑侦队的战友告诉他，写举报信的有可能就是他的徒弟。李志曾在醉酒时说，如果我提不起来，他张宏伟别想提起来，因为他违反了计划生育政策，就是咱局的人不说，社会上的人也都知道。张宏伟半信半疑，不想在这个问题上费太多心思，一切顺其自然，可他心里对李志也有了一定的戒心。那天酒席间他俩都喝醉了，说了很多的知心话，但具体说的啥，酒后醒来谁也记不清了。

被毒杀的老父亲

那是一个秋雨纷纷的下午，张宏伟刚到办公室，局里的通讯员小曹送来一封写给他的举报信。他立即打开信封阅读起来，原来是张集镇陈楼寨的群众写的。

尊敬的张宏伟局长：

您好！我们这些村民怀着一种正义感向您举报一条犯罪线索。今年元月19日，俺村二十六岁的村民高建良在做好早饭后，把老鼠药投进米汤内，他六十一岁的父亲高广新赶集回家后喝了他儿熬好的米汤后，大喊肚子疼痛难忍，然后口吐白沫，全身抽搐，在送往医院的途中不治身亡。其家人没有报案，强忍悲痛，把高广新的尸体草草掩埋，这事已过去几个月了。投毒杀人的凶手高建良仍逍遥法外，为了维护法律的尊严，严惩刑事犯罪分子，把丧尽天良、泯灭人性、道德沦丧的高建良绳之以法，特写此举报信，希望您在百忙中抽出时间过问此案。

陈楼寨部分村民

张宏伟看完信呆呆地坐在办公桌前，静静地凝视着窗外那在秋风中瑟瑟飘动的参天大树。秋雨敲打着树叶，敲打着房瓦，发出阵阵凄凉而呜咽的响声，仿佛是被害人高广新声泪俱下的诉说，玻璃窗上那被雨水冲刷的印迹像道道泪痕。此时此刻，大地无声，苍天无语，张宏伟陷入了深思之中。他在心中一次次追问，追问普照大地、惠及万物的苍天，追问孕育万物、养育人类的茫茫大地，乌鸦都有反哺之意，羊羔都有跪乳之心，而今儿子居然投毒杀害亲生父亲，天理难容，道义何在？回答他的是窗外那振聋发聩的风雨声。

张宏伟立即召开刑侦大队全体侦查员会议，在会上通报了举报信的内容，成立了由刑侦大队副大队长王传运任组长的秘密案件调查组。第二天，调查组身着便衣进驻陈楼寨村，并通知张集派出所全力配合。

侦查员首先走近死者高广新的亲人，了解高广新的为人。通过认真调查走访得知，死者高广新生来性情暴躁，脾气异常，为人处世十分粗野，与周围邻居关系处得也不好，经常为一点儿鸡毛蒜皮的小事大吵大闹，有时甚至发生肢体摩擦。高广新虽然脾气不好，干农活却是一把好手，摇耧撒种，扬场放磙，所有农活样样精通。年轻的时候他曾带着老婆整天在地里苦干，晴天一身汗水，雨天一身泥水，偶尔遇到雨水天气，别人都在家休息，可他总是冒雨在地里干这干那，从不舍得闲着一会儿，别人都称他是一头不知道惜力的牛。到了冬天大雪封门，别人进牌场打牌玩耍，喝酒闲聊，可他在家里用在地里收获的高粱穗子扎扫帚，到集市上去卖，赚点儿钱贴补家用。老两口苦做俭省一辈子，把三个儿子和五个女儿养大成人，其中七个儿女都成家立业，唯有三儿子高建良高媒不成低媒不就，一人吃饱全家不饿，仍然孤身一人，形单影只。十二年前，高广新的妻子到镇上赶会，途中遇上车祸便撒手人寰，当时家中上有老下有小，日子过得十分艰难，性情暴躁的他经常在家喝闷酒，只要一喝就非喝醉不可，喝醉了就号啕大哭，常常哭得鼻涕一把泪一把，有时哭着哭着就睡着了。时间就这样一天天过去了，有时候他看到儿孙绕膝，儿女也孝敬他，也感到很欣慰。高广新也有高兴快乐的时候，最高兴的时候他也学着收音机里边的唱词唱上一段古装戏。他常对人说过去整天吃糠咽菜，每到青黄不接的时候都挨饿，经常饿得头晕眼花。可现在家里有大囤的粮食，每天都吃白面馍，还炒几样菜，日子能过到这个份上，这辈子知足了。但他又常常因为儿子到成婚年龄没找到媳妇而叹息，自己的老婆跟着他苦做俭省一辈子，先后把八个孩子养大，常言说儿多母受苦，跟着他风打头雨打脸，一年四季在地里拼命地干，自己的脾气不好，年轻时也没有少打骂她，她总是忍气吞声，在没有人的地方大哭一场就又干活去了，等她把孩子们都养大了，苦日子眼看熬到了头，她却在车祸中走了，一天好日子没有过上，每想到这儿他都是老泪纵横、感叹不止。有时他带上供品、纸和阴币，到老婆子坟前唠叨一阵子，向妻亡说说现在家家都有大囤的粮食，吃饭再也不犯愁了，日子越过越舒心。有时也唠叨自己内心的苦楚，说三儿子建良都二十六岁了，村里与儿子岁数差不多的都成家生子了，可他还是个光棍汉，一是家里穷，二是他自己也不争气。因为这事爷俩没少生气，他恼恨儿子不成器，好逸恶劳，每天沉浸在麻将馆里。

高建良有时几天不进家，不但挣不了钱，因打牌赌博还欠了许多外债，沾亲带故的亲戚他都借过钱。经常有亲戚找高广新讨账，都说他儿高建良以家中有事为名借钱，为这事父子俩没少吵架。每年春天地里没有活，别人都外出打工，高广新就让儿子建良跟人家一块儿出去打工。人家干一季回家都落几千上万块钱，可高建良回家时总是两手空空。同路出去打工的人说他在外挣的钱都吃了、赌博了，在外找小姐花光啦。年复一年，月复一月，高建良手里没存一点儿钱，有时出门的路费他还伸手向年迈的老爹要。高广新每次给儿子钱心里都说不出的难受，他对儿子赌博恨之入骨。他好言相劝，推心置腹地讲道理，劝儿子改邪归正，把心思用在挣钱娶妻上。当时高建良向老爹表示一定听话走正道，可一转眼他就忘了，该打牌照样打牌，农活再忙他也从不踏进农田半步。有时候高广新气极了大骂儿子一顿，恼怒极了动手也打儿子几下。可高建良却置之不理，一副无所谓的样子。

其实，高建良心里也有一肚子苦水没地方吐，他的日子过得并不轻松。每到逢年过节，高建良都难过，因为自己年近三十还孤身一人无人疼更无人爱，而同龄小伙伴都已结婚生子，家庭美满。每当夜深人静的时候，他常常一个人仰望星空发呆，时常感叹自己的命苦，出生在一个贫穷的家庭里，父辈没给自己留下什么基业，还经常遭父亲的打骂，在这个家庭里他没有得到任何的温暖，思来想去他的心都凉透了。于是，他对父亲高广新的怨恨与日俱增。他把不满都发泄在老父亲身上，说父亲只知道打骂他，从来没有关心过他，没有本事给自己仪表堂堂的儿子找到媳妇。日积月累，父子俩的矛盾越来越突出，关系也越来越紧张。爷俩心里都有难以名状的苦楚，日子过得清贫而艰辛。

常言道：火比灰热，血浓于水。高广新想，儿子再不争气，毕竟是自己的儿子，儿子一天不成家，他心里一天也不得安静，儿子一辈子打光棍，当爹的脸上也无光。在一个秋高气爽的中午，高广新将五个女儿和三个儿子叫到一起，说家里有重要事要坐在一起商量。儿女们按照老爹的指令都按时到场，围着老爹坐了下来，大眼瞪小眼地看着父亲那皱纹纵横的慈祥脸庞，等待着父亲作最高指示。高广新的嘴动了几下，却没有说出半句话。他长叹了几口气，而后就老泪纵横，痛哭流涕。儿女们见老爹泪流不止，长吁短叹，不知道家中发生了什么事情，都好言相劝，要老人不要过度伤心，注意保重身体，如果生活上遇到困难，儿女们都能帮助解决。最后高广新便开口说话了，他动情地说："我把你们兄弟姐妹八个养大不容易，眼下你们七个都成家立业啦，虽说家里都不富裕，但日子过得也都不错，最使我放不下的是建良，到现在没有成家，他今年都快三十岁的人啦，连个说媒的都没有。我也年纪大了，不能挣钱给他娶媳妇，我心里总觉得是件大事，就是死也不放心啊，如果能拿钱买的话，咱就是不吃不喝，扒屋子卖宅子也给他买一个，但这不是拿钱买的事。咱老高家在村里也是姓孤人单，建良万一娶不上媳妇，我老头子脸上没有光，你们兄妹脸上也无光，毕竟你们是一娘同胞，也不忍心眼看着他就这样打光棍吧。我求求你们一家拿出五百元钱，听说南方大山区里穷得很，多给点儿彩礼钱就能把黄花大闺女带回来。你们紧紧手兑点儿钱，就让建良出去闯闯，也许能带一个女的回来。前后庄都有带回来的，他又不憨不傻，人家都能带回来，他也不比别人差，你们伸伸手就帮他一把吧。只要他能有个媳妇成了家，他也不再惹我生气了，你们也都放心了。"

儿女们看着年迈的老父亲哭成泪人，心里都感到不是个滋味。大儿子首先表态先拿出五百元，随后另外六个儿女也先后把钱送到老爹高广新的手里。高广新拿着儿女给的三千五百元钱交给了儿子建良，千叮咛万嘱咐，出门在外要多加小心，在外节省着花，这钱都是哥哥和姐妹们的血汗钱，就是一时办不成也不要把钱花了，只要手里有钱今后再寻找机会。高建良对老爹的一片苦心也很感动，答应在外边一定尽力去办，决不辜负家人的期望。于是，高建良带着家人的殷切希望和对家人的承诺，登上了南去的列车，去圆他那盼望已久的鸳鸯梦，他那颗浮躁的心也有了一丝慰藉。

被美色蒙蔽了双眼

高建良怀揣着家人给的三千五百元钱，他感到说话和办事都有底气了，走起路来也趾高气扬，跟人说话也硬气多了。他坐在南去的火车上，看到花花绿绿的靓丽女孩儿、风情万种的少妇们来来往往，他的目光一会儿瞄向女人们那高耸的乳房，一会儿又滑向女人们那高翘而圆大的臀部，女人那凹凸分明的身材线条，让他想入非非。他想天下的美女这么多，就是轮也该轮给我高建良一个，我近三十岁了，除了母亲连个女人的手都没有摸过一下，你说在这个花花世界里自己活得亏不亏，想到这儿他心里有种说不出的滋味。这时他从心里又暗暗埋怨起老爹来，谁让你没本事给我挣下足够的钱，如果家里有车有房，还愁讨不到媳妇?如今家里穷得叮当响，哪个女孩子愿嫁给一个穷汉，归根结底还是父亲无能，没有给自己留下太多的家产。好在父亲还算关心自己，叫家里人给自己凑了几千元钱去南方山区里带媳妇，成败在此一举。他乘坐的列车风驰电掣般地驶向前方，火车带着男男女女、老老少少一车的旅客，也带着高建良的期望和梦想，穿越一个又一个山洞，跨过一座又一座桥梁，驶向那座陌生的城市，驶向那连绵起伏的高山峻岭之中。高建良在车上想入非非，朦胧中他在做梦，也就是他日日愁、夜夜盼的那个人生最美好的鸳鸯梦。

高建良走下火车，走出火车站，迎接他的是一群又一群的妙龄女郎。“大哥住宿吗？我们宾馆价格合理，服务周到。”“大哥刚到吧，住我们店吧，要啥服务有啥服务，还有在校的女大学生为您服务。”“大哥跟我来我们大酒店，设施齐全，全天有热水，各种服务包您满意。”一位二十多岁的美女拦住了他。他仔细打量眼前的女人，一头垂肩长发，黑中透亮，散发出诱人的香气，一双含情脉脉的大眼放射出勾人的亮光，樱桃小口抹上淡淡的口红，两片薄薄的嘴唇说出话来娇滴滴的声音让人肉麻，杨柳细腰一扭一摆，丰满的胸部说话时一鼓一鼓的，圆圆的臀部被裙子紧紧地裹着，勾勒出美女高挑的身材，一双如雪嫩白的大腿在超短裙下十分诱人。眼前的美女让他热血沸腾、心跳加快，他努力地控制着自己的情感，随女郎走进了一条深巷，走进了一家不大的私人宾馆，按照女服务员的安排住了下来。

从农村长大的高建良很少到过繁华的大都市，在他眼里城市的一切都是新鲜的，他想人来到人世间一回，如果一生都待在偏僻的农村吃苦受累，那该多不值啊！如果在城里住上一年半载的，过一过城市人的生活，也不枉来世上一遭。他躺在床上正在想入非非，房门被打开，然后走进一位袒胸露背，穿着超短裙，打扮得十分洋气的女孩儿。“大哥，玩玩吗？人生在世没有哪一个男人不喜欢美女的，这年头快乐一会儿少一会儿。”女孩儿说着就坐在了他的床上，一双白嫩的小手拉住了他的手。他立即像触电一样身体猛颤了几下，心怦怦直跳。随后女孩儿那软软的小手在他脸上滑过，滑向他的胸部，滑划向他的下身，这时他再也控制不住自己，一把将女孩儿揽在怀里，紧紧地抱住她。他闻着女人身上散发的清香，用手抚摸着女孩儿丰满酥软的乳房和光滑的胴体，小心翼翼地脱掉女孩儿身上的衣服。女孩儿那雪白的肌肤和凹凸有致的裸体，让他魂不守舍，不能控制自己激动的情绪。他以最快的速度脱光自己身上的衣服，把女孩儿压裹在自己的身下，两个人纠缠在一起，他十分卖力地操作着，女孩儿的尖叫一声接一声，让他销魂不能控制，他在女孩儿的身上得到了一种快感和满足。完事之后他给了女孩儿一百元钱。女孩儿拿到钱后在他脸上亲了一下，对他笑笑走出了房间。

酒足饭饱之后高建良回到宾馆，他紧紧握住口袋里兄长和姐妹凑的钱，想到了老爹的嘱托，想到了老爹痛骂他时那种愤怒的眼神，想到了老爹举棍棒打向他身上时的凶恶阴沉的面孔。他心里有些畏惧，若是这样把家人给的钱都浪费掉了，回家没法向老爹交代。如果两手空空一事无成，脾气暴躁的老爹绝饶不了他，想到这儿他便有点儿后怕。他决心立即走，到大山深处寻找他的伴侣，去圆他的鸳鸯梦。当他要走时，另一个女孩儿走进他的房间，故意挑逗他。他见这名女孩儿比前几个都漂亮，个头小巧玲珑，白里透红的鹅蛋脸，五官精致而漂亮，袒露在外的胸部肌肤嫩白如雪，黑发像高山上的瀑布一样披散在脑后。他一把把美人拥入怀中，鼻间传来浓郁的女性气息和香水的气味，他像发疯一样地扑向那个俊俏的女人。

从那以后，高建良便陷入那些女人编织的情网之中，不能自拔。这段时间他真切地感觉到人生的幸福感和满足感，他想如果人活在世上没有男女之间这些润滑剂，那么人生将黯然失色。他在宾馆住的那段时间像度蜜月一样幸福快乐，但腰中的钱很快就所剩无几了，他有点儿犯愁了，老婆没讨到，钱也花得差不多了，他回家咋跟老爹和家人交代呢？愁也没有好的办法，他只好恋恋不舍地与一夜情的女人们一一告别，说他有机会一定再来。他硬着头皮回到了那个偏僻的村庄，走进了那个让他看到就苦恼和惆怅的穷家。

高建良到家后，见父亲高广新不在家，他长长地舒了一口气，就坐在家门口吸闷烟。随着夜幕的降临，高广新拖着疲惫的身子回到家中，身上被汗水浸湿的褂子紧紧裹着他瘦弱的身子，花白的短发上挂着汗珠，高卷的裤管下露出许多像大枣一样的筋疙瘩。他一眼就看到儿子建良坐在门口，忙问："建良，事办得咋样，没领回来？"建良摇摇头说："不像你说的那么容易，我跑了好多地方，也没找到个女人毛，这又不是买东西，拿钱就去商店里买，那里边有，办这事得碰巧了才行。黑糊糊的门子，咋找啊？""那几千块钱呢？"高广新急切地问。"那点儿钱还愁花，不到一个月就花光了，找不到也算咱家人尽心啦，一辈子就一个人过吧，打光棍也不是咱自家，就这样闷着头过吧。"高建良不紧不慢地说。

"你说的是不是人话，你打光棍不嫌丢人，我还嫌丢人呢。那钱是全家人的血汗钱，几千块你一个多月就花光了，你在外是咋糟蹋钱的！你跟我说清楚，不然我打断你的狗腿。"高广新指着高建良的鼻子骂道。高建良低着头也不敢再吭声了。

那天晚上，高广新把大儿子和二儿子叫来，爷儿仨将高建良狠狠地痛打了一顿，打得他鼻青脸肿。于是，高广新与三儿子高建良的矛盾迅速升级，两个人谁也不理谁，哪怕是头碰头都不说一句话。

时间很快就到了腊月二十四，家家都在准备年货，有的人家都开始蒸过年的馒头了，可高广新却因家中无钱，一点儿年货都没准备。他没法再开口向儿子和女儿们要钱了，他越想越气，天不亮就起床了。他感到心里酸酸的，无奈地跑到妻子的坟前大哭了一场，来排遣对三儿子的怨气。当他走到家的时候，已是日上三竿，他见了三儿子还在床上蒙头盖脑地睡着，立即火冒三丈，大骂："你还是人不？阎王爷咋给你一张人皮，在家不是睡觉就是赌博，你地里活啥都不干，我打跑你，不让你在家过年，愿死哪儿去死哪儿去。"

高建良听到老父亲又辱骂自己，心里本来就憋着一肚子火没地方发，于是忍无可忍"腾"地一下从床上跳下来指着高广新说："我咋有你这样的爹，你除了会骂人打人还会啥？今天把话说明吧，你让我过不好年，你也别想过好年，反正我也不准备过啦，这样活着有啥意思，死了一了百了。"

腊月二十五早晨，高广新天不亮就起床了，赶集去帮大儿子卖东西。回到家时已是半晌午了，他在集上没有舍得花钱吃早饭，回家后他见厨房锅里有热馍和热米汤，他没有多想，吃了一个馍，喝了一碗米汤。吃过饭不久他感到肚子疼痛难忍，大叫了几声，一头栽倒在自家院子里，口吐白沫，周身抽搐不止。当人们赶到时，高广新已经不会说话了，但他紧紧拉住他哥哥高广涛的手，指了指厨房，指了指自己的嘴，又指了指自己的肚子，然后两行热泪从他的眼中流了下来。高广涛立即召集家人："快，快点儿把你爹送医院去，人命关天啊！"这时高广新的大儿子立即把爹抱到机动三轮车上，招呼人上车扶住老爹。车子刚开出家门没有多远，高广新在车上挣扎了一阵子，狠狠地甩了几下头就气绝身亡了。大伙儿都说先让村医看看，他得的啥急病，这么快一会儿就不中啦。村医检查后说是中毒身亡，不是食物中毒就是误吃了老鼠药。村医检查的结果让他的家人大吃一惊。

村里人和他的子女都知道，高广新虽然年纪大了，但身体一直很硬朗，连个头疼发烧的小病都没有生过，早晨给大儿子卖东西赶集好好的，可回家吃过早饭一会儿就中毒死了，三儿子建良是人们最大的怀疑对象，但村里人谁也不相信高建良这么狠心能害自己的亲生父亲，要说他不是被人害，他怎么死得这样突然，好好的一个人说没有就没有了。他七个儿女也怀疑老爹可能是被高建良害的，但他们只能趴在老爹的尸体上哭天喊地，都哭老爹一生省吃俭用好不容易把八个孩子拉扯大，吃的苦受的罪三天三夜也说不完，可到老了就这样走了，咋不让儿女们心疼。只有高广新的哥哥高广涛心知肚明，他知道弟弟的死与侄子高建良有关，肯定是高建良在米汤或者馍里下了老鼠药，弟弟死前已经用手指厨房、自己的嘴和肚子，向他暗示自己中毒的原因。

侦查员通过走访座谈，基本上确定高广新的死与他的三儿子高建良有关。侦查员把调查的情况立即向春城县公安局副局长张宏伟汇报，张宏伟向局长汇报后立即带领侦查员进驻陈楼寨村，对高广新的死因做进一步的排查，力争案破人获。张宏伟到村里后，首先走访高广新的儿女们，一开始他们支支吾吾不说，最后通过侦查员们做思想工作，他们七个都怀疑是高建良把老鼠药投到米汤里把老爹害死的。据高广新的二儿子回忆，在父亲死后的当天晚上，兄妹七人正在给父亲守灵，有人到他家说高建良回来了，说他不敢进家。又过了一会儿，又有人说高建良在他大伯高广涛家。他们兄妹一听，有拿绳的，有拿棍的，准备把高建良捆起来交到派出所，让法律惩治这个无义之子。他们七人来到大伯家，见了高建良大家都恨之入骨，非要打他，可被大伯拦住了。大哥哭着问高建良："建良，你跑到哪里去了，你是怎样把咱爹害死的，你的良心让狗给吃啦?"他低着头一句话也不说，还百般抵赖，后来才承认说："平时咱爹打我骂我，让我在村里人面前丢人现眼，本来家里穷就说不上媒，他三天两头打骂我，这样对待我，哪个女孩儿愿意嫁给我？我从心里恨爹，就跑集上贺瞎子那里买了一支气体老鼠药，做好早饭后，我就把气体老鼠药放到了米汤里，后来我有点儿害怕，就跑出去了。"大家听他这么一说都气坏啦，要狠狠打他一顿，然后捆起来把他送到公安局。大伯高广涛拦住说："你们别再闹了，反正你爹他已经死啦，常言说为活不为死，现在把建良送到公安局，他投毒杀人得判死刑，本来咱高姓孤门独户人就少，咱就饶他这条命吧。让他滚出去，到山南海北逃个活命，死在外边也别回陈楼寨，高家没有这样的孩子。"七十多岁的大伯说完泣不成声。他说，从小家里穷，他带着弟弟四处讨饭，讨上一口馍兄弟俩分着吃，兄弟俩相依为命多少年，弟弟脾气那么怪，当哥的咋样吵他都不带吭声的，他家里大事小事都是先跟哥说，啥事都征求哥的意见，真没想到小弟就这样走了，他是钻心地疼，可又有啥法呢？高广涛说完了号啕大哭。兄妹们又凑了七十元钱交给高建良。高建良接过钱跪在地上磕了几个头起身走了，到现在已经好几个月了，他没回过一次家，也不知道躲到哪里去了，他也从来没有跟任何人联系过。

张宏伟根据证人的证言材料，决定先扒开高广新的坟墓，取出高广新的胃内容物，通过检验进一步查证高广新的死因。

陈楼寨周围的人们听说儿子把老爹药死后逃跑了，公安局要掘开坟墓，开棺验尸。十里八村的人都向陈楼寨涌了过来，都来看热闹，想听听儿子投毒药把亲爹药死这事的前因后果，究竟是什么原因导致儿子如此狠心。这要是在以前，陈楼寨绝对不会出这种稀奇的怪事，可现在陈楼寨光出大案、奇案，人们百思不得其解。

上午十点左右，公安人员赶到高广新的坟地，在坟地周围拉起了警戒线。因为围观的村民特别多，用人山人海来形容一点儿也不过分，因为人们没有见过掘开坟墓，打开棺材，把尸体剖开的经过。棺木打开后，腐败的尸臭味弥漫在空气中，法医用手术刀打开腹部，取出胃内容物，放进塑料袋子里，然后把解剖的尸体用棺材内的衣物盖好，把棺木封好，又让高家人把扒开的土填好，很快又垒起一座新的坟墓。

通过上级公安科技部门检验鉴定，高广新生前用过的米汤碗、开棺取出的胃内容物都含有毒鼠强。通过证人的证言材料，上级公安机关的检验结果，证明高广新是被其子高建良用毒鼠强毒害无疑，二十一天后，高建良被春城县人民检察院批准逮捕，并上网追逃。

为了抓捕投毒杀人的犯罪嫌疑人高建良，张宏伟带领侦查员先后奔波十三个省，四十多个县市，最后他在新疆住了一个多月，于案发三年后终于将高建良抓捕归案。高建良对投毒杀害亲生父亲高广新的犯罪事实进行了详细的交代，面对民警的审讯，他这样说："自我记事起，就生活在贫穷和缺乏关爱的环境中。我家兄长、姐姐和妹妹共计八人，父母因子女多而经济困难，自己仅上了小学就退学了，之后在家闲逛了两年，仅十六岁就跟别人一块儿到外边打工，由于年纪小到哪里老板都不肯收。在外面跑了几年也没有挣到钱，每次回来都被父亲臭骂一顿，总说别人能挣钱我挣不了，说我不正经干没本事。在我十三岁时没有了母亲，母亲在世时有心里话可以跟母亲说说，可父亲脾气怪，每次见到我都是怒目圆睁，不是骂就是打，我时常感到心里有一肚子的苦水没地方倒，心中的孤独和寂寞折磨得我苦不堪言，真不知道人生的路该如何走。不管办啥事，人们都讲个'钱'字，要讨个媳妇没有钱咋行。俺家没有足够的钱，家里没有小轿车，也没有盖起新楼房，介绍对象的也不少，女方到家里一看就没有回音了，所以我是高不成低不就。脾气不好的老爹把我成不了家的原因都归结于我，整天骂我不挣钱，好吃懒做，又染上了赌博的恶习。后来老爹让家人给我凑了几千块钱，让我到外地去买个媳妇。我在外一个多月钱花光了，媳妇也没有带回来。这样一来，老爹见到我更生气了，不是骂就是打。我都快三十的人啦，我也有自己的人格和做人的尊严。都快过年了，他说要把我打出去，不让我在家过年，他这个人说得到就做得到，这一弄把我的心彻底伤透了，我就用老鼠药把老爹毒死了。最后，我家的亲人原谅了我，让我出去永远不进生我养我的老家，可没想到你们公安局能在新疆把我抓住。我做出毒死老爹这样丧尽天良的事，法律怎样制裁我我都认。"

半年后，高建良因犯故意杀人罪，被郭阳地区中级人民法院判处死刑。高建良被执行枪决的那天晚上，张宏伟像往常一样深夜伏案写了一篇工作日记。他在日记中这样写道：

通过办理高建良这起故意杀人案，我心里有种说不出的滋味。这不是一般的刑事案件，是一起儿子毒害亲生父亲的特殊案件。什么亲情，什么生养之恩，什么人性，什么伦理，在高建良的心里丧失殆尽。高广新这个农民老汉，为了抚养八个子女一生历尽艰辛，为了给未成婚的儿子讨个媳妇可谓用心良苦，为了让儿子改掉赌瘾走正道没少操心费神可惜方法不当。他因儿子一时没挣到钱而否定他的一切，极大地损伤了儿子的自尊心，引起儿子的反感，最后被亲生儿子毒死。辛勤操劳一生的他带着对亲人的不舍，带着对世态炎凉的人间的困惑走进了另一个世界，实在悲哀。而高建良这个丧失人性的不义之子，把老父的关爱当作仇恨，把自己娶不上媳妇的过错强加在老父头上，亲手制造了一起惨案，落了个万人叫骂、遗臭万年的可耻下场。这一人间悲剧给人们留下太多的思考。望子成龙是每位当父母的共同心愿，但教育和培养孩子要因势利导、循序渐进，简单粗暴不行，拳脚相加更不行。作为晚辈一定要珍惜父母的爱，把他们的苦心和爱心深深地记在心里，用勤劳智慧的双手去创业，以回报父母的养育之恩，努力让自己成为父母的骄傲。

“万里香”是个苦命女人

严厉打击杀人、抢劫、强奸、侵财等重大刑事犯罪的严打斗争席卷全国，春城公安局召开动员部署会，把“89·8·8”特大杀人案列为重点案件，案件责任人仍是张宏伟。他立即带领刑警队的六名侦查员进驻陈楼寨村，开展了细致的走访排查工作。经过二十多天的调查仍然没有发现陈长海潜逃的任何蛛丝马迹，他就像人间蒸发了一样。十七年来他没有与家人有任何联系，他的两个儿子和一个女儿说不知其下落，认为他可能已不在人世。如果他还活着的话，他母亲去世时民警在他家门口守了五天都没有发现他的踪迹。

陈长海的大儿子陈岩说，去年秋天南方某个城市出车祸死了一个与自己父亲年纪差不多的男人，当时他到那个城市交警大队去辨认了，因尸体没有标记，只留些衣物没有办法辨认，所以就没有把尸体运回来。张宏伟立即带人赶到南方某市，找到交警大队事故科。事故科民警提供了这起交通事故案卷上死者的尸体和部分衣物的照片，交警对死者估计的年龄与陈长海差不多，因尸体多天无人认领，就让人把尸体掩埋到一个河道里了。张宏伟立即寻找到埋尸体的人，那人领着张宏伟等人前去寻找尸骨，但到那儿一看河道已被开挖过了，原先埋尸体的地方被挖掉了。

张宏伟再一次召开专案组人员会议。有人建议以陈长海出车祸已死为由，可以把这起案件从网上撤下来了，不要再为这起案件投入更多的警力和物力了。但张宏伟不同意撤案，他说没有证据证明陈长海已经死了，南方某市在交通事故中死亡的只是个男子，虽然年龄与陈长海大致相同，但因没有找到尸骨公安科技部门不能进行权威的鉴定，此案绝对不能撤案。有好心的同志劝他，也有人说他是在自讨苦吃，但他在原则问题上绝不让步。每次公安系统开展“严打”斗争，这起案件都被列为头号必须侦破的案件，为此，张宏伟和他的战友们没少付出心血和汗水。此案一天不破，他的这块心病就一天比一天加重。

张宏伟刚从侦查员转为法医时，春城县就发生了震惊中原的陈楼寨特大杀人案，从那时起他每年都在陈楼寨蹲点几个月，大部分时间是侦查破案，有时则是当驻村民警帮助当地抓治安防范，建立村民义务巡逻队。由于他与陈大龙有特殊关系，所以他对陈楼寨村再熟悉不过了，全村人他都能叫出名字，谁年纪多大，家里有几口人，大门口朝哪儿，家里经济状况如何，群众威信高不高，为人处世怎样他都心里有数。随着时间的推移，人们的思想观念、意识形态发生了微妙变化，有些人以追逐金钱和崇尚权势为目标，在广大农村便出现了人情淡薄的现象，黑恶势力、封建迷信有所抬头。他每次到陈楼寨村去看陈大龙，俩人一谈到这些，老党员陈大龙就气得直跺脚。他说，过去那些老党员和大队、公社的干部心里都装着群众，吃大食堂那阵子，干部饿水肿了也不比社员多吃一口，都是晴天一身汗、雨天一身泥地带领群众苦干。上级号召干啥工作都齐心协力，心往一处想，劲往一处使，战天斗地，干劲冲天，群众都一心想着国家，想着集体。可现在……他长叹了一口气，摇摇头不再说什么。

张宏伟在村里转圈，他想起了陈大龙和张登科，想去看望一下这两位老人，与他俩拉拉家常。于是，张宏伟来到了张登科家门前的大槐树下，一看许多人正在聚精会神地听张登科摆龙门阵。一见张宏伟来了，大家都站起来给他让座、让茶水。陈大龙也没说啥就把自己坐的小板凳递给了张宏伟，张宏伟也不客气接过来坐下。陈大龙问他有啥事，是不是又有啥案件需要了解情况。张宏伟说啥事也没有，刚破了一起大案，就是想放松一下，歇一会儿与大家随便聊一聊。

人群里一位中年妇女问："张局长，你知道俺村里那个叫'万里香'的女人不？她叫李秀芬，都失踪快一年了，俺村派出许多人找都没打听到任何信息，也向派出所报案啦，可也没有结果。你在办案时顺便查一下，村里人都怪想她的。"这位中年妇女说完无意中看一下陈大龙和张登科，两个人的脸都红了一下，头立马低了下来，不好意思地干咳了两声，人群中顿时安静了下来。

张宏伟立即回忆起一年前他看到的一幕，地点也是在这棵大槐树下。张宏伟带人在侦破一起抢劫杀人案时，组织了许多村民座谈，突然被人们称为"万里香"的李秀芬一丝不挂地在大街上跑，后边跟着许多小孩子嘻嘻哈哈地看热闹。李秀芬嘴里还大骂谁偷走她养的鸡了，半夜里谁又上她家占了她的便宜，等等。陈大龙一见，上前让村里妇女拉她回家把衣服穿上，说这样赤身裸体地在大街上跑成何体统。“李秀芬，你这成啥样了，丢人不？回家穿衣裳去！”李秀芬一看是陈大龙，笑嘻嘻地说：“啊，是大龙哥，我当是谁呢，这些年你也不上我那里去了，我可想你了，咱俩这关系村里人谁不知道。你喜欢我，我也喜欢你，管他那些干啥。我这人生来没有人疼，还是大龙哥你疼我，走，上俺家去我让你玩个够。”说着就用手拉陈大龙。陈大龙把脚一跺红着脸走了。这时张登科上前劝阻，李秀芬哭着说：“‘张秃子’，你这是提起裤子装好人不是，你也没少上俺家去，每次去都说给我这给我那，玩过后提起裤子再亲我几下就走了，你连一个子都不舍得出。你是舍熊不舍钱的货，是说人话不办人事的家伙，再想占我的便宜没有屌门。咱庄上还有好多好多男人都睡过我。我不跟你们说了，走啦，老娘回家睡觉去，家里肯定有男人等着我呢。”李秀芬说完仰天大笑几声走了。

人们望着李秀芬赤条条的身子消失在视线里，却没有哪位妇女主动把她拉回家给她穿上衣裳，只是在一旁看笑话，有一种幸灾乐祸的感觉。

陈楼寨的人都知道，李秀芬是一个十分不幸的女人。在她当姑娘的时候，是十里八村有名的美女，身材高挑，浓眉大眼，高高的鼻梁，樱桃小嘴，是许多男孩儿追求的对象，上门求亲的也不少，但李秀芬都没有同意。当时陈楼寨有个叫“陈三怪”的男人，论年龄比李秀芬大五岁，论长相陈三怪长得很丑陋。过去家家生活过得都很清苦，断顿挨饿不是啥稀罕事。陈三怪的老爹用独轮小车给李秀芬家送了半布袋黄豆和一篮子红薯，李秀芬的父母就把闺女许给了陈三怪。两个人结婚后感情一直不好，李秀芬常说自己是一朵鲜花插在了牛粪上。陈三怪总是理直气壮地说，有好汉没好妻，二百五娶个花嫡嫡。谁刷谁的锅，谁跟谁成两口子，那是老天配就的，这就是命。两个人吵吵闹闹过了七八年，生有一个儿子叫大胖，一个女儿叫黑妮。那时生活艰苦，陈三怪发誓要让妻子和两个孩子过上好日子，只身出去闯荡，不混个人样来不进陈楼寨。这一走三十多年没有音信。刚出去那几年，村里有人说陈三怪扒火车摔死了，也有人说他在外偷盗抢劫被人害死了，村里人咋说的都有。李秀芬无奈，只好一人苦苦地撑起这个家，抚养着儿女苦度日月。

李秀芬本来就有几分姿色，现在家里又没有了男人，许多男人有事没事都往她家跑，打情骂俏也是家常便饭。李秀芬性格开朗，好说好笑，生产队里的妇女在一起干活，几个人一齐喊扒光腚，一拥而上，有拉胳膊的，有按腿的，把她身上的衣服都扒光，她也不恼，只是坐在地上骂。她在陈楼寨辈分很高，有喊她婶子大娘的，有喊她奶奶的，当晚辈的妇女们没一个不和她开玩笑打闹的，在女人们中间是块活宝。她在男人中间则是块带磁性的肥肉，谁都想尝一尝这块肉的味道。一开始她还有点儿顾及，后来她也不管那么多了，基本上是来者不拒，但谁也不能白弄，一是给点儿好处多少都中，二是经常帮助干点儿力气活。她走到这一步也是生活所迫，家中没有男人，缺少顶梁柱，家里、地里她都要去干，日子过得很艰难。再说她正处在壮年，性欲也强，需要快乐和享受。村里几个有头有脸的人都占过她的便宜，有的是喝酒喝醉了就去了，糊里糊涂地睡了她。陈大龙也是喝酒喝醉了才不知不觉地到了李秀芬家，被她拖到床上发生了男女关系。后来李秀芬为了炫耀，竟然向村里的女人们说了。

虽然李秀芬在村里这个样，背地里有人喊她“公共汽车”，但是人们不忌恨她，因为她一个女人家带着两个未成年的孩子，孤儿寡母的不容易。再者李秀芬为人随和，从不和人有矛盾，多大的事都是一笑了之，常言说巴掌不打笑脸。她家里只要有点儿啥事，只要她站在大街上屁股一扭，去主动帮忙的男人有的是，她在村里是公认的讨人喜欢的俏女人。

虽然平时看她整天笑呵呵的，但她内心是很苦的。很多时候她一个人坐在院子里仰着头看天上的星星，看天上的月亮。每当日子过得清苦，有人有意或无意中讥笑她的时候，她都要在夜深人静的时候，一个人跑到寨东边的废黄河边上，坐在河沿边听蝉唱，听蛙叫，有时坐着坐着就放声大哭，悲凄的哭声随着河中的波涛声飘向远方。她真想一头扎进滚滚的黄河之中一了百了，可一想到两个未成年的儿女只好擦干眼泪，回到那个给她带来苦难和耻辱的破家。她为了两个孩子就这样苟且偷生地活着，如同行尸走肉一般。她说两个孩子就是支撑她活下来的精神支柱，她把所有的情和爱都倾注给了两个孩子，她吃再多的苦也不让孩子吃半点儿苦，儿女是她的心头肉。虽然她没有什么文化，但她懂得文化知识的重要，一心一意供两个孩子上学。两个孩子从小都懂事，他们知道娘一个女人家苦苦地撑起这个家不容易，如果不争气学习，对不起与他们相依为命的娘。于是，兄妹俩勤奋读书，学习成绩一直都很好。兄妹俩先后参加高考，大胖以优异的成绩考上了北京的一所名校，黑妮也考上了省城的一所专科大学。在大胖考上大学那年，县里领导开着小轿车到她家来祝贺。当县领导了解到李秀芬家里的困难情况后，承诺她儿子的所有学杂费由县里助学金协会包了，并当着镇里、村里领导的面发放了慰问金。李秀芬和儿子与领导们照了合影，后来被登到报纸上。镇上的领导又是捐钱，又是慰问，那阵子李秀芬可谓出尽了风头。村里人又是到她家祝贺，又是给孩子送路费。李秀芬一辈子都是求人，谁能看得起她？大伙儿不过是拿她取笑罢了，也有一部分人是想占她的便宜。她想，我李秀芬终于扬眉吐气了，以前走路都是低着头靠边走，这会儿她昂首挺胸地走在路中间。她做梦也没有想到在陈楼寨她还有出头之日，还有被人瞧得起的这一天，她感到自己终于真正算个人了，因为人们见了她都笑脸相迎，赶到农忙季节不用打招呼也有人主动帮忙，邻居家谁家改善生活做点儿改样的也都给她送上一盘半碗的让她尝尝。在儿子、女儿考上大学那几年，李秀芬确实风光了几年，在村里也吆三喝五的，人前人后的也敢指手画脚了，干啥都是人模狗样的，不三不四的人喝多酒也不敢大模大样地上她家占她便宜了。但村里的几个干部只要喝多了酒仍然找她欢乐一番，她也没有多说啥，就跟来人说今后得注意影响，怕人背地里戳脊梁骨，得给两个孩子留个好名声。

转眼几年过去了，儿子大胖大学毕业后进入一家国企当技术人员，女儿黑妮大学毕业后在省城通过考试进了一个区的行政机关。大胖工作几年后说他在本单位谈了个女朋友，要在北京买套房子需要近一百万，问她妈是否能拿点儿。李秀芬接到儿子的电话后犯了愁，自己一个妇道人家供两个孩子上大学已经是倾其所有了，她在家辛辛苦苦种着几亩地，地里产的粮食除了交公粮所剩无几，农资又一直在涨价，农民的日子过得很艰难。因为交公粮，农村干部跟村民没少干架，干群关系一度十分紧张。偏偏这个时候儿子向她要钱。作为家长儿子谈女朋友买房拿点儿钱在情理之中，但她家实在太穷真是拿不出来。儿子大胖参加工作的几年里，他没有给在农村的老娘寄过一分钱，也没有给老娘买过一件衣服，这次向她要钱才给她打个电话，平时连个电话都没有，这让李秀芬多少有点儿寒心，为这事她不知道哭了多少次。她对别人说她命苦，好不容易把儿子供成大学生，指望儿子给自己养老，可她万万没想到儿子这么不孝顺。一个老婆子在农村土里刨食能有啥出息，但为了儿子的幸福，为了满足儿子的要求，她所有能借的人都借了，只借了七千二百元钱，她让女儿黑妮给儿子大胖汇了过去，大胖接到钱后说太少了，就给这么点儿让没过门的儿媳妇看不起。从那以后，儿子大胖再也没打过电话。大胖给黑妮打电话说，他没有农村这个娘，娘今后老了也别指望他这个儿子给她养老送终。李秀芬知道儿子的绝情电话后不知哭了多少回，在床上睡了十多天，还是女儿黑妮回来好劝歹劝才把她劝好。从那以后，她好像一下子老了许多，她俊俏的容颜、高挑的身材已不复存在了，她对村里男人的吸引力也慢慢地消失了。

女儿黑妮知道妈妈一生的苦难，尽管年轻时在村里名声不太好，那也是生活所迫，一个没有男人的家，她用柔弱的肩膀挑起生活的重担，她遭受的生活磨难可想而知。于是，她把母亲接到了省城，再清贫也不能让老娘无依无靠。李秀芬被黑妮接到了城里，在她家生活，楼上楼下的没有一个熟人，出门在大街上全部都是生面孔。黑妮的孩子也不让她看，女婿嫌她不讲卫生，看见她心里就烦。由于她在农村节省惯了，城里人吃剩的馍菜都倒掉，可她不舍得倒掉。她说你们不吃我老婆子吃，什么吃剩下的饭和菜对身体不好，这也有细菌，那也有细菌，她都不理解，时间一长她与女婿产生了矛盾。黑妮在中间也为难，一个是自己的男人，一个是自己的亲生母亲，因为他们对一切事情的看法和处理都截然不同，黑妮与她男人没少吵架，因为她小夫妻关系也出现了裂痕。李秀芬心里很清楚，如果她还在女儿这里住下去，女儿与女婿的日子过得一定不幸福，自己绝不能让女儿为了她忍气吞声地生活。她坚决要回家去住，说自己还能照顾自己，在农村一辈子与村里人都熟悉，整天有说有笑，日子过得也舒心，等到自己年纪大了走不动路了再让女儿为她养老。于是，她在城里与女儿一家一起生活了一年半，又回到了陈楼寨。她认为在农村生活才最舒心、最快乐。

转眼几年过去了，被人们誉为大美人的李秀芬一天天老去。一般人家做饭都用煤球，用液化气，可李秀芬一到秋后就扫树叶子，到地里拾庄稼秸秆，拿回家堆成柴垛，她一年四季都是用柴草烧土灶做饭。每到过年过节，她看到一家一家的人都欢欢喜喜地团圆，赶集上会看戏都由儿子、孙子用车子拉着，可她含辛茹苦把一双儿女养大，又供他们上了大学，在外地的他们过年过节从来都没有回家过，她感到日子过得很凄凉，心中有一种难以名状的寂寞和孤独。她对生活失去了信心，她对人生丧失了勇气，性格开朗的她变得整天沉默寡言，在她的家里人们再没有听过她爽朗的笑声，出门也没有见她与人打情骂俏。村里人都说她一辈子没过过多少称心的日子，她养儿育女倾尽了全部心血和汗水，操心费力一辈子不值。她的人生是一部悲剧，在她漫漫的人生旅途中充满着苦难和不幸。在她人老珠黄、风烛残年的时候，她感到有一种无形的孤寂和绝望，她便失去了活下去的勇气。

那是一个伸手不见五指的夜晚，深秋的风带着深深的寒意摇撼着大地，大风的吼叫使人听不到街上人们走路的脚步声，也听不到偶尔的鸡鸣声和狗的狂叫声，深夜狂风的嘶鸣占据了茫茫的夜晚。夜里经常失眠的李秀芬听到院子里的鸡连叫几声，她便披上衣服下床，点着蜡烛端在手里想到院子里看看自己养的十来只鸡是否遭到黄鼠狼的毒手。可她刚走到门口蜡烛就被风吹灭了，只听到从她家院子里跑出去的许多脚步声，她知道家里遭贼了。于是，她又把蜡烛放回桌子上，重新点着。她打开房门来到院子里，到鸡窝跟前摸了摸，堵鸡窝的砖头已被人搬开，她又用木棍往鸡窝里捣了几下，鸡窝里没有一点儿动静，她知道她养的那十几只鸡全部被人偷走了，那可是她吃盐打油和日常开支的全部来源，现在鸡没有了，每天十几个鸡蛋也没影了。于是，她在那个充满凄凉的夜晚放声痛哭，她那悲惨绝望的哭声却被狂风吞没，村里人谁也听不到深夜里一位孤独无助的老人那让人心颤的哭骂声。

李秀芬不知道在自家院子里哭了多久，村子里的鸡开始一声接一声地叫着，时不时也传来狗“汪汪”的叫声。夜幕在曙光的威逼下慢慢地退去了，陈楼寨在李秀芬的叫骂中又迎来了新的一天。李秀芬拖着单薄的身躯，在大街上来回地走着骂着，哭着骂着，高一声低一声地骂个不停。人们听到李秀芬的骂声纷纷走出家门看看她骂啥，是不是哪个男人晚上去她家想占她的便宜，一打听才知道她养的鸡都让人偷走了。大家都同情李秀芬，说偷谁的不行，偏偏偷这个孤老婆子的鸡。这老婆子命苦，好不容易把儿养大，儿不孝顺，连个信都不来。她操心操得不值，真是靠山山倒，靠水水流。人哪，谁能料到自己的日子能过到哪一步，天有不测风云，人有旦夕祸福，这话一点儿不假。如果她的儿女们都孝顺，谁有她的日子过得滋润？可现在她日子过成这样，真让人心疼。人们议论着都各自回家做早饭去了，街上也没人再看李秀芬骂大街了。她身后跟着一帮不懂事的孩子，他们用惊奇的目光看着正在骂大街的老太太，不断发出叽叽喳喳的嬉闹声。

“在我门口骂啥骂，你个骚女人想挨打是不是？老子今天就教训教训你。”被人们称为“半截棍”的陈金友突然从家里冲了出来，一巴掌打在李秀芬的脸上，打得她顺口流血。陈金友又一拳将她打倒，在她身上连跺几脚。李秀芬躺在地上半天没有起来，可口里还不住地大骂：“陈金友你不打死我你不是你娘生的，你不是你爹做的，你这个天打雷劈的东西，是你偷我的鸡啦你不让我骂？”

陈金友的外号“半截棍”的由来，是因为陈金友在村里坏得出名，没有人敢用手摸他只能用棍戳，所以人们给他起个绰号叫“半截棍”。

“老子打你咋啦，你去告我去，别说你这样的，别人我照打不误，现在我要钱有钱，要人有人，有钱能使鬼推磨，有钱能让猴上树，就你这号货我打了你挨着，你能把我咋着？”陈金友双手掐着腰，歪着头，双眼瞪着李秀芬，嘴里还在不停地骂骂咧咧。

“金友，你这是干啥，你欺负一个孤老婆子合适吗？她的十几只鸡被人偷啦，骂几声都不中啊。你又没有偷她的鸡，为啥不让人家骂？一个老婆子够可怜的了，你还下狠手这样打她，你也积点儿德吧。”一个六十多岁的女人站了出来，人们一看是张登科的妻子，寨里谁家有红白喜事招待女客的都是她，只要遇见不平的事她敢说敢管，男人们都惧怕她三分。

被称为“半截棍”的陈金友见是这个阎王奶奶站出来骂他，他嘴张几张没说啥，低着头走回了家，把大门“嘭”的一声关上了。几个妇女一齐将李秀芬从地上拉起来，把她送回了家，帮她洗去脸上的血，劝慰了几句都走了。人们只听到李秀芬那悲怆的哭声，那天下午李秀芬就疯了，她什么都不知道啦，脱光了衣服在大街上乱跑，把衣服和床上的被子都撕成了布条。她彻底失去了正常人的意识，变成了人见人躲的疯女人。

李秀芬在省城工作的女儿黑妮听到老娘疯了的消息，连夜赶回陈楼寨村，见老娘成了疯子，一把抱住大哭了一场。可什么也不知道的李秀芬见女儿哭却嘿嘿地笑，她把身上的衣服脱下来，又穿上去，再脱下来，再穿上去，这样反复地忙活着。红肿的脸上挂着两道明显的泪痕，嘴角还有殷红的血，花白的头发散乱着，嘴里不住地骂着，谁偷了她的鸡，她的鸡钻到谁家的鸡窝里了，到现在还不给她送回来。她指着黑妮问：“你是谁家的闺女，来我家不是偷我的鸡吧?”

“娘，我是你闺女黑妮，你不认识我啦?”黑妮抱着娘的胳膊，哭着问。

“啊，是俺黑妮回来啦，我的乖乖，娘想死你了，你哥大胖咋不回来？你们都是娘的心头肉，我看见人家抱孙子，娘我天天盼啊。可大胖他不回来，是娘对不住他，娘想他，他却不想娘。娘命苦啊!”李秀芬说完又哭了起来。

“黑妮啊，你咋敢回来？你不怕咱庄里的男人，他们见了女的都上，他们的家伙挺大的，你受得了吗？快跑吧乖乖，别让他们给按倒在床上了，走，咱们这就走。”李秀芬说完拉着黑妮就往外跑。黑妮气得面红耳赤，双脚直蹦。

“娘你胡说啥，你还让人活不?”黑妮当时都气哭了。在场的大娘、大婶都劝黑妮说：“闺女，你娘她傻啦，说啥都不知道了，她的话等于大风刮跑了，现在她这个样往后无法生活，你得伺候她。你哥不回来，养活你娘就指望你了。”

第二天，黑妮因为受不了娘的胡诌八扯一气之下也走了。娘说的疯话大部分都是裤裆里的骚事，让她在人面前抬不起头来。黑妮走的第二天李秀芬也失踪了，因为她是个孤老婆子，在陈楼寨也没有近亲，她失踪不失踪也无人太关心，就这样陈楼寨的人再也没有人见李秀芬回来过。

太阳每天从陈楼寨的东边冉冉升起，又从陈楼寨的西边慢慢地坠落，岁月在黑白之间周而复始地交替着，时光在人们的忙碌中不经意地消逝着，被称为“万里香”的李秀芬疯婆婆再也没有回来过，下落不明，杳无音信。有人说“万里香”冻死在东边很远的一座废弃的砖瓦窑里，无人埋葬；有人说“万里香”饿死在讨饭的路上，被当地人埋在了路边的沟里；还有人说“万里香”被一个老光棍收留了，当了老光棍的老婆，整天被老光棍用三轮车拉着到处跑，过着安稳幸福的日子。一位寨里年轻人在外地打工，听当地的一位老者说一位疯女人在村东边一个麦秸垛跟前走不动了，老者给她端了一碗面汤。第二天老者到麦秸垛跟前一看那个女人已经死了，没有喝完的半碗面汤放在尸体的一旁，篮子里有几块馍，手里还攥着一条槐木棍，死了几天也没有人认尸，后来当地民政所出了一百块钱，让几个人把尸体抬到废黄河滩上掩埋了。各种关于“万里香”死亡的消息，村里人传说着各种版本，哪种版本准确，“万里香”到底漂流在何方，死在何时，葬身于何处，村里人却无法考证，谁也不愿意去考证。陈楼寨这个古老的村庄还是那样地存在，住在寨子里的那些勤劳、善良、朴实的父老乡亲们仍然日出而作，日落而息，为生存而忙碌着。“万里香”那俊俏美丽的容颜、丰满高挑的身材，曾吸引着多少人的眼球，给人们带来多少美丽的回忆。随着时光的推移，“万里香”的一切往事慢慢地淡出了人们的记忆。

如果说人死了真的有灵魂的话，“万里香”不管死在何处，也不管她葬身于何地，她都会回到生她养她的这片故土，回到她所熟悉的人们中间，诉说她在这个世界上生活的六十多个春秋所走过的坎坷之路，她对这个世界的爱与恨，恩与仇，喜与悲，苦与乐，告诉她那用全部心血培养成长起来的儿子和她心爱的女儿，告诉那为她遮风挡雨赖以栖身的低矮的小屋，告诉门前那棵陪伴她大半生的黑槐树，告诉她所有的亲人和陈楼寨所有认识的人：人生苦短，她的一生充满不幸和苦难，她这一生活得不值。

谋财害命的“朋友”

张宏伟带领刑侦大队的民警日夜奋战，一连侦破了几起重、特大案件，累得疲惫不堪，想稍微休息几天，回家看看妻子和一双儿女。特别是母亲，她老人家年纪大了，虽然有姐姐春贤、弟弟宏涛照顾，但自己因为工作忙很少陪伴母亲而心生内疚。母亲当了一辈子教师通情达理，说只要儿子把上级交给的工作干好了，她心里比啥都高兴。每当张宏伟带领战友侦破了一起大案，老太太都要做一桌子菜，一家人在一起庆祝一下。老娘一天天老了，腰也弯了，背也驼了，步履蹒跚，白发苍苍。每见到老娘一次他都心疼一次，心想再忙也得抽空去看看老娘。于是，他走进了一家超市，买了许多老娘和两个孩子喜欢吃的食品，又买了一块瘦肉，让卖肉的打成肉馅儿，准备中午全家人在一起包顿饺子。小时候家里只要改善生活就是包饺子，别提多幸福了。

在回家的路上，张宏伟又想起了养父张坤。他当了十几年公社党委书记，从不沾公家一分钱的光，整天骑着辆破旧的自行车在农村生产队转悠，指导和参加农业生产。家里没有任何值钱的家具，一个吃饭的小桌三条腿，断了的那个腿用砖头支着，挪一下都很费劲。他说“全心全意为人民服务，当好人民的勤务员”是他一辈子的追求。吃苦受累要走在前头，享受索取要放在后头，因为自己是一名党员。在他病重期间医生劝他住院卧床静养，他说自己不能为党工作，住院还得花国家的医疗费咋行。他硬着头皮拖着病重的身体带领社员挖河，平整土地，发展桑茧养殖。他在组织召开油菜子推广种植现场会上，由于体弱病重，一头栽倒在大会现场，在被送到医院的第三天就去世了。张宏伟想到这儿，泪水从眼中涌了出来，养父那慈祥而和善的面容又浮现在他的眼前，他决心要像养父那样当一名全心全意为人民服务的好警察。

全家人围坐在一起有说有笑，气氛温馨。饭刚端上来，张宏伟就接到局长打来的电话，说南方一都市来了五名刑侦人员，因一起重大案件需要春城刑侦人员配合，他们都在局里等着，要求张宏伟立即赶到局里，共同研究协调案件的侦破工作。张宏伟向娘说明情况，午饭还没有吃就立即赶到公安局，投入了紧张的工作之中。他和局长、刑侦大队正副大队长一起听取了外地同行对案件的详细介绍。

长河市公安局刑警支队支队长杨兵简单介绍了案件的基本情况：四个月前，我市一家食品调料加工厂的供销科科长唐金书接到春城县一个叫陈刚的人发的电报，内容是“你厂要的货已备齐，速带足款前来收货”。第二天他又接到同样内容的电报，催他快去收货。唐金书和妻子一起到银行办理了五万元的现金支票，然后登上了北去的列车。据唐金书的妻子说，他是去为厂里购买干辣椒的，因为春城县是全国三樱椒生产销售基地，这个厂每年要在春城县购置上千吨的三樱椒。陈刚是唐金书商业上的合作伙伴，只要到长沙吃住都在唐金书家。因为唐金书好交朋友，为人忠厚热情，家里经济条件很好，这个调料制品厂有他的股份，生产的产品外销到几个国家，每年工厂的利润十分可观，所以对陈刚等客户吃喝招待十分大方。由于生意上的关系，两个人经常来往，亲如兄弟，合作得比较愉快。

3 月 13 日，唐金书从长河出发前往春城县。3 月 20 日至 4 月 7 日，唐金书的妻子李青连续收到丈夫唐金书从河北石家庄、天津、内蒙古、新疆乌鲁木齐以及本省的郴州发来的五封电报。电报的内容都是说他在外做生意被人骗了，没有脸回家见人，想在外寻死上吊，让家人不要再寻找他了。5 月 6 日，李青又收到丈夫唐金书外出时穿的黑色皮夹克、走时带的帆布大提包等日用品，寄东西的地址是新疆乌鲁木齐市。这一系列的电报和寄到家的唐金书的衣物，让李青意识到事情的严重性，她甚至怀疑丈夫唐金书可能遇害。李青立即与厂子的股东及家人商量，大家一致认为，这事必须先报警，依靠公安局来查找唐金书的下落。大家达成一致意见以后，第二天李青及家人来到长河市刑侦支队报了警，支队长杨兵接待了李青。她把春城县的陈刚发的几封电报，以唐金书的名义发的五封电报，以及寄回唐金书衣物的包裹单，都提供给了杨兵支队长。案情重大，杨兵支队长向上级汇报案情，当地党委、政府及市公安局十分重视，立即由市政法委牵头召开联席会议，研究分析案情，责成长河市公安局立即成立专案组，全力查找唐金书的行踪及下落。并按刑事案件立案，成立由杨兵任专案组组长的专案组，力争早日破案，给企业及失踪人唐金书家人一个交代。

杨兵了解到唐金书与春城县的陈刚是多年的生意合作伙伴，就是因为接到陈刚发的电报，他才携款来到春城县，但是这些电报没有一封是从春城发的。唐金书的失踪与春城的陈刚有直接关系，要了解唐金书的行踪，必须先找到陈刚。

张宏伟了解案情后，当场表示春城公安局将全力配合长河警方侦破案件，并抽调十名警力成立联合专案组，专案组由杨兵和张宏伟负责。专案组制订了案件侦破方案，一是由张宏伟带队在春城县范围内查找陈刚，调查从唐金书来春城到失踪这段时间春城县所有宾馆有没有他的住宿登记。二是由杨兵带队奔赴新疆、内蒙古、天津、河北等地，对发电报和寄唐金书衣物的地方进行走访调查，查看当地宾馆是否有唐金书的住宿信息。于是，两班人马紧锣密鼓地开展调查侦破工作。侦查人员纷纷表示，不管困难有多大，坚决完成专案组交给的侦查任务。

二十八天后，春城公安局和长河公安局两个调查小组对各自案件调查的情况进行汇报。首先由春城公安局张宏伟汇报案件侦破工作的进展情况，一是通过人口信息筛选，全县共有二十八人叫陈刚，通过年龄、职业、做辣椒生意等条件的比对，对每个人进行面对面座谈，这二十八个人全部被否定。侦查员们又从行业着手侦查，全县做辣椒生意的有五百多户，与长河市有业务往来的有六十一户，业主姓陈的有三十七户，这些被调查的人都拍了照片，通过侦查员筛选比对，由三十八人减少到五人，最后确定张集镇陈楼寨村的陈金友有重大嫌疑。通过对陈金友的外围调查，陈金友与唐金书合伙做辣椒生意已有十年之久，人们都知道他俩是好朋友。陈金友近期没有在春城县，据陈金友的妻子说他近期到广东做生意去了，一半天还回不来。侦查员又把陈金友的户籍档案的照片拿去让唐金书的妻子李青辨认，李青一看照片就认出了陈金友就是自称陈刚的人，侦查员们了解到陈金友的小名就叫“刚”。所以，陈金友的嫌疑在加大。侦查员通过对全县一百零七家大小旅店、宾馆的旅客登记查阅，没有发现唐金书在春城住宿过。侦查员在中国工商银行春城分行营业部查到，在唐金书离开长河的第四天，有人用唐金书的身份证将五万元的现金支票在春城东关的一个营业点全部提取现金。当时营业点没有安电子监控，当天营业点的值班人员也记不清提款人的体貌特征。

长河公安人员兵分三路，对以唐金书名义发电报寄衣物的城市调查走访，拿着唐金书的照片进行辨认，都说不是唐金书发的电报，通过笔迹比对，电报上的笔迹也不是唐金书的笔迹。按照电报发出的日期，五个城市的宾馆都有唐金书的住宿登记，用的身份证都是唐金书本人的，身份证号码完全相同。据所有城市宾馆值班服务员回忆，住宿人的体貌特征和唐金书不符，说话口音不是南方的，好像是中原一带的口音。旅客登记本上的登记笔迹也不是唐金书的，笔迹与电报上的笔迹属一人所写。那么，这个持唐金书身份证冒充的人是谁呢？他这样做的意图又是什么呢？莫非犯罪嫌疑人想利用这一招儿来转移侦查员的视线，给公安人员在侦破案件时造成错觉，以躲避公安机关的打击。

专案组对案件进行认真分析，种种迹象表明，唐金书遇害的可能性很大，遇害的地点应该在春城县境内，发电报、寄衣物的目的是想让他的家人觉得唐金书还没有死。据唐金书的妻子讲，唐金书为人纯厚，诚实善良，他如果没有遇害，即使被骗也绝不会用这种方式告诉家人。制造他先后在新疆、天津、河北等地活动的假象，主要是混淆公安人员的视线，是犯罪嫌疑人放的烟幕弹。侦破案件的主要任务：一是找到陈金友的下落，必要时抓捕突审；二是去新疆等地，拿着陈金友的照片让邮电部门和住宿登记的宾馆值班人员辨认，确定这一切是不是陈金友所为；三是在春城县，特别是张集镇陈楼寨周围五公里以内所有的机井、河流进行尸体打捞，对废弃的砖瓦窑、闲置废弃的房屋等场所进行地毯式的搜查；四是让唐金书的妻子李青联系所有在外地的亲戚和朋友，询问近期唐金书是否到访，以进一步确认唐金书是否还活着。

长河公安人员立即动身赶赴新疆、内蒙古、天津等地，把唐金书、陈金友等八张男人照片混在一起，让宾馆、发电报的邮政人员辨认，其中有三个地方认出了发电报、住宿的男子是陈金友，而不是唐金书。这充分说明这一切都是陈金友所为，陈金友有重大作案嫌疑，唐金书很可能是被陈金友所害。

陈金友去了哪里？唐金书被害的地点在哪里？这中间究竟发生了什么事情？团团迷雾萦绕在两地侦查员的脑际，解不开、挥不去。但所有参与破案的人都明白，陈金友就是这团迷雾的制造者，只有找到他才能使这一切疑点烟消云散，真相大白。

通过侦查员对陈金友本人的外围调查得知，他为人奸诈，私心极重，占有欲很强，在村里口碑很差，近几年因做辣椒生意在村里是先富的那一种。为了多赚昧心钱，他在辣椒粉里兑有大量的麦皮，有时兑些锯末，他是以坑害消费者为手段而一夜暴富的。自从有钱后，他在村里横行霸道、欺压良善，是标准的地痞。从他的生意联系地点看，大部分在长河附近的几个城市，这些城市都有陈金友的落脚点，在湖北省公安县也有他的客户和存身的地方。他在外地还有个姘妇，但具体地点在哪儿、其姘妇叫啥却无人知晓。从发给唐金书妻子的最后一封电报来看，如果发电报的人是陈金友的话，那么他很可能仍然在郴州。两地侦查员经过认真研究和分析，决定兵分两路同时撒网缉拿嫌疑人陈金友。长河市的侦查员立即在长河、郴州及湖北省公安县等地，寻觅陈金友的踪迹。春城公安在本地深挖陈金友的潜藏地址，架网布控，调查本村群众和陈金友的邻居，问他们近段时间陈金友家中是否来过外地人。同时，张宏伟带人对陈金友家进行了一次突击搜查，采用“打草惊蛇”的战略战术。虽然当天搜查一无所获，但第二天下午，陈金友的妻子宋晓英偷偷溜出村子，到县邮电局往长河市一农贸市场业主范某处发了一封“家中有行动，现在不要回来”的加急电报。宋晓英的行动都在侦查员的监控之下，公安人员立即截获了电报，并把电报的内容、收报人的姓名、地点告诉了长河警方。长河警方接到春城警方提供的地址，立即将范某找到。经过讯问，范某承认自己是陈金友的姘妇，两人在一起鬼混已有五年，每次陈金友到长河都是吃住在她那里。就在十一天前陈金友来过她这里，在她家住了一夜。她见陈金友心神不宁、坐立不安，就问他有什么心事，这次外出为什么带那么多现金。他说近期生意不顺利，街头算命的老汉为他卜卦说他有血光之灾，让他外出做生意要多加小心，所以才这样忐忑不安。第二天陈金友要走，范某要留他多住几天，陈金友说他到湖北公安县有一笔生意要谈，就从范某处离开了，但具体到哪里去了，范某也不清楚。长河公安人员立即驾车赶往公安县，并与当地公安局取得联系，在公安全城对陈金友进行大搜捕，当天夜里就在一家宾馆将冒充唐金书的陈金友抓获。

在长河公安局刑警支队的审讯室里，陈金友镇静地坐在那里，一双狡黠的眼睛贼溜溜地乱转，不紧不慢地回答着侦查员对他的问话。他矢口否认自己见过唐金书，曾发电报给唐金书让他到春城来，他为唐金书准备的辣椒确实备好了，但唐金书没有按约定的时间到，他将辣椒卖给了其他商户。他否认曾去过新疆、河南、天津等地，这明显是在说谎。侦查员又问他在公安县住宾馆为啥用唐金书的名字登记。侦查员在搜陈金友时并没有发现唐金书的身份证。陈金友说他经常与唐金书一起住宾馆，每次到宾馆登记都登记唐金书的名字，所以他记住了唐金书的身份证号码，在公安县宾馆登记时随便填了唐金书的名字及身份证号码。尽管侦查员用了许多审讯方法，陈金友就是不承认见过唐金书，且态度蛮横、傲气冲天，有一种不见棺材不掉泪的势头。可能他自认为做得天衣无缝死无对证，公安人员找不出充分的证据，自己就干脆死不承认，公安人员就算有三头六臂也拿他没有办法，所以他一直表现得趾高气扬、满不在乎，给人一种他根本不是犯罪嫌疑人的感觉。

由于陈金友十分顽固，几天的审讯工作没有取得任何进展。长河警方决定先把陈金友暂时关押在当地看守所，在精神上给他施加压力。侦查力量全部放到春城，他们要在春城找到真正的答案，让案件的侦破工作有新的转机。两地警方紧密配合、协同作战。专案组研究决定，侦查力量兵分三路。一路传讯陈金友的妻子宋晓英，在这个女人的身上找到突破口；一路对陈金友的家及其亲属的家仔细搜查，尽量寻找到破案的线索和有关证据，同时对陈楼寨的群众进行走访座谈，了解是否有外地人到过陈金友的家里；另一路仍然对陈楼寨周围的机井、河流仔细打捞，范围再扩大三公里，以找到唐金友的遗体，这也是破案最直接的证据。

随着侦查工作的逐步推进，案情越来越明朗化，具有审讯经验的张宏伟亲自审讯宋晓英。一开始宋晓英说啥都不知道，丈夫陈金友还在外地。思路敏捷的张宏伟把长河公安审讯陈金友的录像放给她看，并把音量关闭。他告诉宋晓英，陈金友被抓获后，把害死唐金书的全部经过都交代了，现在就看她的态度了。如果现在宋晓英能如实供述作案经过，算投案自首，政府可宽大处理。如果抗拒不说，只能加重处罚，罪加一等。在张宏伟的凌厉攻势下，宋晓英终于承认唐金书到她家去过，但吃过饭就走了，唐金书出了陈楼寨又到哪里去了，她就不知道了，再往下问她一个字也不说了。张宏伟立即组织人对陈金友家仔细搜查，最后在陈金友家一处废弃宅子的沙堆里挖出了里边用塑料袋包装、外边用破棉衣裹着的二万一千元的现金。同时，有群众反映，一天深夜十点钟左右有人碰到陈金友和妻子宋晓英拉着一辆架子车，车上有东西用被子盖着，沿着通往县城的路往南去了。专案组决定把全部警力都调集到陈楼寨村通往县城的公路两边的机井和河流打捞上，并对十里以内的地域进行地毯式的排查，又从市公安局的警犬基地拉回两只警犬配合民警搜查。第二天上午，一侦查员发现距离陈楼寨南六华里左右的公路两边有一口机井。这口机井离公路有二百米，井口周围有很多苍蝇，对着井口一闻有一股刺鼻的腐臭味。两只警犬围着井口一个劲地转，不停地朝井口狂叫。所有侦查员立即向这口机井集结，仔细查看从公路到机井口这段距离，发现隐约有架子车经过的痕迹，但架子车车轮的印迹已被人掩盖处理过。侦查员们经过一个多小时的打捞，终于捞出一具高度腐败的男尸，尸体上还用铁丝捆绑着一块三十五千克重的琉璃砖块。有人证实这个大砖块正是陈金友用来堵猪圈门的那块。法医对这具高度腐败的男尸进行解剖。经鉴定，死亡时间在四个月左右，与唐金书失踪的时间相符。男尸身上的内衣经唐金书妻子李青辨认，与四个月前失踪的唐金书所穿的一致，死者确认为唐金书。

尸体被打捞出来后，经法医鉴定，唐金书是被绳索套住脖子活活勒死的。种种迹象表明，陈金友夫妇就是杀害唐金书的凶手。专案组决定立即审讯陈金友和宋晓英，固定证据，完善审讯笔录，面对这一切，看他们夫妇还有啥话说。

长河侦查员将唐金书的尸体照片、尸体上捆绑的铁丝以及那块琉璃砖块等物证照片放在了陈金友面前，狡诈的陈金友仍说这一切他不知道，怎么问他也不承认杀害了唐金书，再问什么也不说，摆出了一副死猪不怕开水烫的架势。他认为与妻子宋晓英就是死不认账，公安办案人员也拿他们没办法，此时他还存在着一丝幻想。

张宏伟等侦查员提审宋晓英，把所有证据照片摆在了宋晓英面前，又把在她家沙堆下面挖出现金时的所有包装照片，以及民警打捞尸体的全程录像和审讯陈金友的录像放给她看。她的思想防线崩溃了，一下子瘫坐在椅子上无法站立，她知道再不承认杀害唐金书的事实已经不行了，于是便交代了杀害唐金书的全部经过。

近十年来，陈金友与唐金书合伙做辣椒生意。身为南方人的唐金书做生意精明，大批大批的辣椒从春城拉往长河，唐金书没少从中赚钱，而在家忙活得不可开交的陈金友却只从中赚点儿手续费，再加上他在姘妇范某身上也没少花钱，反正最后他没剩多少钱。陈金友心里失去了平衡，他恨唐金书从他这里赚了那么多钱，给自己的太少。于是，他与妻子宋晓英商量想敲诈唐金书一笔钱。

陈金友与妻子宋晓英精心策划了敲诈唐金书的计划，先给唐金书发封电报，“你厂要的货已备齐，速带足款前来收货”，把唐金书骗到了春城县。唐金书到春城汽车站就跟陈金友联系，当时就被在车站等候的陈金友接到，唐金书说就带了五万元的现金支票。然后陈金友就带着唐金书回到了陈楼寨村的家里，到村里时天已经黑了，他们一块儿回家也没人见到。唐金书到陈金友家里后，宋晓英表现得特别热情，又捧茶又递水果，又把一盆热腾腾的洗脚水端到唐金书休息的房间。晚饭准备得也很丰盛，六盘菜一壶酒。但唐金书也有所提防，上的酒他一滴不喝，说自己平时不喝酒，一喝酒就过敏。他知道自己带着现金支票，怕酒喝多了出意外，不管陈金友夫妇怎么劝他，他坚决一滴酒不喝。吃饭时宋晓英给唐金书端上的面汤内放了事先弄碎的二十片安眠药。唐金书吃过晚饭不到二十分钟，就说自己有点儿头晕，倒在床上睡着了。半个小时后，见唐金书已睡熟，宋晓英就到院子里解下晒衣服的绳子，夫妻俩来到唐金书的床前，把绳子套在唐金书的脖子上，两个人一人一头用力拉扯绳子，不一会儿唐金书便窒息死亡。

陈金友夫妇把唐金书的尸体抬到架车子上，又从猪圈门口抬上那块有三十五千克重的琉璃砖，用早已准备好的铁丝，把唐金书的尸体与琉璃砖捆绑在一起，以防止尸体漂在水面被人发现。

他们夫妻做好这一切之后，又用一床破棉被盖在尸体上，万一碰到人就说给家人看病。陈金友先让妻子出门在村子里走一趟，看看大街上有没有行人。妻子在大街上走了一趟也没发现有人，夫妻俩就拉着架子车沿着通往县城的路走了六里地左右，路西边距离公路二百米处的麦田里有一口机井，夫妻俩把车子拉到机井旁，把尸体抬下架子车，将唐金书的尸体头朝下脚朝上投入机井内。第二天早上，宋晓英骑自行车带着女儿去春城县办事，她们路过那口机井时，自行车神奇般地朝机井方向拐，吓得宋晓英立即下车拉住自行车。其女儿十分惊慌地问：“是不是你们夜里把那个外地客商给害了，不然自行车不会这样硬拐，也许是那个外地商人的灵魂在作怪。”宋晓英只好点头承认了。

两地警方侦查人员经过两个多月的日夜苦战，成功侦破了这起扑朔迷离的杀人案，侦查员们无不欢欣鼓舞。长河刑侦支队支队长杨兵非要举行庆功宴，好好答谢一下春城的公安。张宏伟拉着杨兵的手说：“天下公安是一家，打击犯罪，保护人民是我们共同的责任，配合你们破案是我们应该做的。”

第二天，当长河公安人员准备押着杀人嫌疑人陈金友、宋晓英离开春城县的时候，长河公安精心制作了一面锦旗送给春城公安战友，上面写着“两地公安携手破迷案，天下警察永远是一家”。

猖狂的黑恶势力

在张宏伟任公安局副局长的第三年里，他接到张集镇石庄村数十名群众联名写的举报信，举报村支书石峰在村里无恶不作、欺压良善、奸淫妇女、侵占集体耕地。他在村里利用两个刑满释放人员和一些地痞流氓充当打手和帮凶，形成了一股恶势力。时任公安局局长的林金东也接到了同样的举报信，他立即安排张宏伟带领刑侦人员进村进行秘密调查。如果情况属实一定要给予严厉打击，决不允许黑恶势力欺压百姓，还当地群众一片蓝天，案件涉及谁就调查谁，包括黑恶团伙后面的保护伞。

接到任务后，张宏伟带领两名侦查员来到张集镇。他首先找到在张集镇任副镇长兼派出所所长的李志，并把群众联名写给公安局领导的举报信让李志看了。李志看过举报信后，两眼直直地看着张宏伟，拿着举报信的手有点儿抖。他摇了摇头半天没有说一句话，然后他稍微定了定神，轻声说："我最尊敬的老师，你闲着没事干啦是吧？你官当得好好的，何必去蹚这潭浑水，你知不知道石庄的村支书石峰是谁？他近门本家哥就是咱县县委常委、常务副县长，他还跟张集镇党委书记李高峰有直接亲戚，你调查他那不是在太岁头上动土、虎口里拔牙吗？群众反映的情况我早就知道，你说我敢管吗？我要管了别说我当副镇长了，就这个所长也早就干不成了，我看这事也是走个过场，老百姓得罪了没事，当官的咱得罪不起，咱们干到这一步不容易，不能因为这点儿小事毁了前程，你说是吗？我的老师。"

"李志我问你，群众反映的问题在石峰身上有没有？我听说他在村里欺男霸女、恶贯满盈，难道我们的公安机关是他们家开的吗？如果说群众不告到我那里，领导没让我查，我可以暂时不管，但今天群众把举报信送到了我那里，这事我管定了。百姓的利益高于一切，既然我穿着这身警服，就要为人民办事。"张宏伟说完两眼望着穿着警服的李志。

李志奸笑着说："我的大局长，漂亮话谁都会说，但现实就是现实。我知道你是一头碰到南墙上都不会转弯，真有一天你碰得头破血流了就知道我劝你是好意了，现在我说啥都没用，反正我提醒你了，你别把好心当成驴肝肺就行。这几天我有个案件需要处理，就不陪你了，我们派出所的民警配合你调查。"李志说完转身走了。

冬月的寒风无情地肆虐着中原大地，摇撼着春城的村村寨寨，卷起的尘土弥漫着整个苍穹，一望无际的田野上没有劳作的人们，也没有虫叫鸟鸣，只有狂风摇摆着干枯无叶的树枝发出让人发怵的呜咽。

张宏伟身着便装，带着两名刚入警不久的新同志行走在石庄的大街小巷，几天的暗访和调查令他心中有一种难以言表的哀伤和不安。当他与那些憨厚、善良、朴实、勤劳的父老乡亲座谈交流时，那一张张惊恐的面孔、一双双流泪的眼睛、一声声对村支书石峰的声讨，使他的心在滴血，同情的泪水一次次涌满他的双眼。作为一名公安民警，一名主抓刑侦的副局长，他承载着全县人民的期望和信任，一种责任感和担当撞击着他那颗善良的心。他暗下决心，不管压力多大、干扰多多，坚决给予那些横行乡里、欺压百姓的黑恶势力以迎头痛击，为常年面朝黄土背朝天的百姓讨回公道。他决心借助全国公安机关开展的冬季“打流追逃”的严打行动，打掉以石庄村支书石峰为首的涉恶犯罪团伙，还这里百姓一片蓝天。

石峰从小因家里兄弟五人而生活贫寒，只读了小学三年级就不再上学了，十几岁时因抢劫盗窃被劳教一年，二十多岁又因与人打架把人打伤被判刑一年。三十多岁时他倚仗家族人多势重，用拉票选举、用钱买通乡里的关系，硬把原来干得好好的老支书弄掉，自己堂而皇之地当上了石庄村的支书，后来又通过关系成了春城县人大代表。他凭借着户大人多，在村里一手遮天、为所欲为，谁敢对他不尊，不听他的指挥，他就带人大打出手。那年中秋节的前几天，石峰等人请派出所所长李志在家喝酒，他让村治保主任向村民陆某传话，让陆某立即送几只鸡下酒。当陆某把家中饲养的几只公鸡提着送到他家时，石峰当着陆某的面抓起一只公鸡往地上一摔说：“你没听说我石爷从来不吃公鸡吗？再送几只母鸡来。”陆某眼含泪水回到家里把饲养的几只母鸡又送了过去。石峰摆着手说：“你走吧，鸡钱收公粮时再说，我当的是公家的官，吃喝招待由公家出。我在咱村买东西还没谁敢跟我要钱，在石庄我就是皇帝。”

有一年夏季，石峰带人收公粮时，一村民就说邻近村比石庄村收的每人少十几斤，问他这是怎么回事。石峰带人对这名村民大打出手，把这名村民打得在地上乱滚，然后又强迫这个村民伸出胳膊挨打十棍了结此事。他还说若打棍时对方胳膊弯一下，就多打二十棍。最后，这名村民的妻子跪地求饶这事才算结束。一天，石峰带人沿大街收公粮时，经过一村民家门，见村民杜志民坐在门口跷着腿没有站起来跟他打招呼，石峰上前就打，说杜志民对他不恭，老子从这儿过你还敢跷着腿不放下，老子打死你看你还跷不？最后杜志民被打伤住院多日，到派出所告状还被所长李志教训一顿，最后杜志民只好认倒霉。

在石庄村谁家生孩子，首先要给石峰送礼送钱，如果不送，他带领乡驻村干部以违反计划生育政策为名，罚款要得高高的，不交罚款就拉粮食、赶猪牵羊、扒房，让你过不上一天安稳日子。但他家族的人生三胎四胎一分钱不拿，村里乡里也没人过问。石庄村有三户村民因交不起计划生育罚款而拖儿带女流落他乡，十几年不敢进家。还有一村民因交不起罚款而悬梁自尽，酿成了一场人间悲剧。而作为一村之长的石峰借助国家计划生育政策大发横财，榨取了本村村民多少血汗钱谁也说不清。

那些年在农村推行殡葬改革，村里老人死了要拉到县火葬场对尸体进行火化，但在当地农村都有个老习惯叫老人去世要入土为安，一般情况下宁愿掏点儿钱也不愿去火化，但这钱必须交给石峰，多的五千元、少的三千元即可土葬。石庄有一村民年迈多病的母亲去世，为了省下罚款，晚上他们家里人偷偷把人埋了，也没有给石峰送钱送礼。这事被石峰知道后，他把这事举报到县殡葬改革执法小分队，在埋后的第三天执法小分队将坟扒开，强行将尸体拉到县火葬场给火化了，像这样的例子在石庄还有很多。

在石庄村石峰还有一个绰号叫“色狼书记”。他自己在众人面前炫耀：“我看上的女人没有一个能逃出我的手心，只要想弄谁也跑不掉。”村里年轻男人去外地打工的多，留守妇女在家夜守空房，石峰只要晚上喝过酒都去敲这些妇女的门。大部分妇女爱脸面，吃点儿亏也不报案，忍气吞声也就算啦。也有他叫不开门的时候，他就躺在人家大门口地上睡，这样的事他做过好多次。一天夜里，他喝过酒又敲开了一年轻少妇家的门，被称为“一枝花”的少妇的男人方某打工回家了，他对方某说：“你出去找个地方睡吧，你媳妇陪我睡一夜。”方某就说不同意，他拿起院子里铁锹就打，吓得方某只好把老婆让给了他。从那以后，他更是肆无忌惮，每次喝过酒就去“一枝花”家发泄性欲，就这样他霸占方某妻子长达两年之久。迫于石峰的淫威，方某不敢上告，也清楚地知道告不赢，弄不好还得惹出麻烦，“一枝花”无奈之下只好随丈夫外出打工，不敢回村生活。

村民们都说石峰禽兽不如，说他连自己的儿媳妇都不放过。他的儿媳妇是个高中生，人才出众，貌似天仙。石峰喝多了酒想对儿媳妇下手，他儿子知道他爹不是个东西，于是对自己的老婆严防死守、寸步不离。为此父子俩吵闹不断，谁也不理谁。他为了达到霸占儿媳妇的目的，就骗着他儿子去参军。他儿子当兵四年他霸占他儿媳妇四年，儿子从部队复员回家发现了这事，便把他打成重伤，石峰在床上躺了半年不能下床走路。从那以后，石峰再也不敢踏进他儿媳妇房间半步。

由于石峰的坏名声传出去了，有才的文人给他编了许多段子在社会上广泛传播。话说有一天，石庄小学选举优秀少先队员到城里参加表彰会，请村支书石峰参加评选。石峰到学校看着排成一队的孩子们笑着对校长说："你们看着选吧，反正选哪个都是我的孩子。"据说石庄村党支部书记有特异功能，说只要有人在石庄村的妇女身上捞一把摸一摸，然后让他去闻一闻，他就能准确地说出这气味是谁身上的，准确率在百分之百。这差事找谁最合适，大家思来想去说让他儿子做这事是最好的人选。有人找到他儿子，让他去测试他爹的特异功能。他儿子就在他伯母身上捞了一把回去让他爹闻，石峰一闻立即说出了答案。他儿子又在他婶子身上摸了摸让他闻，他又说对了。他儿子为了捉弄他，又在村里一家养牛场的老母牛身上捞一把让他闻，他闻了半天摇了摇头说："咱石庄就没有这样的女人，肯定是外村里的女人。"他儿子笑着不答，称他的特异功能是假的，为此父子俩还打了一架。

调查组通过对张集镇群众的调查，听说了群众对镇主要领导编的顺口溜说："乡村干部是群狼，吃尽村里提留粮，一天一只鸡，三天一只羊，夜夜当新郎，村村都有丈母娘。""锅里炖着小鸡，嘴里哼着小曲，怀里抱着小妮。"有很多乡村干部已成为群众仇视的对象。

一天中午，张宏伟身着便装找到了七十岁的老太太袁国荣和她的女儿金梅，因为听群众反映她家受石峰黑恶集团的欺辱最多。在平时袁国荣一家受欺负再多她也从来不敢向外人说，她是受欺压受怕啦。当张宏伟亮明身份，说要收集石峰一伙人的犯罪证据时，袁国荣用惊愕的目光看了看张宏伟说："张局长，我真不信你们能扳倒石峰他们。他们上边有人，有当官的为他们说话，要不他们敢这样无恶不作吗？你仔细想想，他们横行乡里这么多年谁敢动他们的人。前几年也有公安人员调查他们的罪行，俺就说了点儿实话，第二天石峰的打手俺庄的陈小兵带人把俺打伤，肋骨断了三根，住了几个月的院。俺女儿拿着俺在医院开的病历告状跑了半年，最后俺女儿还无辜被人殴打，这事就这样撂那儿啦，所以俺一听说你调查石峰他们我都吓得直哆嗦，他们比阎王爷还阎王爷，俺惹不起还能躲不起？心想哪座庙里没有屈死鬼呀！你没听人说啊，屈死不告状，饿死不做贼吗？现在是有钱有权人的天下，咱小小的老百姓算什么呢？”袁国荣说到这里长叹了一口气，两只眼睛看着张宏伟。

张宏伟朝袁国荣跟前挪了挪板凳，坚定地说：“请大嫂放心，我这次来调查他们的事是上级安排的，我能为大家办的事我会尽力办好，咱不管他们上面有没有人，因为他们违法犯罪啦，咱们就要与他们斗争，咱们代表的是正义，请你相信正义一定能战胜邪恶。俺不能为受害的群众申冤，俺就枉穿了这身警服，请你一定相信我张宏伟，我一定说到做到。”

“张局长，俺听说啦，你是个好人，现在能有你这样跟俺百姓掏心掏肺地说知心话的少啦。你们局的李志所长他也是警察，可他跟石峰这帮人打得火热，经常开着警车到石峰家与那些人在一起吃喝，说实话那些人就是仗着李志的势力才敢这样无法无天。你来调查千万别让李志知道了，要是走漏风声你与谁座谈，又该受他们的气啦。”袁国荣认真地说。

“这你放心，你就把受他们欺压的事都说出来，俺给你做主。”张宏伟说。

袁国荣听张宏伟这么一说，多年受的委屈一下子涌上心头。她泪如雨下，双手捂住脸哇哇地哭了起来。她哭了好一阵子才稍微平静下来。她向张宏伟讲述了她的不幸和她家的悲惨遭遇。

“张局长，我是个苦命人，自从来到这个世上我没有过上一天好日子。二十岁那年我嫁到陈楼寨村金家，丈夫叫金连顺。金家在陈楼寨村孤门独户，据说是他爷爷那辈子逃荒落户到陈楼寨村的，他爹那辈子就他爹一个，到金连顺这辈子还是他一个，也没有兄弟姐妹。与金连顺结婚那年他说咱不能这样在农村一辈子让人看不起，到外边闯闯也许能谋个出路。他是个老实人，办事是小磨子砸石头——实打实（石打石），所以在部队干了四年回来又当了农民。他当兵那年我患了阑尾炎，在乡医院动手术时由于医生失误把子宫摘除了，出院时医生告诉我一辈子不能再生孩子了，我在床上哭了三天三夜，是丈夫左说右劝我才过去那道坎。后来我多次劝丈夫让他再找一个人生儿育女，我帮忙给他带孩子，我愿意一辈子为他当牛做马。可金连顺说啥都不肯，说我决不做那对不住人的事，不能把自己的幸福快乐建立在妻子的痛苦之上，否则那还叫人吗？没有儿女的多着呢，这段夫妻感情咱不能丢，为了到老年床前有个人拿药送茶水的，就抱养个女儿吧！就在俺四十多岁时抱养了一个女儿起名金梅，女儿从小就懂事又孝顺，家里活地里活样样都管，通情达理，性格豁达，为人正直。为了俺老两口年纪大了身边有人照顾，俺就把闺女嫁给了本村一家老实人，女婿不爱说话，就知道家里地里傻干活，家里的事都是闺女说了算。那一年上级为了落实计划生育政策，生产队里奖励独生子女户一处住宅，后边是村里户大人多的陈小兵二叔家的宅子。这陈小兵他那一家子就仗着户大人多，处处欺负人家，就是乡里派来的驻村干部都挨过他家人的骂，有两个还挨过他家人的打。自从他与石峰成了拜把子兄弟后，更没有人敢招惹他们那一家子。他们家人有七个人蹲过大牢，你想想他们家恶不恶？那一年陈小兵的二爷收购活猪，发款时给了人家几百元假币，人家到村里找他说理，他硬是把人家打得跪地求饶。这还不算，他那一家子又组织二十几口子扛着土制猎枪冲到人家村子里。那个小村庄的人都吓跑了，他们就把那一家的家具、锅碗瓢勺都砸光了才算罢休。你想想这还有好人的活路吗？”

袁国荣说到这儿停了一下，她看看外边，又看看张宏伟，堆满泪痕的脸上流露出难以觉察的一丝惊慌，泪水又一次涌满她那双昏花的眼，颤抖的嘴唇张了张，定了定神继续讲述她要表达的话题。

“随着俺老两口的年龄一天天变老，俺想抱养个女儿没能让她有一个好的生活环境，俺们这辈子受苦受屈都认了，但要给女儿留点儿念想，商量来商量去准备在生产队奖励的那处宅子上给她盖四间房，也算尽到做父母的责任吧。动工那天，陈小兵带着他们那帮兄弟到现场，说这房子不能盖，要盖房必须留七尺地。我和丈夫坚决不同意，我说你家盖房后边一寸地不留，凭啥非让俺房后留七尺地，这不是明显欺负人吗？陈小兵说，别说我家的房子后边不留一寸，就是再往后盖一丈他家也不敢放个屁，在俺庄不识字不要紧，摸摸牌子就知道了。也就是在那天晚上，陈小兵带四个人到金梅家将她丈夫用黑布蒙着头拉到他家，让金梅和她丈夫跪在他们面前，并准备好纸和笔让他们签字，写上字据承认自己愿意房后留七尺地，不然房子不能盖。又说他二大爷走路绊倒磕伤了脸，说是金梅的丈夫打伤的，管叫他倾家荡产还得蹲大牢，不信就试试。金梅和丈夫在他们的威逼下，只有按他们说的签了字，并按上了红手印。两个孩子回到家俺们全家抱头哭了一夜。又过了半个月，俺想房子不盖今后这处宅子都成了他家的了，留七尺就留七尺吧，俺不是人单姓孤嘛。这样俺就咬咬牙认啦。盖房期间，俺地里几十棵碗口粗的树被拦腰砍断，白花花的树茬儿让人目不忍睹，就这样俺也不敢吭声，如果吭声又怕房子盖不成。

“房子盖到快完工了，俺的人都在盖房子那里，家里的被子和衣服被人放火烧光了。面对这一切，俺家哭都没泪了。人啊，最难受的事就是被欺负，精神压抑对每个人来说都是灭顶之灾，那叫生不如死啊！我们家的房子刚盖好，陈小兵又找到俺说，俺家盖大门楼对他三大伯家不好，风水大师说对他们陈家不利，必须扒掉，不然就封俺家的门。没有办法，刚盖好的房子又扒了一间。俺家的大门口从东边挪到西边，这才算过了几天安宁日子。让人万万没想到的是，陈小兵非要把俺房子后面的七尺地打到他家院内，这不是明明往俺眼里推石碴吗？俺不同意，他们又在一天傍晚把我打伤。我在县城医院住了一个多月，光医疗费花了近一万元。这事被俺丈夫的战友知道了，他们一个连队生活五年的战友陈振伟组织战友要为俺申冤，他们战友情义重，都说房后七尺地一寸也不能让，他们要打官司替我们出头。陈振伟又通过几个战友找到县公安局的领导，局领导亲自过问了此事，按他陈家无故殴打他人处理，经法制室审批将打人者行政拘留十日，但是不知道为什么说打人者患高血压不能拘留。后来战友们又通过法律手段以他们打伤俺为由，要求他家赔付俺的医疗费。法官们还算公正，判他陈家败诉，赔付俺医疗费六千元，但判决是判决，他们就是一分钱不出，最后也就不了了之了。”

袁国荣说到这里放声大哭，她那撕心裂肺的哭声震撼着张宏伟的心，让他动容，让他愤怒。他想，如果这样的恶霸不除，自己枉为警察，不配穿这身警服，对不起那些面朝黄土背朝天的父老乡亲。但他深知这帮黑恶势力有他们的保护伞，不然他们也发展不到这一步，看来要打掉这个涉黑犯罪团伙只有去找老处长郭刚，只有他有胆有识、一身正气、为官清廉、敢于碰硬。他的威名让许多犯罪分子闻风丧胆，春城县的这件事只有他出马才能解决。这是他心里想的，并没有说出口来。

张宏伟劝慰了袁国荣几句，说：“你家的事我知道了，请你相信公安机关，相信我张宏伟，善有善报，恶有恶报，我就不相信他石峰一帮人有一手遮天的本事，能跟公安机关抗衡。如果你家的冤不申，我从此不见你。”说完他向袁国荣摆摆手起身走了，他身后留下一阵阵看家狗的狂叫声。

张宏伟带领民警通过几天的暗访，掌握了石峰等人大量的犯罪证据，他们骑在群众头上作威作福，是地地道道的十恶不赦的地痞无赖。有人反映上级分配给了石庄村八十只品种母羊，是县里的重点扶贫项目，但石庄村群众没有一家饲养，不知道这批扶贫羊被弄到哪里去了。张宏伟带人调查了县扶贫办公室，得知确实分配给了石庄村八十只品种羊，是为了让贫困群众发展养殖业脱贫致富，但群众不知这批羊的去向。侦查员们通过进一步调查，找到县城送这批羊的货车司机。司机说，这批羊刚拉出县城，石峰就把羊全卖给了一家屠宰场。侦查员又到屠宰场录了口供。大量材料证明石峰竟然把这批扶贫羊私自卖掉了，所得钱款全部装进自己的腰包。

夜深了，喧闹一天的小城安静下来。难以入眠的张宏伟面对孤灯，他又一次陷入了挥之不去的思绪和对良知的考问中。他像平时一样又开始了他每天要写的工作日记：

我通过对石庄村支书石峰犯罪事实的调查，对他们的所作所为感到不寒而栗，泪水一次次模糊了我的双眼。新中国成立这么多年了，群众把打掉一个村霸、市霸、路霸称为第二次解放，悲乎哉！哀乎哉！

随着改革开放地深入，广大农村的面貌确实发生了很大的变化，农民的生活水平也得到了一定的改善。但是，农村新旧体制的交替和经济结构的调整，党内和社会上出现的不正之风和腐败现象，为一些带有黑社会性质的流氓恶势力提供了滋生的土壤。这些恶势力浸透和腐蚀了农村基层政权，使之成为危害社会，侵犯群众利益的一颗毒瘤，给那些面朝黄土背朝天的百姓们造成了极大的精神伤害和灾难，在他们的心头蒙上了驱之不去的阴影。他们面对黑恶势力的嚣张气焰，忍气吞声，宁愿含冤多年也不到司法机关告状，好人怕坏人已成为人们关注的焦点、热点、难点问题。如果不把涉黑涉恶这一毒瘤铲除，群众的利益得不到维护，社会也不会稳定，老百姓也没有好日子过。作为公安机关要履行职责，坚决打一场打黑除恶的人民战争，给百姓营造一个良好的生活环境，这是公安机关的职责所在。

被检察院“双规”

张宏伟把石峰涉黑涉恶的犯罪事实材料、证言证据材料整理成案卷，又把所有案件归纳成十六条，写成了调查报告，及时呈报到公安局局长林金东那里。林局长十分重视，立即把张宏伟写的调查报告报到了县主要领导那里。县领导对此案高度重视，批示公安机关严格执法，坚决打击涉黑涉恶等重大刑事犯罪，全力维护人民群众的根本利益，该抓的抓，该关的关，铲除滋生各类刑事犯罪的土壤，还百姓一方净土。

张宏伟进驻石庄村暗访的第二天，石峰就从派出所所长李志那里知道了消息。他先找李志商议，又找乡党委书记李高峰汇报，李高峰又向常务副县长石松报告说张宏伟正在调查石峰的问题，让石松出面给张宏伟打个招呼，看能不能在张宏伟那里把问题消化掉。石松知道张宏伟办事坚持原则，从不向上级领导溜须拍马、讨好媚上。在提拔张宏伟任副局长时，他提出了反对意见，他觉得张宏伟可能知道此事，担心自己出面说情也不好使，但为了侄子石峰他还是给张宏伟打了个电话，很客气也很婉转地说出了自己的本意，并约张宏伟在一起吃顿饭。张宏伟以有紧急案件为由把吃饭的事给推掉了，并表示在自己的权限之内能照顾的一定照顾，原则问题怕不好办，请领导多理解基层办案民警。石松已经听出来了，张宏伟是不会给自己留一点儿面子的。以前让张宏伟办过几次事他一次也不给办，石松本身对张宏伟就有意见，这次他又动手查自己的侄子，如果不给他点儿厉害看看，他就不知道马王爷有三只眼，他就不知道我石松在春城的威力。但又一想，如果石峰真的有违法犯罪的证据掌握在张宏伟手里，来硬的不但起不到说情的效果，还加重了对石峰的处理，对自己的影响也不好，要达到最佳的效果必须想个两全其美的办法。于是，他打通了李高峰、李志和石峰的电话，他要召集他们几个在一起商量对策。

李志第一个来到石松的办公室，他说：“石县长，您现在叫我来有何指教？我一看是您的电话立即就过来了，听从您的吩咐，为石县长您办事我就是两肋插刀也在所不辞。”

“你们局里调查石峰的事你知道吗？”石松不紧不慢地问。

“知道，知道，当时我就劝张宏伟说，千不看万不看你得看石县长的面子，人家在春城经营二十多年了，哪个单位没有他提拔安排的人呀，关系网硬着呢。再说石峰当村支书多年了，当农村干部的谁还不得罪几个人，群众上访告状避免不了，既然有人告，为了掩人耳目，带人随便到下边走一走，走个过场算了。可他不听，脖子一硬说，管他谁的关系呢，只要是欺压百姓的事他就一问到底。他不指望巴结人升官发财，只要让他查出犯罪的，天王老子说情都不好使。石县长你看看，这话不是对你说的嘛，张宏伟是一头撞到南墙上不知道拐弯的主，偏偏让他查，公安局里换成哪个人我都能摆平，可就他……”李志说完两眼直直地看着石松的脸。

“上一次提拔公安局副局长，我是竭力地推荐你，可市领导郭刚一插手，他直接找县委书记定的这事，要不是那次郭刚出面，副局长这个位子就是你的了，是张宏伟把你顶掉的，最后我一看这样不行，才把你提拔为张集镇副镇长，反正都是那一级别的。”石松不紧不慢地说。

“多谢石县长，你的恩情我这一辈子也不会忘，没有你的关照我还是个小民警，只要石县长用得着我的地方，您言一声，我赴汤蹈火在所不辞。”李志拍着胸脯说。

“咱们都是自己人，相互帮忙，你看石峰这事咋办合适？”石松认真地问李志。

“我知道他张宏伟的脾气，他是粪叉子剔牙又臭又硬，怎么求他都无用。他摆弄咱的人，咱也不能给他留情。让人给他送几万块钱，送钱时带上录音机，把证据录下来，再找人告他受贿，在没有等到他们对石峰下手时，先把张宏伟弄里边去，让他有苦难言，落个贪赃受贿的可耻下场。石县长，你看这样办行吗？”李志说完把胳膊举在空中狠狠地舞了一下。

政治上十分老到的石松听李志说出这番话后没有直接表态，只是在办公室里慢慢地踱来踱去。他双眉紧皱，一双奸诈的眼睛咕噜噜乱转，两只手在不停地搓来搓去，眼睛的余光不经意间扫了一下李志。此时的李志感到了一丝不安，他揣摩不透石松是怎么想的。正在这时，李高峰带着石峰进来了。石松走到窗前把窗帘拉上，四个人围坐在一起认真研究如何对付张宏伟。

那是一个伸手不见五指的夜晚，天上下着小雨。春城县城的大街上时不时有辆汽车经过，在路灯下扬起一片水雾。撑伞披雨衣的行人在雨雾中出现，又在雨雾中消失。街上的路灯在雨雾中尽力释放着自己的能量，照亮的只是周围不大的空间。细细的雨柱在它周围散落，像一位美貌多姿的女人落下的泪水，绵绵不断，又织成了茫茫的雨雾。此时此刻，整个世界都沉浸在这黑暗的雨雾之中。

张宏伟在办公室组织法制室、刑警队、预审等部门的领导研究案件，主要是商量石峰涉恶案件的梳理和证言、证人、证据的归纳，他的所有犯罪行为适用的法律条文等。当张宏伟走出办公室时，已经很晚了，他突然想起妻子陆轲给他打过电话，说家里有人找，在家等他有点儿事。他仰脸看看天空，雨滴落在了脸上。他想找一把雨伞，又一想雨下得不大，家离公安局也不太远，走在雨中淋淋也好，一是可以释放一下心中的压抑，二是可以冲刷一下衣服上的尘土和身体上的疲惫。在雨中观赏小城夜景，别有一番风味。他慢腾腾地行走在大街上的雨雾中，他看不清路灯拉长、缩短的身影，看不见街上行人中一张张熟悉的面孔，也听不到熟人热情打招呼的声音，只听到他身后行人行走发出的脚步声和雨滴敲击路边房屋的清脆响声。此时的他有一种淋漓尽致的快感，一阵阵凉风扑面而来，在他感受到清爽舒心的同时，也感到了一丝寒冷，他不由自主地打了一个冷战，便加快了脚步，很快就消失在夜幕下的雨雾中。

张宏伟推门进家，见张集派出所所长李志正在他家坐着与妻子陆轲说话，就开口说："让你久等了，局里有点儿事一时抽不开身，事一办完就连忙赶回来了，真不好意思。"

"哪里哪里，你是我的老师，学生等老师是正常的事，咱局里谁不知道你是老黄牛。今天找你也没啥事，还是石庄村石峰的事，他非让我来找你活动活动，让你高抬贵手，行个方便，这样对谁都有好处。"

"这事我做不了主，这些年来他在村里当支书一手遮天，办了许多伤害群众感情的事，民愤极大，影响极坏，性质恶劣，群众正在逐级上告。他这样横行乡里，欺压百姓，你作为张集派出所所长，也有不可推卸的责任。"张宏伟直截了当地说。

"张局长，你也知道，他石峰是石松的侄子，他又跟李高峰书记有亲戚关系，在春城县已经成了家庭式的关系网链条，是牵一发动全身，石峰我惹得起吗？群众反映的事也不一定是真的，只要群众一上访，党委、政府的领导都吓得要命，群众要求啥条件就答应啥条件，这样都把下边的人惯坏啦。现在提倡严厉打击越级上访、无理缠访、无故闹访是对的，石庄村的群众就是无理上访，应该打击才对，这是俺镇党委书记李高峰说的。"李志说完用双眼盯着张宏伟。

张宏伟心里明白，李志和石峰是一伙的，李志就是石峰的保护伞，以致石峰在石庄村殴打了那么多人告到派出所都不了了之，使群众有冤无处申。但他想对本单位的同行也得留点儿情面，就敷衍几句，说只要能帮忙一定尽力吧。

正在这时，房门被推开，进来一位年轻人对张宏伟说："张局长，俺朋友托我给你送五万元钱，请你帮忙，你就收下吧。"

“钱，送那么多钱，让我办啥事？这钱我收下了，送到家不收咋弄，你说我敢收吗？你这是让我犯错误。”张宏伟说。

“这是点儿小意思，事成之后亏不了你。”来人说完就往外走，张宏伟提着钱追没追上。李志看到这一幕也转身走了。张宏伟回到房间一点塑料袋里的钱数，刚好是五万，他看着眼前这堆钱，心里忐忑不安。

张宏伟意识到了这是个陷阱，是个很大的阴谋。他立即拨打了公安局局长林金东的电话，把刚才有人给他送五万元现金，张集派出所所长李志为石峰说情的事告诉了局长。局长林金东是从基层上来的，他有丰富的办案经验，有敏锐的洞察力，有果敢处理问题的魄力，有超强指挥协调工作的能力。他清楚地意识到动手调查石峰，已触及在春城的一大关系网，弄好了能把石峰顺利抓获，为一方百姓洗刷冤屈，弄不好会使公安局损兵折将，得不偿失，不管咋说，作为公安机关必须履行职责，担当打黑除恶重任。

局长林金东决定召开局党委会议，专题研究张集镇石庄村支书涉黑涉恶问题，并有意通知了张集派出所所长李志列席局党委会议，顺便想了解一下李志对石峰犯罪事实的掌握情况。会上，主抓刑侦的副局长张宏伟汇报了专案组对石庄村支书石峰近年来犯罪事实的调查，主要是无辜殴打他人，侵吞集体资产，把国家发放的一车扶贫羊卖给了屠宰场杀了，所得款被他占有，奸淫留守妇女等。参会的人员听后义愤填膺，一致同意将其绳之以法，还当地百姓一片蓝天。一位局里主抓后勤的副局长说：“大家都知道石峰是咱县县委常委、常务副县长石松的侄子，如果把石峰抓了，得罪了石松副县长，今后公安上的经费就更难了，本身局里经费不足，每次拨款都要跑多少趟，如果……”

那位副局长说到这儿停顿了一下，他看了看其他同志都没人表态。只有所长李志附和了几句，并说石峰平时在村里脾气暴躁一点儿得罪了一些人，大部分都是因为收公粮、收丧葬费用，镇党委对石峰是器重信任的，若是抓一个支部书记、县人大代表要征求镇党委主要领导的同意，还要到县人大备案。他最后建议此举一定要慎重考虑，不能听群众一方反映，以免给我们的工作造成被动。局长林金东听李志这么一说思想上也有点儿动摇，心想因为群众一封举报信而抓一个村的党支部书记，不但得罪一个乡的主要领导，更重要的是得罪县里的主要领导，这样会影响公安局里的整体工作，今后公安局的经费更难要了。他提议说：“我看这个案件先往后搁一搁再说。等近期局里打报告要的一批办案经费到账后再考虑抓石峰，只要是犯了罪我们坚决打击，但要讲究策略，反正案件摆在那里，早一天晚一天也不是问题。”

会上有两种意见，一是要立即行动，抓捕石峰；二是有提出不同意见，征求镇主要领导意见，放过石峰一马，暂不抓石峰，不触及春城最大的关系网，更不因此影响公安局的工作。这道不大不小的难题，让局长林金东难作选择，他心里清楚，如果抓捕石峰肯定会惹了石松，无疑会给公安局的工作带来损失；如果不抓石峰，张宏伟调查了几个月，并掌握了石峰大量的犯罪事实，若雷声大，雨点小，那是放纵犯罪，张宏伟会站出来反对的。他掂量来掂量去，最后说：“我看这起案件还是先放一下，我再做一下工作再说，等条件成熟了再动石峰，只要我们把他的犯罪事实掌握牢，他难逃法网，大家看咋样?”

主抓后勤的副局长首先投了赞成票，李志也说这样办最好，会上有一少半人同意局长的意见。张宏伟立即提出反对说：“你局长不要和稀泥，虽然石峰有特殊的社会关系，但在法律面前任何人不能够享受特权，就是因为他在政府有靠山，他才敢在社会上胡作非为。他这个人大代表不能代表人民的根本利益，是用钱买来的，是行贿得来的。我们应该立即向县人大报告，先撤销他人大代表的资格，再逮捕他，一刻也不能让他逍遥法外。我们已经掌握了他大量的犯罪事实，人民群众已对他恨之入骨，我们公安机关有责任、有义务打击各类犯罪，除暴安良，全力维护人民群众的生命财产安全。我们的行为代表着人民的根本利益，我同意尽快拿出抓捕方案，把石峰及其团伙成员一网打尽，也包括他们的保护伞，党委、政府、政法机关涉及谁一查到底，坚决维护法律的尊严，为人民群众伸张正义，进一步弘扬社会正能量。我作为打黑除恶领导小组成员，我愿带领我们刑侦人员打先锋。”

张宏伟的发言有理有据，大家心里都明白张宏伟的思想认识、工作作风、思想品德、办事风格、工作效率、担当精神都是一流的，因为他常年搞刑侦，对刑事犯罪适应的法律条文把握得十分准确，经他办的案子都是铁案，没有出现过一起冤假错案，他的“办案能手”称号不是白叫的。最后大家一致同意张宏伟提出的意见，那位主抓后勤的副局长和李志也没有再说什么。

林金东局长见大家都同意张宏伟的意见，他也多次阅读了张宏伟就石峰犯罪团伙的社会调查所写的报告，对抓捕石峰他早有打算。他一开始有点儿犹豫，是因为他考虑到局里的全面工作，不想过早地触及这张关系网，他打算自己调走的事有了眉目再动手抓人，一举打掉这个犯罪团伙。可现在看来，张宏伟早就行动了，这员猛将真是不负众望，但他担心对方会使暗箭，有人给张宏伟送来五万元现金怕是个陷阱。虽然张宏伟已把钱交到了自己这里，但是就怕到时候说不清。他已经跟县纪委书记电话汇报了，纪委书记在省里学习不在春城，那五万元钱还在自己手里。这事也不能在局党组会上公开，怕参会者有他们关系网内的人，办事得讲个策略。他略沉思了片刻说："我完全同意大家的意见，近期抓捕石峰团伙成员，但必须先把工作做到前面。我要亲自向县人大领导汇报，要备案，先撤销石峰人大代表资格，等人大常委会正式答复后再行动，张宏伟局长先办理好有关法律手续。在办这起案件时我们一定慎之又慎，坚持依法办案，办案中不能出现半点儿瑕疵，要注重证言、证人、证据必须完备。我们要从思想上准备打一场恶仗，既要打击犯罪，也要保护我们的同志。我们要牢记毛主席他老人家的教导，不打无准备之仗，进一步发动群众、依靠群众，打掉这个团伙后要搞好宣传教育，要教育广大人民群众坚持正义，要敢于同一切犯罪行为作斗争，用声势浩大的宣传来震慑罪犯，使他们知道违法犯罪是要付出代价的。"

公安局党委会刚结束，李志就去找了张集镇党委书记李高峰，把公安局党委会开会研究要抓石峰团伙的事向李高峰作了详细汇报。李高峰立即给石峰打电话让他过来，研究如何应付公安机关对他的抓捕。三个人在李高峰的办公室里，李高峰为了防止被人发现，没有开房间里的大灯，只开了办公桌上的台灯。李志坐在他办公桌的对面，石峰坐在李志旁边的沙发上，三个人商量来商量去，最后决定让给张宏伟送五万元钱的人去检察院反贪局举报，并带上送钱时的录音，然后让石松再给主抓反贪工作的副检察长打个电话。那位副检察长是石松一手提拔起来的，也是这张关系网中的重要人物。送钱时李志在现场，关键时刻李志可以作证。李志说：“公安局那边只要先把张宏伟弄起来，啥事就没有了。在公安局开会研究抓石峰的事，我和一位副局长提议不抓，可张宏伟坚决不同意。他这个人是粪叉子剔牙又臭又硬，好歹不知、软硬不吃，只要一口咬定他受贿五万元，他就死定了，黄泥巴弄到裤裆里不是屎也是屎，叫他有理难辩，有苦无处说。”

“但我们想得不要那么简单，他搞刑侦这么多年鬼点子多着呢。我们还是把工作做扎实，把困难想得多一点。这一次只要能把张宏伟扳倒，公安局主抓刑侦的副局长的位子就是你李志的了，到时候石县长一句话的事。”李高峰看着李志说。

李志身子往前挪了挪说：“本来上一次那个副局长的位子就是我的，是郭刚来春城找县委书记才把我顶掉的，要是我当了主抓刑侦的副局长，咱们的啥事都好办，可以说公安局咱们说了算，到时候你再升上副县长，咱们的队伍再壮大一下，到时候春城县的天下就是咱们的了。”

三个人都笑了，他们的奸笑声在李高峰昏暗的办公室里回荡着，瞬间消失在缥缈的夜色里。

正当张宏伟带领民警准备材料抓捕石峰的时候，春城县人民检察院反贪局的两名工作人员拿着传唤书找到张宏伟，宣布张宏伟被人举报涉嫌受贿，要随他们去检察院接受调查。这时张宏伟心里明白，肯定就是那五万元钱的事，有人给他送五万元钱是不假，当时他向公安局局长林金东汇报了此事，第二天又把钱交给了局长，其他再也没有接过谁的钱。他心里清楚，这是对方在恶意整自己，他们竟然先下手了。他掏出手机想向局长林金东汇报此事，突然被传唤他的检察人员把手机夺了过去，说不许他与任何人通气，随即没收了他的手机。鉴于他是公安局的领导，没有给他戴手铐，就这样他被检察院的人给带走了。

张宏伟被反贪局的人带走后，几名检察官对他进行轮番审讯，连续四十八小时不让他休息。审讯中他们连续多次给张宏伟播放给他送钱的对话录音：“张局长，俺朋友托我给你送五万块钱请你帮忙，你就收下吧！”“钱，送这么多钱，让我办啥事？这钱我收下了。”在送钱现场有人目睹，见证人是张集派出所所长李志，李志也写了证言材料。张宏伟承认有这事，但他在送钱的当天晚上向局长林金东作了汇报，并于第二天上午交给了局长。检察院的人说公安局内部的人员不行，有包庇嫌疑，说他应该把五万元钱交给检察院，或者交给县纪委。于是，张宏伟被“双规”。张宏伟被“双规”的事一时在春城县传得沸沸扬扬。

张宏伟的养母王秋霞听说儿子被检察院“双规”，是因为受贿五万元钱才被人带走的，一下子病倒在床，不吃不喝。儿子宏涛和女儿春贤都劝她，谁都劝不到心里，她哭着说：“宏伟这孩子命真苦，从小受尽人间苦，爹娘死在抗美援朝战场上，开始是他爸的战友陈大龙收养了他，因大龙家生活困难，春贤他爸又把宏伟接到家。这孩子当过兵，在部队提了干，为了孝敬他爸转业到县里分到公安局。他从一名技术员成长为刑警队大队长，又当了副局长。谁家的孩子谁家父母知道，我相信他决不会受贿的，凭他的人品他不会干出对不起党、对不起政府的事。”

张宏涛说：“就俺哥那个耿直劲，办事一是一，二是二的，能不得罪人吗？现在这世道兴能说会道的、溜须拍马的、送礼买官的。像俺哥这人就知道傻干活，光说干干净净做人、踏踏实实干事，可当今谁还看你这儿。就是咱不当官发财，也绝不会受贿坐大牢，我相信俺哥，他绝不会做对不起家人的事，他肯定是被陷害的，不管咋说我们一定相信哥哥，支持哥哥。”

春贤说：“弟弟的人品人家不知道，咱们能不知道？他这半辈子没有办过一点儿错事，丢人现眼的事他更不会做，常言说‘明枪易躲，暗箭难防’，说不好有人在向他射暗箭，越在这个时候我们越要冷静，越要挺起腰板，不能让人家看咱家的笑话。”

正在这时，陈大龙两口子来了，一进门就说：“嫂子，俺两口子来看你了，听说宏伟遇到点儿麻烦事，俺两口子担心得一夜没合眼。多好的孩子啊，肯定是检察院的人弄错啦，他绝对不会有事的。这个苦孩子是你们一家人培养教育才成长起来的，他知道你们张家对他的养育之恩，他不会办出对不起张家的事，因为咱都了解他。”

“他大龙叔，你张坤哥活着的时候经常说，宏伟这孩子懂事，有骨气，人品又好，他是咱张家的骄傲，可现在……”王秋霞说到这儿哭了，她哭得很伤心。

“老嫂子你别着急，咱这儿撤地划市后听说老公安处处长郭刚是市人大常委会主任。过去他在俺那里搞公安部门治安大巡访时，跟我交情很深，前几年还经常来看我。我去找他去，他是个清官，他对咱家宏伟也了解，培养宏伟他也付出了心血，如果是咱宏伟冤枉，他会做主的。在他身上有股子正气，他对咱基层的人好着哪。我求他帮忙，只求他主持正义就行。”

王秋霞擦了擦脸上的眼泪说：“他叔，你多费心，你见多识广，认识的人也多，孩子的事你得操心。你和他爸，还有宏伟他亲爸都是一个战壕的战友，这些年来都跟亲兄弟一样，人活一辈子亲情和友情比啥都重要，珍贵着呢。”

“嫂子你放心，我会尽力的。”陈大龙说完回头对自己的老婆说：“你在这儿照顾嫂子，我走啦，这事急，我得跑跑。”他老婆点了点头说：“我知道啦，出门在外多小心，你那臭脾气得忍着点儿，咱是求人家办事的。”“我知道，还用你给我指点。”陈大龙离开了王秋霞家，走上大街，很快消失在熙熙攘攘的人流之中。

在张宏伟家中，陆轲与小花面对面地坐着，饭桌上的饭仍然摆在那里，谁都不肯动筷子。陆轲用手轻轻地擦干小花脸上的泪水，梳理了几下飘在她面额上的长发，轻声说：“小花，你这样不吃饭咋行。你正在读高三，今年要考大学了，千万不能影响你的学习。你爸不会有事的，也许他今天就能回来，吃饭吧，啊！”

“妈，爸不回来我吃不下呀。爸爸是天底下最好的爸爸，也是最善良、最纯朴的人，不管爸爸怎样我都伴随爸爸到老。妈，我想爸爸。”小花说完，一下扑到陆轲怀里，痛心地哭了起来。陆轲紧紧地抱着小花也哭了。

张宏伟被检察院的人带走后，局长林金东立即提着张宏伟上交的五万元赶到检察院，并说明张宏伟没有受贿，是有人在故意陷害我们的同志。检察院的人接过装钱的袋子，几个办案人员在一起商量一会儿出来对林金东说：“你拿的钱确实是五万元，但你这装钱的袋子和张宏伟说的不是一个颜色。张宏伟说装钱的是白袋子，可现在你装钱的是黑袋子，这样不能不让人怀疑你涉嫌有包庇行为。这袋子怎么换了，是谁换的？”

林金东说：“这袋子是我换的，我见白袋子透明，一眼就能看到袋子里装的是钱，所以我把白袋子换成了黑袋子。难道我当公安局局长的还能说假话不成？这钱确实是张宏伟交上来的，他是我们公安战线上的优秀民警，他的工作政绩在春城有目共睹，他为春城赢得的荣誉无数，你们也相信他会受贿吗？这分明是陷害，我相信我们的同志。还要说明的是送这五万元钱，我跟县纪委的杨书记汇报了，他在省党校学习，现在回不来，但这事他知道呀。”林金东坚定地对检察院的办案人员说。

检察院的办案人员说：“俺们几个是具体办案的，当不了家，必须跟院领导协商，只要他们发话放人，立即让他走。你跟俺说些大道理是瞎子点灯——白费蜡。”

林金东又去找主抓反贪工作的严副检察长。严副检察长正坐在办公室里打着饱嗝，用牙签剔着牙，跷着二郎腿。见林金东局长走进他的办公室，他连站都没站起来，笑着说：“哪阵风把林局长吹过来了？你真是稀客啊，请坐，请坐。”严副检察长指了指旁边的凳子说。

“严检别来无恙，小日子过得滋润啊。你们检察院可比我们公安上强多了，你们在办公室里喝着茶叶水，听听汇报，自在着哪。可我们公安上整天忙得像兔子一样不着窝，还常常挨人的黑砖。好了，闲话少说，言归正传，今天是无事不登三宝殿，这不是向你求情来了？关于张宏伟受贿的事纯属陷害，有人给他送钱不假，他立即向我汇报了，第二天就交给我了，因为我去市局开会三天，没来得及上交，这钱我也带来了，交给了你们的办案人员，看是不是我先把张宏伟保出来，等纪委的杨书记学习回来再一起说这事。”林金东用和善的口气说。

“林大局长，我们检察院办案是独立的，纪委没权干扰我们办案，再说张宏伟受贿有录音为证，你们公安人员也在场，都有证言材料。你现在说他跟你说了，也把钱交给了你，你现在才交钱，能不让人觉得你是在包庇他吗？这个案子县里主要领导有安排，你说保出去说得这么容易，这不是在你们公安局，你一把手说啥是啥，这是检察院知道吧？”严副检察长说话阴阳怪气，气得林金东的脸一会儿青一会儿黄。

“严检，你不要这样盛气凌人，真是我的人犯罪了你怎么整治都行，我认啦，但你们带着个人感情办案，敢冤枉我的人，我跟你们检察院没完。就张宏伟这人我敢说他是冤枉的，一旦我拿到证据，你得给我乖乖放人。”林金东说完甩门走了，他已经感觉到对手在放暗箭，他们是要公安局损兵折将啊！这场不见硝烟的战斗是不可避免的了。

陈大龙急急忙忙赶到市人大常委会，郭刚主任正在开会。散会后，郭刚热情接待了他，并带他到食堂一起吃了午饭。陈大龙把张宏伟被春城县检察院双规的事向郭刚说了一遍。郭刚听说张宏伟被双规十分震惊，他深思了半天没有说话，最后定了定神说：“老陈你先回去，你回去安慰一下他的家人，我知道你们两家的关系，我相信宏伟不会做出这种事的，但要看调查结果。这两天我与市检察院的检察长一块儿去一趟春城，了解一下情况再说，市检察长是我在中国人民公安大学上学时的同学，我们私交也好。宏伟是我培养起来的好民警，我了解他的品格。在反腐这场斗争中决不能冤枉一个好人，也不能放过一个坏人，您是老革命啦，要相信党，相信组织。回家代我向宏伟家人问个好。”郭刚说完把陈大龙送出了办公室，又安排司机把他送到车站。

张宏伟被关在一家宾馆内，由几位检察院的人轮流看着他，还时不时地对他进行所谓的审讯。

张局长遭人陷害

张宏伟的心态很好，他认为在这个问题上他根本没有错，检察院的人经过几天的审查没有得到任何东西，也有领导在暗地里捎信要对张宏伟施加压力，比如轮番审讯不让他休息、每天写检查、让他看反腐警示片、每天吃饭不让吃饱等。不管他们使什么招儿，张宏伟始终没有服软，整天乐哈哈的，气得审查他的人上下乱蹦，他们埋怨刑警出身的人就是难对付，忙活几天没有一点儿收获。院领导也天天问审讯情况，每次询问都让他们失望，现在他们也骑虎难下，关也不是，放也不是了。

在张宏伟被“双规”的第四天，市人大常委会主任郭刚带领市人民检察院检察长来到春城县，组织了由春城县县委书记、纪委书记、政法委书记、检察院检察长、公安局局长参加的专题会议，议题研究张宏伟受贿问题。先由公安局局长林金东汇报，他说张宏伟收到别人送给他的五万元钱后，当天夜里即向他汇报了此事，第二天又原封不动地把五万元交给了他，并说明了原因。就在张宏伟上交钱的当天，我也及时向县纪委的杨书记汇报了此事，杨书记可以证明。这五万元钱是张集镇石庄村村支书派人送的，想让张宏伟在调查他的问题上给予照顾。

林金东还把石庄村委会数十名群众联名举报本村村支书石峰横行乡里，无辜殴打群众，强奸妇女，侵占集体资产，并把上级扶贫项目分给石庄村委会的八十只品种羊卖给了屠宰厂，仅卖到这些品种羊价格的三分之一。同时又出具了张宏伟深入石庄村对群众进行暗访调查的当事人的陈述证言、证据等材料，还有一份张宏伟写的调查报告。这些材料足以证明石峰涉嫌黑恶犯罪。现在公安机关在全国范围内正在开展“打黑除恶”专项整治行动，石峰正是这次打黑除恶专项行动的打击对象。

春城县人民检察院检察长汇报了对张宏伟采取“双规”措施的原因。他说：“我们检察院反贪局接到群众举报称，有人因一起案件给张宏伟送了五万元钱，当时张宏伟收下了。送钱人在送钱过程中录了音，举报人也提供了录音资料作为证据。当时送钱时有一名公安人员在场，也就是张集派出所所长李志，他也出具了证言材料，证明确有此事。这样一来，张宏伟受贿现金五万元已经形成了证据链条，张宏伟已涉嫌受贿，对他采取‘双规’措施是有法律依据的，因此检察机关在这个问题上是在法律范围内行使职权的，是合规合法的。”

春城县纪委杨书记说：“三天前我正在省党校学习，确实接到了公安局局长林金东的电话汇报，说有人给张宏伟送了五万元钱，张宏伟交给了他，当时我答应等我回去后再处理这件事，没想到张宏伟被检察院给‘双规’了。我个人认为张宏伟的行为不但构不成受贿，还有同不正之风作斗争的行动，把别人送的钱主动上交，他的行为应该受到表扬。我认为检察院应立即解除对张宏伟的‘双规’措施，保护我们的同志。我认为这是有人故意设下陷阱，来陷害我们的同志，绝不能让他们得逞。我们不但不能处理宏伟同志，还要调查背后送钱及证言人的最终目的，戳穿他们的阴谋诡计。”

杨书记讲到这里，停顿了下来，沉思了片刻，喝了几口茶继续说：“我在春城县纪委工作了几年，举报公安部门的信件说实话真不少，但没有收到一件举报张宏伟同志的。我在基层听很多同志反映说张宏伟为人正派、工作踏实能干、人品很好，群众口碑不错，像这样的同志受人陷害在情理之中。我们要保护他们，要弘扬正能量。对那些无中生有、故意搬弄是非、蓄意陷害我们的党员干部的不正之风要严厉打击，以纯洁我们的党风政风。”

市检察院检察长首先作了表态发言：“通过刚才大家的发言，我认为这里面是有人有目的、有计划地迫害我们的民警同志。也许张宏伟在办案中触及了某个集团的利益，触及了某个家族、某个权力机构、某个商业垄断机关的关系网和裙带关系。所以，他们将会千方百计地向我们反扑，我们必须要高度警惕，我们既要坚定不移地反腐败，还要保护在这场不见硝烟的战争中那些冲锋陷阵的一线同志。我希望春城县检察院认真吸取这一次的经验教训，当打黑除恶的先锋，严厉打击各行各业，特别是农村的黑恶势力，以及那些黑恶势力的保护伞，打出政法机关的声威，打出一个风清气正的新的社会环境。”

最后春城县的政法委书记、县委书记和郭刚主任都发表了自己的意见，一致同意解除对张宏伟的“双规”措施，由政法委出面向张宏伟解释并说明情况，做好安抚和慰问，让他放下思想包袱，继续投入到打黑除恶专项斗争中去。

就在当天下午，郭刚等领导把张宏伟接到公安局。局长林金东在小食堂弄了几个菜，一是感谢老局长及市检察院检察长在百忙中亲临春城为张宏伟澄清事情真相，及时解除了对他的“双规”；二是为张宏伟压压惊，对他面对金钱诱惑不动摇的高尚品质给予肯定，准备以此事为典型在全局民警中开展一次反腐廉洁自律教育。酒席一开始，张宏伟的心情十分激动，他端起一杯酒深情地说：“感谢老局长这些年来对我的教育、培养、支持、帮助和爱护，能遇到您这样体贴下属、爱护关心下层的领导，我张宏伟真是三生有幸，跟着您这样的领导干就是累死在工作一线也值。”

郭刚马上摆摆手说：“宏伟可不能这么说，我们都是一个战壕的战友，血肉相连、情感相依。你靠自己的智慧、勇敢、拼搏侦破了无数大案、要案，为我们公安机关赢得那么多荣誉，公安上有你这样的干将我感到欣慰和骄傲。年轻人受点儿挫折是正常的，对人生来说也是一种历练。希望你对这次所谓的‘双规’不要背上思想包袱，我相信这次不但击不垮你，反而更激励了你的斗志，今后你的工作会干得更好。”

“请各位领导放心，我张宏伟不管遇到什么样的困难和打击，都不会倒下。其实我真没啥本事，但我意志坚、骨头硬，我绝不会让各位领导和全县人民失望。”张宏伟站起来说。

局长林金东说：“当时提拔他当副局长，我顶着来自各方面的压力，力排众议，要不是老局长您和县委书记帮忙说句公道话，结果很难说。提拔他就是因为看他有实干精神，干工作有股子拼劲。通过这次事件证明，张宏伟同志还是经得起考验的。”

郭刚接过话茬说：“是啊，宏伟是名称职的好干部，他一贯疾恶如仇。在这次打黑除恶斗争中，你不管遇到什么困难，一定把石峰这个涉黑涉恶团伙给我打掉，他不管后台有多硬，背景如何，决不能影响我们的办案。你们市检察院也要插手这起案件，打掉这个团伙后边的保护伞，决不能让老百姓再受他们的欺负，还百姓一个公道，百姓是我们的衣食父母啊！”

酒桌上他们畅所欲言，有说不完的战友情谊。回忆过去所度过的峥嵘岁月，所侦破的惊天大案，他们都心情激昂、感慨万千。不知是酒精的刺激，还是想起了苦难的童年，张宏伟当着那么多人的面哭啦，哭得那么伤心，那么让人动容。他说他并不是因为自己被冤枉而委屈，是可怜自己已近八旬的老娘四天躺在床上不吃不喝，脸上的泪水都没干过。正在读高中的养女小花几天都没上学，她拿着爸爸爱吃的烧饼夹羊肉，从县检察院跑到各宾馆、旅店，她找遍了全县四十多家大大小小的宾馆旅店，四天都没停下她寻找的脚步，每次她失望地回到家中都哭成了泪人。这四天是他人生中最难熬的四天，也是经受亲情考验的四天。想到这些他便失态了，他暗暗下决心，自己必须坚强，必须把工作干好，不能让家人、各级领导和全县人民对自己失望。

送别了各位领导，他走在回家的路上，望着火树银花的大街，望着万家灯火，望着一对一对的帅男靓女手挽手在大街上悠闲自在地漫步，望着孝顺的儿女们搀扶着父母在散步锻炼，他想到了年迈的母亲，想到了妻子儿女，他便加快了回家的脚步，他那单薄的身影很快消失在小城的人流中。

人民警察血洒黄河滩

在春城县公安局会议室里，局长林金东正在安排布置全县打黑除恶工作，也就是动员师誓大会。县里主要领导、检察院检察长、法院院长、司法局局长等有关领导参加会议，县电视台现场直播大会实况。林金东在动员会上说：

全体公安民警要以中央打黑除恶文件精神为指导，不断增强使命意识、责任意识和法律意识，提高政治站位、强化责任担当、积极主动作为，始终保持对黑势力“零容忍”态度，持续加大依法打击整治力度，推动全县打黑除恶专项行动斗争不断向纵深发展。

要加大犯罪线索摸排力度，对治安复杂的城乡接合部、娱乐场所、车站集市、农村的村霸、市霸、家族恶势力、侵占农民利益、奸淫妇女等违法犯罪活动进行追踪调查，全面掌握黑恶势力底数，提高发现和打击能力。要加大发动群众宣传的力度，相信和依靠群众，打好扫黑除恶的人民战争。

要深入开展专项斗争攻坚战，保持严打高压态势。已查实的涉黑涉恶线索中，要实行案件攻坚，力争侦破一批现行案件，打掉一批黑恶势力犯罪团伙。要敢于亮剑、敢于碰硬，撕破关系网、铲除保护伞，坚持将犯罪分子绳之以法、彻底摧毁黑恶势力团伙的生存基础，铲除犯罪滋生的土壤和生存空间。

要进一步深挖彻查黑恶势力“保护伞”，坚决清除公安队伍中的害群之马，对于充当黑恶势力“保护伞”的干部与公安民警，要一查到底，决不姑息，决不护短。

全体民警要以科学发展观为统领，要以时不我待的紧迫感，为百姓撑起一片蓝天的责任感，敢于碰硬，团结拼搏，坚决打赢打黑除恶专项斗争攻坚战，力争为全县人民营造一个文明和谐、安全稳定的生活工作环境！

张宏伟被检察院审查后以构不成受贿而解除“双规”后，一心一意投入了打击石峰黑恶集团犯罪事实的排查核实和收集线索、证据、证言、证人等工作中，并对团伙的主要成员办理了相关的法律手续。他还多次组织刑侦、法制、宣传、特警等部门人员开会研究对石峰黑恶集团的抓捕计划，并拟订了抓捕时间。

张集镇派出所所长李志与石峰是拜把子兄弟，从石峰黑恶集团中得到了不少好处，他开的宝马车、县城里住的别墅都是石峰出钱买的。他因此为该犯罪团伙提供了保护，从派出所组织的治安巡逻队抽调五人，长期为石峰名下的企业提供服务，并在石峰的企业里成立治安室，配了八名治安队员，充当他们欺压百姓的打手。因为有当地公安为其撑腰，所以石峰及手下的人才有恃无恐，肆无忌惮地在当地横行霸道，大肆进行违法犯罪活动。自从张宏伟着手调查石峰那天起，李志就心神不宁、坐立不安。他清楚地知道一旦石峰一伙被公安机关打掉，必定拔起萝卜带出泥，因为很多案件都牵连着他，不但他倒霉，连张集镇党委书记李高峰、常务副县长石松都要受牵连，他们在春城县精心编织的这张关系网将会被撕破，他倚仗石峰想升官发财的美梦将会破灭，自己为之奋斗多年的心血也将付之东流。因此，每次公安行动李志都及时通知石峰，让他提高警惕，寻找应付对策，还多次参加石峰等人组织的团伙会。他们对张宏伟恨之入骨，认为只有除掉张宏伟，才能确保他们的安全。李志成了这个团伙的参谋，很多坏主意都是他出的。张宏伟抓捕石峰的时间刚敲定，李志就把这个消息及时通知了石峰，并要求石峰想尽一切办法在张宏伟带人抓捕他们团伙成员时将张宏伟除掉，逃避公安机关的打击。他还有一层意思，只要把张宏伟干掉，他就可以顺利地当上副局长，到那时他们的利益集团才能得到更有效的保护。

石峰得到李志传来的消息，他心惊肉跳，认为张宏伟真的要向自己下狠手了，他立即组织他手下的十几个小喽啰研究对策。最后决定让被判十七年刑才释放两年的马奇开着一辆无牌的大翻斗车往张宏伟的警车上撞，必须往死里撞，坚决不能给他留半点儿活命的余地，事成之后给马奇三十万，给他娶个媳妇。亡命之徒马奇满口答应说，峰哥待俺不薄，为峰哥效劳万死不辞。

石峰把行动地点定在了废黄河的大桥上，安排了四辆摩托车和一辆面包车在废桥周围的四个方向负责接应马奇。他让马奇在行动中戴上面罩、穿黑衣服。他们十几个人进行了细致的分工，然后一起喝了血酒，手拉在一块儿盟誓，表示不成功便成仁。

抓捕行动前，林金东局长把张宏伟叫到办公室，两个人就抓捕石峰犯罪团伙的行动交换了意见。林金东局长说："这次行动不是一般的抓捕行动，我们面对的是有组织、有阴谋、有计划、有权有钱、穷凶极恶的犯罪团伙，行动中要慎之又慎，切不可有半点儿疏漏和大意，一定要确保抓捕时我们民警的人身安全。为了防止意外的发生，我安排了武警中队一个班配合你们抓捕行动。"

张宏伟说："请局长放心，行动中的行车路线、人员分配、抓捕顺序、行动时间、撤离现场时的先后顺序、周围七个路口的卡点，都安排得十分周密。如果这次行动动用武警，我认为目标太大，万一走漏风声将前功尽弃，不能保证抓捕成功。"

"那好，这次行动由你统一指挥，我带一个班的武警在局里待命，以防不测。如果在行动中有啥困难要及时告诉我，不管如何，这次行动只许成功，我们已经没有退路了，这是一场你死我活的斗争啊！"林金东深情地说。

"好的，有困难一定报告，我回去安排今天晚上的行动。"张宏伟说完转身走了，他深知这次行动的重要性和艰巨性，不敢有半点儿懈怠。

夜深了，地处中原腹地的春城一片寂静，大街上没有了白天熙熙攘攘的人流，空荡荡的街上不时传来几声低沉的叫卖声。天上无数的星星在注视着春城的夜色美景，皎洁的月亮悬挂在空中，它发出的光亮被城里的无数灯光所代替，人们忽视了它的存在。而春城县公安局大门口前那盏旋转的警灯发出奇异的光芒，好像在向人们发出平安的信号。从公安局的大门里驶出七辆警车，没有鸣警笛，也没有闪警灯，一辆辆警车像咆哮的狮子冲出县城，消失在春城通往张集镇的公路上那茫茫夜幕里。

张宏伟带领的车队刚刚到废黄河大桥的时候，突然一辆大翻斗货车冲上大桥，朝着警车就冲了上来，坐在第二辆警车上的张宏伟已意识到将发生的一切，他想指挥车队停下来已经来不及了。庞然大物的大翻斗货车把第一辆警车撞到河内之后，又朝张宏伟坐的警车猛撞过去，乘坐多名民警的两辆警车刹那间被撞进废黄河之内。后面的司机对突如其来的横祸惊呆了，以为前边两辆车发生了车祸，立即停车下河救人，谁也没有注意大货车上的一切。就在撞车后混乱的那一刻，开翻斗车的司机打开车门夺路而逃。刑警队稍一定神意识到这是一起故意制造的特大交通事故，再上岸找翻斗车司机，货车司机已逃走，被撞坏的大货车横卧在大桥中间。大家立即打电话给局长林金东汇报，同时通知所有卡点立即进入临战状态，封锁所有路口，决不能放过任何人员和车辆。

刑警队员不顾一切地跳到齐腰深的河中营救车内的战友，经过大家二十多分钟的合力抢救，六名民警被从车内拉了出来，他们全部被撞昏过去。民警钟志方、胡春朝伤势严重，副局长张宏伟仍在昏迷中，在废黄河的岸边，六名身受重伤的民警并排放着，大片大片的鲜血染红了岸边的黄沙地。

这时，局长林金东已带领全副武装的武警战士赶到现场，他看到这悲惨的一幕暴跳如雷，立即安排车辆把受伤的六名民警送往医院抢救。他将所有人员集合起来，作了简短的动员，要求武警和刑警全部以临战的姿态投入抓捕工作，如在抓捕中有反抗和威胁我们民警生命安全的行为立即以武力制伏。他安排刑警大队长贺凯必须将石峰及其团伙的十二名成员全部抓捕归案，决不能让一个人逃脱。民警们目睹了惨烈的事故现场都义愤填膺，他们知道这起惨烈的交通事故肯定是石峰犯罪团伙精心策划的。

抓捕工作在林金东的亲自指挥下，在刑警大队大队长贺凯的带领下，第一个抓捕的就是石峰。当民警翻墙进院，推开房门时，他还在灯下跷着二郎腿、吸着烟等好消息呢。他万万没想到警察突然来到他面前，当他反应过来准备往腰里摸的时候，年轻的武警一脚把他踢翻在地，立即把他的双手铐住，从他身上搜出一把子弹已上膛的仿真手枪和两把匕首。林金东立即命令民警对石峰家进行搜查，在其家中又搜出一把仿真枪、一百多发子弹、两把具有杀伤力的鸟枪和四把长短刀等凶器。其家中还有黄金和大量的现金等贵重物品。

抓捕结束后，在抓捕名单里只有马奇和金大头没有被抓获，其余十人全部到案。李金东立即打电话询问七个卡点的堵截情况，七个卡点都回答没有发现可疑车辆和人员。此时，局长林金东和刑警大队大队长贺凯已经估计到马奇和金大头在逃，很可能就是开大翻斗车撞警车的嫌疑人。林金东立即命令局“110”指挥中心，全县各警种立即上岗，在全县范围内进行严密的缉查布控，将通往外边的所有道路全部封锁，如发现马奇和金大头立即抓捕。

之前张宏伟在安排七个卡点时留了一手，他在李志负责的卡点后边三公里处也就是张集镇石庄村通往邻近县的一条县级道路上设了一道暗卡，由刑警队副大队长高大春负责。高大春得知张宏伟在带领民警抓捕的路上遭遇车祸后，立即组织人在道路上拉上阻车带以防犯罪嫌疑人从此逃走。果然不出高大春所料，一辆大架摩托车带着人从此经过。高大春带人上路拦截，这辆摩托车像头困狮吼叫着冲出卡点。摩托车轮胎被阻车钉刺破，冲出几十米就跑不动了。高大春带人对两人紧紧追赶，刚跑出五百米左右就把他们擒获，经现场审讯和石庄村群众辨认，骑摩托车的两人正是马奇和金大头。高大春立即把消息报告给了局长林金东，林金东指示高大春就地对马奇和金大头进行审讯。

高大春接到局长的指示后，立即对马奇和金大头分别进行审讯。曾多次受过公安机关打击的马奇在审讯中摆出死猪不怕开水烫的架势，咬住牙什么也不说，只说骑摩托车去邻县办事，不知道是公安在拦截，以为碰上了拦路抢劫的，所以才冲过拦截逃跑。尽管他说得在理，但他毕竟是在抓捕人员名单之中，是团伙中行凶最多的成员。

金大头虽然在石庄村里是一霸，在群众面前耀武扬威，但是他没有见过公安人员审案的阵势，一见荷枪实弹的民警当时就吓骨酥了，瘫坐在地上站不起来。审讯中民警向他讲明了“坦白从宽，抗拒从严”的道理，没经过几个回合，他把脑袋一耷拉，如实交代了他所知道的一切。当天石峰等人得到所长李志报告说公安局晚上有行动，要对石峰等人进行抓捕，石峰就安排马奇开着一辆无牌的大翻斗货车对抓捕他们的车辆进行撞击，目标主要对准张宏伟副局长，撞车后要马奇立即向西北方向逃跑，我骑着一辆大架摩托车负责接应马奇，逃跑路线是李志负责的卡点。当金大头骑着摩托车带着马奇经过李志负责的卡点时，李志故意把他们放走，没想到刚跑出卡点没多远，就又遇到一个卡点，摩托车胎被刺破不能再跑了，他们弃车逃跑被抓。金大头最后发誓赌咒说他所知道的都交代完了。

高大春把审讯结果立即用电话汇报给局长林金东。张集镇人民政府副镇长兼张集派出所所长李志多次参与石峰团伙犯罪充当保护伞，李志还把这次公安局抓捕石峰的行动计划、抓捕人员名单、行动时间及时告诉了石峰及团伙成员，在卡点执勤时他又故意放走了开大货卡车连撞两辆警车造成六名民警身受重伤的马奇和金大头，林金东把这些情况向县委书记和纪委杨书记作了汇报。李志已涉嫌刑事犯罪，县主要领导同意立即抓捕李志，以打掉公安内部隐藏的内奸。

林金东立即带领民警和荷枪实弹的武警驱车前往张集镇，对李志进行抓捕。大队人马还没到张集镇，中途就遇到了一起重大车祸，林金东等人立即下车查看，只见一男性在车祸中丧生，被车撞得面目全非，下身被车轧得血肉横飞，他骑的摩托车被货车轧扁。经当地群众和赶到的交警辨认，在此次车祸中丧生的正是李志。林金东局长立即意识到，石峰团伙的背后还有更大的人物，在暗地里指挥这场不见硝烟的战斗。

专案组通过事故现场勘查，开大货车的也是石峰犯罪团伙中的骨干成员，撞死李志也是他们的阴谋，他们在通知李志逃跑的同时，并派了团伙中的干将黄玉开着大货车将李志撞死，以防止他归案后供出县里的领导。他们认为这样是丢卒保车，更是两全之策，所以李志骑着摩托车没跑多远，就被大货车撞死了。

张宏伟等人被送到春城县人民医院后，年仅三十四岁的钟志方在抢救中由于伤势过重死亡。四十一岁的民警胡春朝昏迷不醒，医生预测他有可能成为植物人。张宏伟右胳膊和四根肋骨骨折，身上多处软组织损伤。另外三名同志也有不同程度的受伤，但都不太严重。一时间，市、县党委、政府的主要领导和市公安局的领导前往医院慰问，要求春城县做好牺牲和受伤民警的安抚工作，解决他们生活中的实际困难，总结他们的先进事迹，该奖励的奖励，该报功的报功，同时要求严惩黑恶势力，扫除隐藏在党政机关和公安机关内部的保护伞，不管涉及谁一旦查到，决不姑息。

由于石峰黑恶势力团伙在当地危害极大，抓捕该团伙成员时又造成了民警牺牲和受伤，市领导十分重视，要求要快查、快审、快判，在全市打好打恶除恶的第一仗。随着对石峰团伙审查的深入，该团伙的保护伞的主要人员浮出水面，春城县县委常委、常务副县长石松，张集镇党委书记李高峰，张集镇副镇长兼派出所所长李志被牵涉出来，除了李志在车祸中死亡外，石松和李高峰被抓捕入狱，等待他们的是与石峰犯罪团伙成员一样正义的审判。

蜿蜒的千疮百孔的废黄河像一条巨龙横卧在中原腹地这片古老而贫瘠的黄土地上，混沌的黄河水百折不回地流淌了千百年，它记载着河两岸所发生的历史变迁，它孕育着中华民族五千年的文明、勇敢、智慧、纯朴和善良，也积淀了落后、愚昧、贪婪、强取豪夺等社会丑恶现象，也滋生了人世间的灾难和罪恶，它在向人们诉说昨天发生在废黄河桥上那惊心动魄的一幕，是正义与邪恶的较量，是善良与罪恶的拼杀。它又告诉人们一个千古永恒的道理，正义终将战胜邪恶，石峰犯罪集团的覆灭也印证了这个真理。

三个月后，张宏伟伤愈出院。战友胡春朝真的成了植物人，每天安静地躺在医院的病床上，家人以泪洗面，整天守候在病床前。张宏伟在住院期间天天去看他，跟他说话他没有半点儿反应，不知在他的床前洒下了多少关爱的泪水。张宏伟出院后的第一件事，就是到春城县烈士陵园看一下牺牲的战友钟志方，把洁白如玉的鲜花献给战友。他把随身带来的一瓶酒拿出来，倒在一次性的塑料杯里，他喝一杯，往墓前倒一杯。他喝着哭着说着："志方兄弟，哥看你来啦。你跟着我干了那么多年，把青春和年华都献给了你所热爱的公安事业。你不图名利，不讲得失，没白天没黑夜地奋斗在侦破案件的第一线，你没叫过一声苦，也没喊过一句累，我知道咱干刑侦的苦啊。大家都说干刑侦每天醒得比报晓的公鸡还早，出的力比地里拉犁的老牛还大，破了案比过年还高兴，这话一点儿也不假。多少次为侦破重、特大疑难案件，咱们挑灯夜战，并肩战斗。多少次咱们攻破了一个又一个谜案，破案后咱们往饭店里一坐，大碗喝酒，大口吃肉，咱们像孩子一样蹦啊、跳啊、唱啊，喝醉了几个大老爷儿们拥抱在一起。在那流金岁月里，我们的青春是那样美好，我们的生命之花是那样灿烂夺目。哥感到最对不起你的是没有保护好你，让你提前走了，说不定哥哪一天也会赴你的后尘，干咱们这一行每天都命悬一线。我觉得为了咱热爱的刑侦事业献出青春年华乃至生命，值。"张宏伟说着喝着，不知道他是喝醉了，还是因为这些天他的身心太疲惫了，他竟然在钟志方墓前睡着了。

张宏伟在梦中梦见他与钟志方、胡春朝一起追捕逃犯；梦见石庄村的群众跪了一大片，向他喊冤；梦见石峰犯罪团伙成员，包括石松、李高峰等人受审的场面；梦见他在与犯罪人员搏斗中受伤了，流了很多血，年事已高的老母亲、他的妻子和儿女围着他大哭大叫。他猛地一惊，梦醒了，他拍打了一下身上的尘土，向着钟志方的墓碑深深地鞠了一躬，转身走了。他那单薄的身影在这空荡荡的田野里由近及远地消失了。

张宏伟在自己的工作日记中写道：

石峰黑恶集团覆灭了，石庄村也恢复了往日的平静，石庄人把打掉一个涉黑涉恶犯罪团伙称为第二次解放，那是一种难以诉说的悲哀。党在农村的基层组织是群众意志和群众利益的集中体现，它是党为人民服务最直接的组织，农民最信任、最依托的就是村党支部、乡镇党委。可李高峰、石峰等一批农村干部却堕落成欺压百姓、横征暴敛的犯罪人员，这不能不让人痛心疾首，感慨万千。加强农村基层组织建设，纯洁农村党员干部队伍已迫在眉睫。普法教育开展了那么多年，但部分群众的法律意识淡薄到让人难以置信的地步，自己的妻女被奸污却只是跪地求饶，不敢向公安机关报案；许多人被无辜打伤打残、财产被抢夺、利益被侵占却忍气吞声、束手无策。一小部分公安政法人员为了私利成了这些犯罪人员的帮凶和保护伞，给这些犯罪分子大开方便之门，致使公安人员调查取证时群众不敢吐露真言更不敢主动揭发犯罪线索。石峰犯罪团伙被铲除后，当地的人们还心有余悸、惶恐不安。

善良的人们，忍让软弱只能纵容犯罪，乞哀告怜唤不回罪犯的良知。那些袒护包庇犯罪，充当黑恶集团保护伞的官员，必将毁掉党在基层的根基，他们背叛了党和人民，成为千古罪人。为了法律的公平公正，为了百姓能安居乐业，执法者要举起法律的正义之剑，来维护人民群众的根本利益，确保农村党支部永远掌握在人民手中，保证这座战斗堡垒永不变色。

就在战友钟志方牺牲的两年多后，张宏伟在《京九晚报》上看到了钟志方的妻子张晓琳写的一篇纪念文章，题目是《老公，我想向你倾诉》。文章中这样写道：

老公，清明节马上就要到了，我带着对你的思念又来看你了，你在天堂里还好吗？你的腰疼病治好了吗？那里没有天天加班吧？都说天堂很美，那里没有忧愁，没有烦恼。老公，你知道你走的这两年俺娘儿俩是如何熬过来的吗？在思念你的日子里我写了这三百封书信，它记录了我们在一起的时光，倾诉了你的突然离去给我们带来的痛苦、悲伤，但也有向你报喜的地方。老公，这些信你收好，慢慢读吧。

老公，我永远忘不了咱们在一起的美好时光。咱们认识的时候，都是刚刚走出大学校门，那时的我们思想多单纯啊！你说你家在农村，父母都是老实巴交的庄稼人，家里一贫如洗。而我说我不在乎，我看上的是你这个老实人。如今你警校毕业进了公安机关，一定要好好干！今后生活中不管遇到啥困难，咱们一起面对！

从认识那天起，我们花前月下，形影相随，终于牵手步入了婚姻殿堂。一年后，我们有了宝贝儿子。你说："亲爱的，为了孩子的健康成长，咱要尽到当父母的责任，你这刚当副科长，工作又忙，我这当刑警的工作更忙，也顾不上家，我父母又都在农村，咱不能光顾工作耽误了孩子啊！"我也犯愁："谁说不是呢，这些天我也在想这事，前几天俺单位领导找我谈话，说我是业务尖子，是单位重点培养的后备干部，单位的人都说我前途无量。嘿，自从有了儿子，我都不知道今后的路该咋走，一心扑在工作上吧，又怕耽误儿子，为了咱这个家吧，我的追求、我的理想成了泡影，难哪！"你叹口气说："亲爱的，你知道我父母为了供我上学吃了多少苦，受了多少累。我大学毕业后又当了刑警。前年夏天我回家看爹娘，晚上在麦场上睡觉，看见骨瘦如柴的老爹心里有说不出的难受。我说：'爹，儿子在外奔波，到现在没有让您和娘过上好日子，俺打心里感到很愧疚。'老爹说：'儿啊！咱祖祖辈辈都是睁眼瞎，你考上了名牌大学，又当了警察，你给爹娘长脸啦！俺能养育你这样的好儿子是俺的福分，吃再多的苦都值得！’”那天，你和爹说了很多很多，爹哭了，你也哭了。从那一刻起，我就下定了决心：“老公，别再说啦，我理解你，谁让我老公是一名警察呢。选择当警嫂就意味着奉献，我想好了，甘蔗没有两头甜，明天把职务辞了，当一般职工，把时间多留给儿子，留给咱这个家，全力支持你的工作。”

老公，咱二十三年的牵手，你心里永远装的都是工作，就是没有俺娘儿俩，没有这个家。儿子从小学到高中，你接送儿子都是有数的，儿子的班主任你一个都不认识。你也曾愧疚地对我说过，最对不起的就是儿子，因为你没有尽到一个父亲的职责！老公，你忘啦，咱们为了这事吵架的那天，我把你臭骂了一顿，可你也不示弱，那一架吵得真凶，到现在我还后悔哩！

那天晚上，当你拖着疲惫的身子走进家门时，我就开始嚷起来：“你还知道回来？这个家又不是旅社，想来就来想走就走，嫁给你真是倒霉死了！儿子你接过几次？家里啥事你问过？”你答：“我不是忙嘛。回到家没得过好气，整天穷嚷嚷。”我更是气不打一处来：“忙就是你的挡箭牌，刑警队离了你人家都不过啦？家里事你不问，回来还不让说一句了？”你也火了：“吵吵个屌！你忙我也没闲着，领导交办的工作干不好中吗？”因为实在太疲倦，吵完你倒在床上立马就睡着了，而我却委屈地流了一夜的眼泪……

老公，你还记得吧？在那次“预防事故　关爱生命　平安出行”专项整治行动中，你二十七天没有回家，打多少电话你都不接。于是我一怒之下把家里的门锁换了，当我带着儿子回到家时，见你坐在门口睡着了。你知道吗？看到你的那一刻，对你的一腔怒气变成了心疼，儿子把你叫醒后你只是抱住儿子亲，那天儿子哭了，我也哭了。

老公，你常对我说，人民的利益高于一切。一次你和儿子一起坐长途汽车回老家，在车上一个年轻人手持尖刀抢乘客的钱。面对穷凶极恶的歹徒和寒光闪闪的尖刀，一车人没一个敢吭声，你大喝一声"我是公安!"向歹徒冲了过去。大家在你的带领下把抢劫的歹徒当场抓获，由此破获了一个涉及二十多人的抢劫犯罪团伙。而你身上却被扎伤三处，当我赶到医院看你时，咱俩抱头痛哭。

老公，咱有个老乡是一个孤寡老太太，你一直帮助照顾了十一年。你常说人都有难处，咱碰到了能帮一把就帮一把。当她听说你走了时，哭得死去活来，每到节日老太太总在十字路口为你烧纸钱。你知道吗？你走时咱家存折上只有三百一十元钱，这是你给家里留下的唯一财产。儿子坚持把存折放好说留个念想。

老公，两年前的那个晚上的抓捕，对我和儿子来说那是一个黑色的日子，早上离家的时候你还好端端的一个人，可到了晚上我把饭做好等你回来一起吃饭，你却永远回不来了。连续工作了三十三天却在抓捕行动中遇难，当我赶到医院的太平间见到你的尸体时，抱着你冰冷的尸体哭晕了过去。

老公，你走后，市公安局为你开了追悼大会，省里、市里的领导都来了，你认识和不认识的战友都来了。你走的光荣，我真的为你骄傲！老公，我知道你是个孝子，你常说你老娘最疼你，为供你上大学老娘没少吃苦。你走后的每年春节，八十多岁的老娘总是在村口等啊等啊，她说等你回来一起过年。可她等来的却是绝望和悲伤，我和儿子多次说把她接到城里来，可她总是说，她要守着那几间老屋，等着你回家去看她。你放心！我一定会为你尽孝，为老人养老送终！

老公，我向你报告几个好消息。你走后，被授予“全国公安系统二级英模”，这是你获得的最高荣誉！在我领到证书的那一天，我代表你向你的领导和你的战友们深深地鞠了一躬。会场响起雷鸣般的掌声。那天晚上我捧着你的遗像哭了整整一夜。请你放心，今后的日子再苦我也得扛！

老公，今年全市公安系统开展了评选“十佳好警嫂”活动，我当选了。那天我捧着证书到你坟前，让你和我一起分享生活的快乐，一起品味人生的酸甜苦辣，你愿意吗？

老公，你走后，儿子高考考出了好成绩，为了让儿子完成你未竟的事业，俺让他报了人民警察学院。他现在毕业了，和你一样成了一名光荣的公安民警，你多年的心愿实现了。我想你在天堂一定会感到很欣慰。我永远不会忘记他穿上警服的那天，儿子向你敬礼，他说：“爸爸，您放心！我一定继承您的遗志，完成你未竟的事业，全心全意为人民服务，做一名人民的好警察！”

老公，我不埋怨你，只感谢苍天把你送到了我的感情世界里。二十三年的牵手，我是幸福的，是快乐的，永远忘不了我与你一起生活的点点滴滴。希望苍天有眼，下辈子还让我们做夫妻，再也不分离，陪我到老可以吗？我们今生的约定，来生我们一定要重逢再做夫妻！

张宏伟读过这篇文章后，心里说不出的伤感，他知道刑警们的亲人为了支持我们从事的公安工作付出了多大心血和牺牲，他们忍受了多少寂寞和孤独，在字里行间他看到了一双双流泪的眼睛，那是我们刑警妻子的泪眼。

张宏伟坐在那里像一尊雕塑一样，一动也不动，他想了很多很多，最后他拿起笔在日记本上写道：

钟志方离开我们了，他带着对事业的追求，对未来的憧憬，对家人的愧疚走了。

他走时只有四十六岁，让他的战友和同事无不悲痛不已，潸然泪下。

人们知道公安工作是一项高危的职业，在我们公安队伍里“天天有牺牲，时时在流血”。为了神圣的公安事业，我们的战友一个又一个倒在工作岗位上，我们深情地缅怀他们，是因为他们的壮举和精神与时代永恒。穿越时光的风雨和尘埃，他们的名字和身影依然闪亮。他们没有惊天动地的业绩，也没有一鸣惊人的壮举，但他们是时代的英雄和楷模。

当目光着力于细微，我们发现，有这样一群普通民警，勇于担责，务实奉献。他们为捍卫公平正义，绵绵不绝地发出一簇光，微而不弱，却足以溢满天地，烛照人间。他们的微举，令社会动容，令人民感涕。

假如我是一个歌手，我将为有这样的好战友和好警嫂而引吭高歌；假如我是一个诗人，我将为公安队伍的无私奉献精神而尽情抒怀。但我既不是歌手，也不是诗人，我是一名普通的人民警察，我要用真挚的情感，谱出时代最嘹亮的曲子，写出世界上最美丽的诗篇，这样才对得起像钟志方那样奋战在公安战线上的英雄模范和刑侦一线的战友，才能对得起像张晓琳这样为公安事业付出巨大心血和牺牲的千千万万个好警嫂们。

为擒凶犯立志从警

自从收养小花后，张宏伟和陆轲把小花当亲女儿看待。张宏伟由于工作忙很少顾及家中的事情，全靠陆轲一个人。作为中学教师的陆轲，除了干好自己的本职工作以外，把全部精力都投入到了培养小花和儿子身上，每天辅导两个孩子的作业，传授学习技巧，交流学习体会，两个孩子不管在哪个学段都是尖子生。张宏伟虽然没有时间陪孩子，指导孩子学习，但他一有空就向两个孩子灌输爱党、爱国、爱人民的思想，告诉他们长大后要献身祖国建设，关爱社会、关爱民生，做一个有大爱的人。每当他知道一双儿女考试成绩又考取前几名时，再忙他都要抽出时间请姐弟俩吃一顿，表示一下祝贺。在多年的共同生活中，张宏伟与养女小花结下了深厚的父女感情。在张宏伟受伤住院期间，小花拿着作业硬是在病房守护了三个月，捧茶喂饭、端屎端尿、精心护理。张宏伟十分感动，逢人就说小花是老天赐给他的“贴身小棉袄”。

小花参加高考，考了一个让所有人都没想到的高分，她考了个全省文科状元，但她在填报志愿时，坚持要报考中国人民公安大学。她说：“一是继承老爸一生热爱的公安事业，像爸爸那样打击犯罪，保护人民，维护正义；二是要为全家死去的亲人报仇，要亲手抓住杀害她家人的杀人恶魔，将他绳之以法。”张宏伟十分理解女儿的心情，并大力支持她走进中国人民公安大学的校门，主要攻读刑侦技术专业。

小花在大学里刻苦学习，认真钻研，门门功课都很优秀。她圆满地完成了大学本科的所有课程，性格好强的她又考取了法律专业研究生。研究生毕业后，她放弃了进北京、进省城的大好机会，回到春城县公安局刑警大队工作。

最近，张宏伟发现小花闷闷不乐，整天紧锁眉头，好像有什么心事。女儿大了，他不便多问，但他知道女儿心中还有挥之不去的阴影，因为杀害她全家的凶手还没有被抓住。深仇大恨还没有报，她才报考了中国人民公安大学。毕业后她放弃了许多很好的就业机会，回到春城当了一名刑警。只要行凶者陈长海一天不被抓到，她的心病就一天治愈不了。

张宏伟组织有关人员研究案件后，夜已经很深了，不远处清真寺打更的钟声都响过一次了，他想在办公室里休息，但一想到女儿最近情绪不太好他又不放心，于是决定回家抽空跟女儿谈谈。毕竟孩子刚踏入社会，有很多事情不是她想象的那么简单，及时开导孩子还是必要的。于是，他便踏着夜色走出了公安局的大门，急急忙忙往家里赶。深夜里春城的大街上行人稀少，偶尔有辆拉夜客的出租车风驰电掣般地从他面前驶过。一阵夜风吹来，他感到了一丝寒意，便加快了回家的脚步。

张宏伟回到家后，见小花房间的灯还亮着。他敲了两下房门，房内传出了小花的声音："爸，您怎么才回来，都快十二点了，您又上案件了？"小花说着把门打开，张宏伟走进房间，见桌子上放着一本书。他关切地问："花啊，这么晚啦咋还不睡呀，是不是最近有啥心事，能跟爸说说吗？"

"爸，我一直想不通，他陈长海杀人后潜逃都二十三年了，难道他就这样销声匿迹了，就找不到半点儿他潜逃的线索？公安机关实施那么多追逃行动也没有查出半点儿蛛丝马迹，他真的人间蒸发了吗？"小花向张宏伟提出了一系列问题。

"花啊，说实话，咱春城公安为抓捕陈长海没少费劲，光新疆、内蒙古我先后去过五次，抓捕网上在逃人员六名，每次我都把抓捕他作为重点，贵州、云南等地基本上跑遍了，但没有查出任何音信。曾经在新疆、云南发现过类似的线索，我立即派人前往，经过核实都被否定了。在外地曾发生一起车祸，怀疑死者是陈长海，咱们刑警队的人就立即前往找到当地事故大队出警的民警，但是当年挖河道，埋尸体的地方找不到了，最后无法认定死者是不是陈长海。也有人提议上报上级机关称陈长海在车祸中已经身亡，将其从网上在逃人员名单中撤下，这案也就算结啦，也没人再说什么，也不必再费这么大劲追了。当时研究这起案件的大部分人都同意撤网，可我坚决不同意，那不是一般的刑事案件，杀人凶手身上背负着七条人命，这样草率结案对受害人不公平。那时还有人误解我说，他跟小花有特殊关系，不抓住陈长海他不甘心，这些年没一点儿线索，再往这起案件上投放警力是徒劳的。但我不管那么多，我办理任何一起案件，都要对案件负责。所以，这起案件一直拖到今天，算起来整整二十三年了。”

小花点了点头说：“那时我还小，我一直想不通凶手陈长海为啥把我留下，俺家七口大人都死在他的刀下，如果那时他一举刀也没有今天的小花，我也就不再是你的闺女张晓蕾了。这起案件发生后，也听人说爹当村支书时依仗户大人多，做了许多不该做的事，打过不少人，在群众中威信也很低。我刚记事时，爹与陈长海打架，我抱着俺爹的腿不让他打陈长海，他说就因为这一点才不杀我。这说明陈长海的人性还没有完全泯灭，天良还没有丧尽，这样我才逃过一劫。”小花说到这儿两眼落下了泪。

“孩子，不要难过，今年公安部号召在全国范围内开展一场声势浩大的清网行动，咱们父女齐心协力，力争把陈长海抓住，为你全家报仇雪恨，要记住‘法网恢恢，疏而不漏’是永恒的真理。”张宏伟认真地说。

小花点点头说：“但愿如此吧。”

走访逃犯当年战友

全国公安“清网行动”如火如荼地展开了，春城县公安局多起积压案件已相继侦破，唯有“89·8·8”特大杀人案没有明显进展，这对张宏伟来说压力很大，他再一次聘请市公安局刑事案件专家组研究下一步侦破计划。他说：“这次的清网行动对我们来说既是压力又是动力，在这次专项行动中不把此案拿下今后再想侦破是不可能了。我们侦查人员要树立必胜的信心、克难攻坚的决心，千方百计深挖陈长海的潜藏地址，倾尽所能收集线索。活，他现在何处；死，他死在何时何地，必须有个明确的答案。”专家组的领导经过慎重思考，建议从以下几个方面开展工作：一是把他所有的亲戚关系再重新梳理一遍，特别是在外地的直接亲属，重点是他的儿子、女儿现在生活的地方，要一对一地调查。二是他所有的战友，对本县的战友和他在部队服役期间最好的外地战友逐一联系走访，特别是连队的领导，听说他在部队曾经从洪水中救过连长的命，要派专人去找连长了解情况。三是利用公安高科技手段，特别是从网络上追踪调查，控制其亲属所有的通信工具，掌握主要联系人的名单、居住地，与陈长海是什么关系，从中找出蛛丝马迹。”专题会议结束后，各追逃小组根据分配的任务，分头开展工作。

根据专案组分工，刑警大队大队长贺凯带领女刑警张晓蕾前往四川省成都市寻找陈长海在部队时救过的老连长王永进，想了解陈长海在潜逃这二十三年里是否到四川找过他，也许能在他那里找到陈长海潜逃的蛛丝马迹。

当年的小花现在已经成为亭亭玉立的大姑娘，她从上学时就改名张晓蕾了。这一次出门办案，她想到自己从小就失去了爹娘和亲人。她又想到杀人凶手陈长海，当时他手持一把寒光闪闪的尖刀，两眼放射出凶狠残暴的绿光，把尖刀捅向爹娘，捅进哥嫂们的心脏，一时间亲人的鲜血洒了一地，七具亲人的尸体横卧在血泊之中，杀人现场惨不忍睹。当自己幼小的身子蜷缩成一团，躲藏在一个小角落里，用惊恐的目光看着陈长海手中用血染红的尖刀，嘴里不知哭喊着什么。杀红眼的陈长海看了自己一眼说：“你不要怕，我不杀你，就因为你爹打我时你抱着他的腿哭喊着不让他打我，就这我饶你一条命，你一家就你一个好人。”他说完提着刀走了。也许他的人性还没有完全泯灭，也许当时他良心发现，她才躲过一劫。这对张晓蕾来说也许是一种幸免，也许是一种人生的灾难和心灵的折磨。于是，她暗暗下决心，不管杀害亲人的凶手潜逃在哪里，她都要亲手把他抓住，为冤死的亲人报仇雪恨。想到这儿她便加快了前进的脚步，单薄的身影消失在茫茫的人海中。

在四川省广元地区，通过当地武装部好不容易找到了陈长海当兵时的老连长王永进。七十多岁的王永进转业后在公安机关工作，曾担任过县公安局抓刑侦工作的副局长，因在部队受过伤身体不太好，不到六十岁就退休了。当听说外地警方来找他，他以为是联系他在任时办理过的案件，因为他在任时经常接待外地同行，大部分都是联系案件的。

当贺凯和张晓蕾把陈长海杀害七条人命的案情向王永进作了说明后，王永进老人半天没有说话，昏花的双眼里涌满了泪水。那略带沧桑的面容在不停地抽搐，他定了定神说："要不是陈长海冒着生命的危险把我从滔滔的洪水中救了出来，一九七六年发洪水时我就没命了。真没有想到昔日如同手足的战友，回地方后竟走上了犯罪的道路，成了背负七条人命的网上追逃要犯。"

这位当年在军营叱咤风云的部队首长，望着眼前这两位同行，嘴张了张想说什么，但没有说出来，最后只是叹了一口气。他讲述了陈长海在部队时的各种表现。

"二十世纪七十年代初，部队安排我去地方接兵，认识陈长海是定兵以后的家访时，当地武装部的一位副部长陪同我去的陈长海家。在我的印象中他家当时很穷，他父亲老实巴交的不爱说话，他母亲很会说话，待人很热情。在他家里座谈了解情况之后，已到吃中午饭的时候，他母亲非留我们吃饭不可。那个时候农村都是公社、大队、生产队，农村的生活很艰苦，农村人都是吃红薯干子面馍，做熟了又黏手又难吃，只有过年过节才能吃上白面馍，我们打心眼里不想让他家破费，坚持去公社食堂吃午饭，可他母亲拦住门不让走。那时候虽说穷，但人厚道实在，情感也纯洁。他母亲说出门在外不容易，不能让我们饿着肚子走，不管好坏也得吃过饭再走。我们见他家人这样真心实意留我们吃饭，再说走就不近人情了。

“我们就在陈长海家吃了午饭，我记得很清楚，那天午饭共四盘菜，一盘炒白菜、一盘炒萝卜、一盘花生米和一盘炒鸡蛋，还有一瓶张弓酒厂生产的张弓特曲和一盘白面馍。陈长海的父亲只陪着喝了几小盅酒，吃饭时他的家人说他们吃过了，谁也不肯吃一个白面馍。我心里明白，他们怕我们吃不饱，所以才说吃过饭了。

“吃过饭后我们要走了，她母亲说长海这孩子长这么大也没有出过远门，农村孩子对外边的世界不了解，懂的道理也少，到部队后他有做得不对的，该骂就骂，该打就打，全当是你自己的孩子。常言说严师出高徒，在家靠父母，出外靠朋友，俺把孩子交给你，让你多操心。这孩子命不好，爹娘没啥本事，长这么大都是忍饥挨饿的，也没穿过一件像样的衣裳，到部队吃得好穿得好，到外边见见世面、经经风雨对他今后走向社会有好处。那天他母亲说了很多让人感动的话，我心里明白人家把孩子交给我们，我得对得起人家，当场表示让他们家人放心，部队的首长对每位战士都关心爱护。部队是个大熔炉，是培养无产阶级接班人的大学校，让每个战士从思想上和素养上都得到锤炼。新兵训练结束后，我把陈长海留到了我们的连队，我把他当兄弟对待，一切从严要求，把最艰苦的工作都交给他去完成。他也很争气，样样工作在全连干得都是一流的。在学习上他积极钻研，在背毛主席著作‘老三篇’比赛中他名列全连第二名，军事训练比赛他是第一名，在师教导队培训时他被评为‘模范教员’。第一年他入了共青团，第二年他在同年兵里是第一个入党的。

“人是有感情的高级动物，也许是因为接兵时在陈长海家吃了顿饭，也许是陈长海母亲的那些让人感动的话触动了我，或许是因为对自己接的兵有一种偏爱，所以我对陈长海从心底里有一种好感，星期天没事就带他出去玩。我知道他家里穷，他所用的日用品都是我给他买的，在一起吃饭都是我请他。那时候人与人之间的情感都很纯真，人们相互交往中没有半点儿金钱的色彩，不管谁有困难都是相互帮助。记得陈长海当兵第二年他父亲病逝，我不但特批了他回家为父亲奔丧的假期，还把当月发的工资都给了他，他当时就感动哭了。那个时候都叫阶级兄弟，部队首长关心、爱护、帮助士兵那是再正常不过的事了。

“一九七六年夏季发洪水，那天夜里全连战士正在操场上看电影，突然暴雨大作。连队是建在一个河滩边上，洪水来得太快，可能河的上游暴雨已经下多时了，当暴雨来临时部队解散要回宿舍，没等连队值班干部下令部队解散，河水就已经齐腰深了。水势凶猛，我亲眼看见河上游的洪水有一丈多高。我命令部队撤到河岸，全连官兵都往河岸上跑。有个别战士去宿舍抢自己的东西被水冲走了，我为了救一名被洪水冲走的战士毅然冲进洪水，这时在我身旁的陈长海见了也冲进洪水。在我命在旦夕时，陈长海冲向了我。他在洪水中拼命拽我的衣服，我们俩刚抓住一棵被水冲倒的大柳树，拼尽全身力气拽着树枝刚刚到岸上，那棵大柳树‘哗’的一声巨响被洪水卷走了，万幸的是我们俩没有被洪水冲走，陈长海是我的救命恩人。在这次全连官兵抗击特大山洪中，我们连有六名战士被洪水冲走，我的老婆和一个五岁的儿子刚到部队探亲第二天，也被洪水冲走了。洪水过后，全连干部战士都沉浸在极大的痛苦之中，师长、团长等领导在第一时间赶到连队，组织打捞被洪水冲走的战士，最后只在下游的一个水闸跟前找到了一名战士的遗体和我妻子的尸体，让人感动的是我妻子仍然紧紧抱着我的儿子小刚。目睹眼前的妻子和儿子的遗体我当场就昏了过去，我醒来时已躺在卫生队的病房内。最后我被记了二等功，陈长海被记了三等功，我被破格提升为营长，陈长海被提升为副排长。后来部队研究提干的事，陈长海被列在提拔干部的最前边，每次都是因为有高血压体检不过关，未能如愿。

“陈长海在部队服役了七年，他把最美好的青春和年华都献给了部队。当他要退伍时，我们两个抱头痛哭，在一起说了很多离别的话。我承诺他不管回去遇到啥困难都来找我，我将全力帮助他，他用力点了点头。当时我每月的工资只有七十元，我把仅有的四百一十元硬塞进他的衣袋里。他走后的第二天，我发现塞给他的钱被原封不动地放在了我的枕头底下。我拿着钱跑到他的连队时，他已经离队了。每次我回忆起这事心里总不是滋味，认为他冒死救了我，我没有给他回报，心里总觉得亏欠他很多。

“后来我从部队由副团级转业到了地方，安排在县公安局当了副局长。记得在九十年代初的一个夏天，我带领刑侦人员侦破一起强奸杀人案，日夜在侦破第一线。听局里的通讯员说春城县的一个陈姓战友千里迢迢来广元找我，我知道肯定是战友陈长海。于是，我把工作安排好立即赶回到局里，但到处找都没有找到人。最后听门卫说他在局里门卫那里等了一个多钟头没见着我，便说有事走了，临走时他说等我回到局里，让门卫给他捎个话，向我问个好，就说我是他最好的战友。当时，我很想不通，他大老远来找我，怎么没见面就走了。我猜测有两种可能：一是他在当地犯罪了，一了解我在公安上，找我怕自投罗网；二是他路过广元想见我一面，一找我不在局里，可能有同路的不方便停留就走了，对这事我自责了很长时间。一晃多少年过去了，本想着退休以后抽空去看他，可退休了腿走路又不方便了，所以从部队回来后一次也没见过他。

“我真没想到他竟然混得那么惨，部队培养了他那么多年，天大的事不能忍吗？非要举刀杀人吗？一名党员成了十恶不赦的杀人犯，悲哀啊，人生的悲哀啊。”王永进老人讲完这一切老泪纵横，失声痛哭，这位从部队成长起来的老人心里五味杂陈难以言表。他只有通过痛哭来排遣他内心的自责和对战友的同情与惋惜。

刑警队队长贺凯望着张晓蕾。张晓蕾用十分惊讶的目光看着眼前的这位老人，飞速地在大脑中疏理着什么。这位情感丰富的老公安不知道眼前这位漂亮的女孩儿就是七位受害人的亲人，如果他知道了这一切他又该说什么呢？让张晓蕾万万没有想到的是，一个杀人不眨眼的恶魔背后竟有这样感人的故事，恶人竟也有人性和善良的一面。于是，她从心灵深处重新审视她家人所做的一切以及陈长海的杀人动机。这一切让这位涉世不深的女孩儿陷入苦苦的思考之中不能自拔。

贺凯和张晓蕾在王永进这里没有得到陈长海潜逃的任何消息，却意外了解到陈长海的另一面。他们知道受过部队训练的陈长海有着极好的心理素质和反侦查经验，他若活在这个世界上一定隐藏得十分严实，不然公安机关追捕他二十多年不会没有任何消息，他们感到追逃的步伐更为艰难了。

张晓蕾经历过同龄人没有经历过的生死离别和世态的炎凉。她的家人被害之后，亲叔大伯都不愿意收留她，把她看作一个多余的人。在走投无路的时候，是养父母收留了她，用最善良、最诚挚的情感温暖了她那颗冰冷的心，用心血和爱意把她培养成才。多少个黎明时分，妈妈早早起来，为她备好早饭，又把她送出家门，在黑暗中千叮咛万嘱咐让她在路上注意安全。多少个不眠之夜，妈妈拖着疲惫的身体辅导她功课，教导她如何做人。她的衣服都是妈妈来洗，她感觉自己是世界上最幸运的人。在她的记忆里，爸爸是最有责任心的人，每次添置新衣服，都是两份，弟弟有的她有，弟弟没有的她也有。她读小学的时候，经常夜里发烧，都是爸爸背着她去医院，在爸爸那温暖的背上她不知流过多少感动的泪水。爸爸那善良、朴实、勤劳、智慧的品质，永远是她做人的榜样。自从到养父母家，爸妈没有打骂过她一次。当她做错了事时，爸妈只是给她讲道理，指出错在哪里，今后应该怎么做。她参加高考那几天，爸爸工作那么忙，却请假陪着她。每次进考场前，爸爸鼓励道："俺闺女是最棒的，第一名非你莫属。"每当她走出考场大门，总见爸爸在烈日下，汗水浸透了衣衫，举手向她打招呼："闺女，爸在这儿等你。"当她高考结束填报志愿时，爸总是说"你报考哪个学校爸都支持你，报考政法院校和军校爸更支持你"。于是，她毅然决然地报考了中国人民公安大学，最终成了一名光荣的人民警察。当她身穿警服工作时，老家的近门人多次找她相认都被她拒绝了。她说，当她家大难临头她成为孤儿的时候，老家那么多亲戚谁又真心相帮，见了她都离得远远的，连句温暖话都不说一句，现在她当上了警察他们却找上门来要求相认。她说，在这个世界上她没有别的亲人，只有养育她、培养她的现在的爸妈，他们才是她生命中真正意义上的亲人。她想，自己就是为了给冤死的亲人报仇才当的警察，就是为了抓更多的犯罪分子，为了保护更多老百姓的生命和财产安全，才当警察的。

张晓蕾和贺凯在外边跑了多日，也没有找到有关陈长海潜逃的任何线索，他们两个人都有点儿失望。他们从火车站出来，张晓蕾说："贺队，以前调查摸排时不是说在附近的一个城市出现过一具无名尸吗？咱们再去调查一下，如果真能证明陈长海已经死了，我们再到处追捕也是枉然。要不然咱们顺便再去调查一次？"于是，张晓蕾和贺凯又坐上了长途公共汽车，汽车载着这两位便衣警察穿越在群山峻岭之中。

他们几经周折找到处理那起事故的民警，陈述的情况与以前春城公安局刑警大队掌握的情况差不多，那具无名尸体被埋在了河道里，因挖河而无法寻找到埋葬的尸骨。一位老民警无意中说了一句，发生事故的面包车停在隔壁的停车场，可能那辆受损严重的面包车早就按废铁处理掉了。他们抱着一线希望来到停车场，一位看大门的老先生听说有人问起多年前那起面包车和那具无名尸案件，便用惊奇的目光看着两位陌生人。他捋了捋胸前花白的胡须说："提起多年前那起悲惨的特大交通事故，我现在心里还发怵，你们没有见到那场面有多吓人，车上坐的五六个人全都死了，大部分都是当地人，只有一具男尸体有人说是你们那里的人，具体姓啥叫啥和家住哪里没人能说清。那辆面包车几乎被撞成了一块铁饼子，事故车被拖到停车场后，我们停车场里养的三只大狼狗围着那辆面包车汪汪地叫个不停，整整叫了三天三夜，怎么驱赶那三条狗都赶不走，没有办法才让收废铁的把面包车拉走，拉走时那三条狗叫着追到大门口。事故车被拉走后这三条狗才算不叫啦，说起这事挺瘆人的。"老汉说完看了看眼前两位外地的陌生人有什么反应。两人不约而同地摇摇头走了。

卧底女侠战群贼

根据“89·8·8”案件线索的摸排情况，张宏伟又一次组织案情分析会，出外调查的三组人员通过做大量的工作，没有摸排出陈长海任何的潜逃线索，包括他的战友、朋友、亲戚关系。陈长海像人间蒸发了一样，从没有跟任何人联系过，每年过春节当地派出所都派人摸排，他从未回过陈楼寨村。他以前的房屋已经倒塌了，院子里一到夏天草长老高，满目断壁残垣。两个儿子都因这个案件远走他乡，在湖北西北部山区当了上门女婿，都已成家生子。他的女儿小翠也嫁到离陈楼寨有八十多里的另外一个县的农村，她的丈夫是做生意的，日子过得很富裕。陈长海的妻子郑美姣事发那几年在她娘家居住，后来有时在女儿家，有时去湖北他儿子那里住着，帮两个儿子看孙子，听说近来身体患上了严重疾病，据她娘家村里人说是得了肺癌，不知道是否还活着。

张宏伟征求大家的意见后，决定成立四个侦破小组，分别对陈长海的两个儿子、女儿和他的妻子进行近距离接触，摸排陈长海是否活着。如果他活着，肯定会与他的至亲联系，亲情在人生中是很重要的，抓捕陈长海能否成功就在此一举。张宏伟宣布了四个侦破小组的人员名单，四路人马围绕各自分配的侦破任务紧锣密鼓地开展工作。

张晓蕾与刑警大队大队长贺凯负责围绕陈长海的女儿小翠开展调查摸排，因为张晓蕾是女孩儿，容易接触陈长海的女儿小翠。事前专案组通过当地公安已经把陈小翠的家庭住址、基本情况摸清楚了，并及时通报给了张晓蕾。张晓蕾化装成一个外地女孩儿下乡收购头发辫子，她自称是邻近省份的，常年在农村做收头发辫子的生意。她在小翠所在的张桥村转悠了一天，了解到小翠的家就在村子的东头，大门朝南，枣红漆大门，大门口两边各有一对石狮子蹲守，嘴里噙着铃铛，四间楼房盖得十分气派，在整个一千多人的张桥村也是最显眼的。张晓蕾骑着一辆破电动车，电动车前放着一个小扩音器，喇叭里不停地高喊着“收头发辫子，谁卖头发辫子，有头发辫子的快来卖，这里高价收购”。就这样张晓蕾在张桥村走街串巷一整天，等到夜幕将要降临，忙碌一天的人们都扛着农具走回家门，当鸡犬入圈，村子的上空升起袅袅炊烟，一股农家炒菜的清香扑鼻而来，张晓蕾这才感到饥肠辘辘，口渴难耐。她让贺凯先回到村外等他们的车上，自己要孤身一人去接触一下小翠，摸排一下陈长海潜逃后的情况。于是，张晓蕾敲响了小翠家的门。“谁呀?”“我，我是外地收头发辫子的，口渴了想找碗水喝。”大铁门“咣当”一声开了，一位中年妇女笑容可掬地迎了出来。“找水喝啊，有，暖瓶里有开水，我给你倒去。”这名中年妇女说着走进屋里，给眼前这位陌生姑娘倒了满满一碗白开水，端着小心翼翼地递给了张晓蕾说：“姑娘坐下喝，一个女孩儿出门不容易，风餐露宿的遭罪啊，为了生活谁不吃苦能行呢。”这是张晓蕾万万没有想到的，一个杀人恶魔的女儿长得这样面善，说话这样温柔，跟她一见面就有一种为人和善的感觉。

张晓蕾接过茶碗，坐在了堂屋的凳子上，边喝茶边说：“大婶，一看你就是一个好心人，待人真好，俺整天出门在外的到处跑，啥人没见过，像你这待人热情、为人厚道的人很少碰到，常言说好人得好报，大婶你家日子过得一定很好。”

“姑娘，你真不愧是跑江湖做生意的，能说会道，真会奉承人，说出话来招人听，人嘛，都喜欢听赞美的话，听起来让人心里舒服。姑娘你等等，我给你拿馍端菜去，大婶留你在俺家吃晚饭。”大婶说完去厨房了，张晓蕾心想这下有门，利用吃饭的时间与小翠深谈一下，进一步摸清这些年她家的情况。

“姑娘趁热吃吧，在外风打头、雨打脸，吃不好、睡不香的多苦啊，想想人活着真不容易。俺家有过大灾大难，知道底层人生活艰辛，世态的炎凉，人情的淡薄，谁家都有一本难念的经，谁都有心中难言的苦。”陈小翠说完深深地叹了一口气，坐在一旁看着张晓蕾吃饭，她像对待自己的女儿一样对待张晓蕾。张晓蕾也装着很饥饿的样子，大口大口地吃着馍菜，不时用十分感激的目光看一眼陈小翠，想着怎样与陈小翠套近乎。

张晓蕾吃过饭，又喝了几口茶，十分客气地说：“谢谢大婶了，你待人这样厚道，为人这样慈善，家中日子一定过得很幸福美满，让人羡慕不已，这就叫善有善报。你家还都有啥人，都在干啥？看你家这样在你们庄一定是首富吧？”

陈小翠笑了笑说：“首富谈不上，但也不穷，比上不足比下有余吧。家里有公婆还住在老宅子上，丈夫在外做生意也赚了些钱，两个孩子都在外读书，生活过得也富足，反正不缺钱花，家庭也和睦，没有乱七八糟的闲事，也很少生闲气，过日子平安是福嘛。咱庄稼人不求大富大贵，只求平平安安，没灾没祸的。”

“听大婶这么说你是位见过世面的人，说话与一般的农村妇女不一样，大婶一定有文化知识，有很高的修养和气质。我想你娘家人也不是一般的庄稼人，肯定也是书香门第或者是干部家庭。”张晓蕾认真地说。

陈小翠上下打量着眼前的这位女孩儿，她嘴张了张想回答女孩儿的问话，但她那一双大眼睛眨了几下，好像她想到了什么，叹了口长气，摇了摇头没有说什么，坐在那里一动也不动，像一尊木雕泥塑的菩萨一样。

张晓蕾见陈小翠没有再往下说的意思，她认真打量眼前这位中年妇女，她个头中等，不胖不瘦，一身十分时髦的衣服干净得体，一头披肩发有着烫染的痕迹，乌黑发亮，浓眉大眼，高高的鼻梁，唇红齿白，说话微笑间腮上呈现出两个酒窝。虽然已进入中年，但言谈举止、举手投足间风情万种，在农村也算得上美女一位，是招男人喜欢的那种女性。初次见面给张晓蕾留下的印象是，说话大方得体，面目慈祥和善，办事稳重，是不爱多说话的那种人。张晓蕾便笑着说：“大婶，我看你家里人也不多，大叔也没有在家，我想在你家借宿几天，您看行吗？”

陈小翠犹豫了半天没有吭声，不说行，也不说不行，坐在那里好像在思考着什么。张晓蕾马上又说：“大婶，人家都说在家百日好，出门一时难，像俺这女孩儿家做个要饭的小生意不容易，大婶行个好发个善心，就让俺在你们家住几夜，白天下乡去做俺的生意，就晚上住一下，大婶您就给俺个方便吧，俺家离这几百里路出来一趟也不容易。”

张晓蕾嘴很甜，几个大婶叫得让陈小翠不答应也不好意思，就说：“俺家从来不留外人在家过夜，现在这世道骗子太多，对人啥心啥脾气也不了解。不过看你小姑娘能说会道，你几句大婶叫得我很温暖，不让你住我也说不出口，你就在俺西屋里住吧。那是俺女儿的房间，她去外地读书了，闲着也是闲着，就让你在那里住几夜吧。”

张晓蕾说：“多谢大婶了，您行好一定得好，世上还是像大婶这样的好人多啊！”

那天晚上，张晓蕾与陈小翠说了很长时间，说自己从小父母双亡，跟着爷爷奶奶长大成人，自己也没有读过书，从小就去了一家私人创办的杂技团，自己学会了软功和硬功，她跟着杂技团到处去全国各地演出。前几年生意还可以，但近年生意越来越不好做，虽然人越来越富了，但做生意跑江湖的钱越来越不好挣了。前年她所在的杂技团解散了，自己为了生存就全国各地跑，收头发辫子，做这个生意虽然辛苦一点儿，但也能养家糊口。

“你一个姑娘家全国各地跑，不容易啊！现在世道这么乱，坏人又多，你没有遇到过烦心的事，没有遇到过恶人欺负你吗？”陈小翠关切地问。

“咋能没有遇到过呀！前年我去河北收头发辫子，遇到过三个年轻的小伙子，他们在荒郊野地里拦住了我，企图对我动手要占我的便宜，我用了我在杂技团里学的功夫，几下子把他们三个都打倒在地，跪在地上连喊我三声姑奶奶，我才放过他们，不然我非把他们送到派出所不可。他们都吓得不行，跪在地上一个劲地求饶。我想想这事算了，多一事不如少一事，就放了他们一马。”张晓蕾绘声绘色地把这事说完，这让陈小翠对张晓蕾佩服得五体投地，伸出大拇指连声夸奖晓蕾：“闺女，你真了不起，你有这身武艺走遍天下都不怕，恶人也怕挨揍不是。”

通过那天晚上的交流，陈小翠对这位女子产生了好感，她把张晓蕾当成了女中侠客看待。说只要姑娘想住在这里，愿意住多久就住多久，自己决不会撵她。

张晓蕾了解了陈小翠家的情况后，第二天她以去外地收货为由离开了张桥村，找到了刑警大队大队长贺凯，研究下一步的行动计划。张晓蕾建议，为了取得陈小翠对自己的信任，让贺凯等人扮成偷盗抢劫人员，深夜潜入到陈小翠家中，先假装盗窃，故意把陈小翠惊醒，以凶器相威胁再进行抢劫。在这个危急时刻张晓蕾出现，将他们打倒在地，最后跪地求饶，演一场见义勇为、侠肝义胆的殊死搏斗的武侠大戏，从而得到陈小翠的感激和信赖，然后再了解她家的事情。

第三天晚上，张晓蕾在晚上十二点悄悄地把院子的大门打开后，穿着睡衣坐在床上等着贺凯他们的出现。半个小时后，三个黑影进了陈小翠的家，他们在院子里弄得动静很大，不一会儿陈小翠拉着了堂屋里的灯，开门到了院里。一蒙面人手持尖刀对准陈小翠威胁道：“把你家的钱拿出来，我们盯你家几个月了，你家很有钱，不拿钱我就放你的血。”陈小翠面对寒光闪闪的尖刀，吓得说不成话。就在这时，张晓蕾住的西屋灯亮了，张晓蕾穿着睡衣从屋里冲了出来，大吼一声：“干啥的，还抢劫是咋的？你们给我听好了，老老实实给我滚出去，不然本姑娘把你们都放倒在这儿。”

“大哥，她们家还有位漂亮的姑娘呢，要不咱们哥仨也尝尝鲜，比抢几个钱都值。”说话的人说着就往张晓蕾身边冲。张晓蕾几下就把这个蒙面人打倒了，另一个又冲了过来，几招又把这人放倒。两个人还没有爬起来，张晓蕾又冲向那名持刀威胁陈小翠的人。那人放了陈小翠拿刀朝张晓蕾刺去，张晓蕾一躲身，把来人手持的刀踢开，并将持刀人打倒在地。这人喊道：“给我上。”三人先后冲着张晓蕾挥拳便打，不一会儿三个人被打倒在地，其中一人说“还不快跑，这妮子会武功”，说完三个人立即消失在茫茫夜幕之中。

张晓蕾假装在与盗贼的搏斗中胳膊受了伤，疼得连声直叫，说自己被他们打了好多下，差点儿丧了命。陈小翠连忙拉住张晓蕾的手激动地说：“姑娘，今晚多亏了你，不然大婶就没命啦，你是俺家的救命恩人啊！俺一辈子也忘不了你。姑娘你说这事今天报警不？”

“我看报警也中，但要是这事传出去名声不太好，别报警了，今后多注意点儿就是啦。有今天晚上给他们的教训，谅他们再也不敢进你的家了。”张晓蕾说。

“姑娘，俺听你的。现在世道乱，俺村有多家被盗，前几天大白天都有拦路抢劫的，往后处处都得小心，东西被盗了是小事，人的命珍贵啊！”陈小翠说。

“大婶，看你这气质、穿戴和家庭情况，你不是一般的农村妇女，你娘家也不是一般的庄稼人。”张晓蕾说。

“姑娘，今天你救了我的命，你也不是外人，别的人我都不跟他们说，今天就跟你说实话吧。”陈小翠停了停，又看了看张晓蕾便说：“嘿，你就别提俺娘家的事啦，提起来真让人伤心，你说你是外地人，跟你说实话也不会让我们这里人知道，俺娘家离这儿有八九十里地远，俺爹年轻时在部队当了七年兵，在部队入了党，也立过功。俺娘年轻时曾是大队的妇联主任，也是党员，上几辈俺家都是老实巴交的庄稼人，在村里没有招惹过是非。因俺爹当过兵说话直爽，见村里有不平的事敢说敢讲，村里支部书记陈长贵倚仗户大人多的家族势力，横行称霸一方，侵吞集体财产，给老百姓加收公粮、乱收费用，弄得民不聊生、怨声载道。俺爹以一名老党员的身份站出来说句公道话而得罪了村支书陈长贵，他带领他家族的人多次把俺爹打伤住院，连一分钱的医疗费都不掏。俺爹到派出所告了几年，派出所的领导跟村支书关系好，据说他们是拜把子兄弟，到处都没有庄稼人申冤说理的地方。俺长大后村支书的大儿子看上了我，他们家托几批人到俺家说媒，俺家人说啥都不同意。陈长贵和他家人怀恨在心，多年后他的大儿子陈兵在俺回家的路上拦住了俺，俺被他糟蹋啦。老爹知道这件事后再也忍受不了这种欺辱了，就在陈长贵全家人为陈长贵老婆庆贺生日时，提着一把一尺多长的杀猪刀闯进陈长贵家，杀了他家七口人，听说就留下了他家的小女儿小花没杀，就因为他爹打俺爹时小花抱着她爹的腿不让打，才刀下留她一条性命。”陈小翠说完低声地哭了起来。

在一旁的张晓蕾心想，陈小翠啊，你到死也不会想到坐在你身旁的大姑娘，就是你爹刀下留的小女孩儿陈小花，她就是为抓杀人凶手你爹才来到你们张桥村的，只要你爹有任何消息插翅也难逃。

“大婶，听你说你们村的支书也太霸道了，他们怎么能这样欺负人呢？你家也太不幸啦，你爹杀了这么多人能有好，你家的日子该咋个过呀？”张晓蕾以一种十分同情的表情关切地说。

墙上的时钟在“嘀嗒，嘀嗒”地响着，屋内一时间寂静极了，也许陈小翠陷入了悲伤之中不能自拔，也许她在想念父母和两个哥哥。她们两个对坐着都不说话，也许她们内心里都在想自己的心事。还是张晓蕾先打破了眼前的宁静，她说：“大婶，那些让人心烦的事也别多想，事都过去那么多年了，该忘记就忘记吧，大不了过年过节去看看年迈的父母、远在外地的哥哥及亲人，人这辈子毕竟亲情最重要，父母给了咱生命，到啥时也不能忘了父母的养育之恩。”

“听你这姑娘说话就知道也是有文化的人，说出话来句句在理，每句话都能说到人心窝里。反正你是外地人跟你说的话也不会让外人知道，有些话在俺这儿烂在肚子里也不敢说，公安上都抓俺爹多少年了，他在外地也不敢进家。前年俺娘生病住院，我去了湖北才见了俺爹一面，他头发都白完了，人苍老得不像样子了，我们父女俩抱着痛哭，老爹这么多年在外流浪，居无定所，在深山老林里生活该有多艰难，真不知道他这二十三年是怎么熬过来的，常言说‘人犯王法身无主’，人这辈子千万不能犯法。对爹来说，活一天都是赚的，能平安地熬到死这是他最好的归宿。老娘这辈子命也够苦的，爹出事后她也不敢在老家住，就在我姥姥家住了多年，后来哥哥有了孩子才把她接走。前年她又患上了重病在医院里住了些日子，结果还是走了。我这辈子身边没有一位亲人，有啥事都得自己扛着，想想也让人心酸。”

张晓蕾了解到陈长海还活着，他两个儿子都在湖北当了上门女婿，他的老婆前年已过世，她想自己的目的已经达到了，就草草地安慰了陈小翠几句宽心的话。第二天早上，张晓蕾说："货收得差不多了，同路的人说要回老家，我们今天得走。"她对陈小翠又说了一番感谢的话，举手道别走了。

张晓蕾急匆匆走后，陈小翠心里咯噔一下，心想别是公安人员化装成收头发辫子的，来专门套自己话的吧？但又一想她觉得不可能，公安人员都穿警服，这姑娘一身便装，看外表根本不像公安人员，也许是自己多虑了。

案犯终于落网

张晓蕾回局后，把摸排到的信息立即报给了专案组。张宏伟得到信息后，马上组织专案组人员开会，研究制订下一步工作计划，最后决定专案组把全部警力开往湖北，也就是陈长海的大儿子陈岩、二儿子陈政倒插门的地区，围绕他两个儿子和他老婆郑美姣的住院治疗开展工作，以此进一步查找陈长海潜逃藏匿的蛛丝马迹。

张宏伟带领专案组到达湖北后，立即与当地警方取得联系，当地警方十分重视，选派刑侦技术人员、刑侦人员全力配合，并调配了五部警车专门服务专案组。湖北警方把侦破“89·8·8”特大杀人案当作自己的案件，由刑侦支队一名副支队长带队全力配合专案组摸排工作。

专案组首先围绕陈长海的大儿子陈岩开展工作，他们把陈岩及其家庭成员的个人信息全掌握了，又通过当地派出所，召集陈岩所在村的村组干部和所有邻居开会，通报了二十三年前“89·8·8”特大杀人案的案情，了解陈岩自从到湖北落户以来，老家是否有人来过，在这里住了多久，陈岩在这里表现如何，有没有什么劣迹。通过当地干部和村民反映，陈岩在这里表现不错，从没有跟人有过打架斗殴，更没有违法犯罪行为。在村里是大家公认的老实人。她的母亲曾在陈岩家住过多年，帮助陈岩家看孩子，前年患了一场大病，在县医院住了几个月。有人曾见过一位年纪在六十岁左右，一头白发，身体瘦弱的老头到他家来过。陈岩对外说是他的姑父来湖北出差拐到这里来看看，其他也没有人来过。

专案组决定暂时不与陈岩正面接触，以免打草惊蛇，走漏风声，使整个追捕工作功亏一篑。

专案组又对陈长海的二儿子陈政进行全面调查摸底。通过当地村干部和领导了解到，陈政为人老实，地里活、家里活都是一把好手，在外从不招惹是非，在当地群众中威信很高。当村里人听说他父亲是个杀人犯，老家的公安来抓他父亲，都为他担心不已，怕这事连累到他。大部分群众都向专案组说他的好话，也有为他求情说和的。通过多方调查，陈政的母亲在他家住过几年，帮他带过几年孩子，一般情况下老太太不怎么出门，也不与村里人接触。前年老太太肺癌晚期，来过一位白发苍苍的老头，只在村里露过一次面，也就是帮陈政家挪动门前的那棵锯倒的树，从那之后村里人再也没有见过他。

专案组综合所排查的信息，一致认为在郑美姣患病期间，先后在陈岩家和陈政家出现的白发老头很有可能就是陈长海。因为陈长海的直系亲属中没有这么大年纪的老汉。在郑美姣住院时这位老头很有可能会出现在医院里，调取郑美姣的病历，调查同病房的病友，弄清这位老头的身份十分重要，这需要当地公安和医院方的密切配合。同时通报湖北警方在郑美姣住院治疗期间是否与陈岩和陈政联系过，有可能从通话信息中找到陈长海的潜藏地。

当地公安人员带着张宏伟、贺凯、张晓蕾等人来到县人民医院，与医院领导进行了简单通报。说由于重大案件的侦破需要，要调取郑美姣的住院病历，还要调查与郑美姣住院时同病房的病友。在郑美姣的病历中有一张陕西省柳叶镇卫生院的血液化验单和一张X光胸透单，上边确诊为肺癌。通过与郑美姣在同一病房的四名病友回忆，了解到在郑美姣住院治疗期间，有一白发老头一直在病床前照顾。郑美姣曾多次告诉同室的病友说那位白发的老头是她的丈夫，老家在外地是专门赶到医院照顾她的。这些病友还把白发老汉的身高、体态、容貌叙述得一清二楚，根据病友们的描述，与案卷记载陈长海的身高和体貌特征相比对，是基本相同的。侦查员们推断在郑美姣身患重病将要离开人世的时候，只有她最亲的人才能日夜守在床前，每天端屎端尿，帮她擦洗身子，这个人很可能就是她的丈夫，公安机关追捕二十三年的陈长海。

与此同时，湖北省公安厅刑事技侦总队也传来消息，在郑美姣住院期间，陕西省一偏远地区的一个固定电话号码曾两次与陈岩电话联系，通话时间都在十分钟以上，经查这个固定电话户主姓常，住在离县城有五十华里的深山之中。侦查员又通过多方调查，结果进一步证实陈岩的所有社会关系，并没有亲戚朋友在陕西，他也没有去陕西出差打工过。这条信息无疑给在外追逃多日，受尽风霜之苦的侦查员们注入了一支兴奋剂，他们仿佛在黑夜中看到了这起特大杀人案即将侦破的曙光。

专案组决定一小部分人员留在原地继续进行线索摸排，大部分警力由张宏伟带队移师陕西省，按照陕西省境内的固定电话号码进行排查，查寻这部电话是谁打给陈岩的，打这个电话的人又与陈岩有什么关系？

张宏伟带领侦查员日夜兼程，风雨无阻，直奔陕西省的柳叶镇。在当地公安人员的带领下，找到了那部神秘固定电话的主人常某。侦查员询问常某是否有湖北省的亲戚、朋友，或者战友关系。常某否认自己与湖北省的人有任何联系，自己也从来没有利用这部固定电话给湖北的人打过电话。侦查员们就把打电话的日期，通话时间给常某看。常某看过后回忆说，只有租住他房屋的孙彬曾借用过他的电话，说跟朋友联系进点儿自己补鞋、修车的部件，其他人再也没有借用过这部电话。

这个借用电话的神秘人物孙彬又是何许人也？张宏伟说："老常同志，我们是外地公安，请你介绍下孙彬有多大岁数，他在你这儿租房有多少年了？你知不知道他是哪里的人，又是从事什么职业？请你把孙彬的情况如实跟我们说一下，因为多年前的一起杀人案可能与孙彬有关，你要知道包庇犯罪嫌疑人是要负法律责任的。"常某一听说孙彬与杀人案有关，吓得大惊失色，战战兢兢地说："大概在八九年前的一个傍晚，我们家来了一位五十岁上下的男子，说他是河北省的，因自己的老婆、儿子被人贩子拐走了，他出来找人才路过这里，看能不能让我行个方便，他想在我家借宿一晚上。我见他一个外地人出门在外的也不容易，就答应让他在我家偏房内住一个晚上，当晚就在我家里吃了晚饭，第二天早上我家做好早饭，让他吃过饭再赶路，在吃饭的时候，他说他想在这住一段时间，因为出来多天跑了好多地方，也没找到老婆和孩子，身上带的钱也不多了，他有力气帮我干活，管吃就行，就算找个落脚的地方。我看他人也老实，说话也和气，像是一个老实本分的庄稼人。我和家人认为出门在外的谁没有遇到困难的时候，能帮人则帮别人，就同意让他在我们这里暂住些日子。他这个人十分勤快，我家有啥活他都抢着干，不讲吃也不讲穿，在地里干活很卖力，一个人都能顶两个干，也特能吃苦。后来时间长了他说他会补鞋、修自行车的手艺，他腰里还有点儿钱，想买一套补鞋和修自行车的工具，在六里外的柳叶镇上摆个小摊，能挣点儿钱，多少给我点儿房租。于是，我就陪他到西安市帮他买补鞋和修自行车的工具，他身上的钱不够，我又帮他垫上了一百多块钱，没想到他在柳叶镇上干的补鞋和修自行车的生意特别好，每天都挣一二百元。由于他说话和气，再加上手艺又好，在柳叶镇上不到一年他也认识了许多人，也结交了许多像他这个年龄段的朋友，他们还经常在一起吃喝。那时他自己说的租我一间偏房，每月交给我八十元的房租，在一起时间长了也有感情了，我家人认为钱多钱少无所谓，他几个月付一次房租，在我家里他啥活都帮助干，有啥事都跟我商量，从来都没有把我当外人。他在镇上混熟了，大伙儿也都知道他是个单身汉，家里也没有什么人，在大伙儿的热心帮助下，他找了个比他小八九岁的寡妇当老婆。两个人有时在我家住，有时就住在镇上，听说他在镇上也租了一间房子。他两口子日子过得挺幸福，从来没有见他们生过气。这段时间他说身体不太好，没有到镇上干活，那个补鞋摊由他老婆守着，有时他老婆接的活多干不完，晚上回来他加班把活干了，反正这些年他们两口子没少挣钱。记得前年他借我的电话用过，说是联系一个亲戚，问一问老家里的情况，听他说家里的亲戚得了重病，他要回家瞧瞧，说他那亲戚在遇难时曾帮助过他。他打过电话的第二天就离开了这里，他走了近两个月才回来。他在这儿找的那个老婆还担心他不回来呢，可他两个多月后真回来了。他老婆高兴得不得了，还从镇上买了一大块肉，说我们在一起吃顿团圆饭。今天早上他说要到县里去进货，天不亮就下山去了，如果他回来应该先到镇上摆地摊的地方，晚上回来不回来说不准，这段时间大部分都回来住，只能等到晚上他们才能回来，你们要见他也只有等到晚上了。”老常说完看了看眼前的陌生人，坐在那里一动也不动。

“老常你不要怕，你并不知道他的身份，我们也不确定他就是杀人犯罪嫌疑人陈长海，今天必须麻烦你跟我们一起见一见孙彬，进一步证实他的身份，但这个消息不能让任何人知道。走吧，你给我们带路去找孙彬。”张宏伟很和气地对老常说。

老常带着侦查员们下了山，直奔柳叶镇孙彬摆摊的地方。但到那以后只见他老婆在那儿照应生意，孙彬却不在。老常告诉孙彬的老婆说：“这几位都是孙彬的朋友，从县城来找他玩的，这么巧他不在，他什么时候回来，别让他的朋友等太久。”

“啊，你们都是老孙的朋友？我跟他这么多年，他从来都没有告诉我他在县城有朋友。老孙去进货了，也该回来了，你们先坐下休息一会儿，说不定他马上就会回来。”孙彬的老婆很热情地接待着张宏伟他们。

不一会儿，一位白发老头肩扛手提大大小小的袋子，累得满头大汗，不时向路边的熟人打着招呼，向补鞋的摊位走来。“老孙，你怎么才回来，你朋友找你在这儿等多时了。”孙彬的老婆老远就朝白发老头喊上了。这时侦查员们已经把白发老头围住了，孙彬一听说有朋友找他，心里一惊，手里提的袋子一下滑落在地上，两条腿再也挪不动了，望着眼前的几位陌生人发抖。“你们是?”孙彬强打精神问了一句。张宏伟对白发老头上下打量了一下，发现他的左耳边有一颗黑痣，认出了他就是陈长海。

“我们是从春城县来的，我们几个是你的老乡，我们找你都找了二十三年了。走吧，陈长海，跟我们一起回春城吧，那里才是你真正的家。”张宏伟说完，几名侦查员一拥而上，用手铐把陈长海铐上。陈长海仰天长叹，只说了一句：“我知道早晚都会有这一天，这也好，总算解脱啦，再也不用整天提心吊胆地生活了。”

陈长海走到房东老常的跟前说：“弟弟，谢谢你这些年对我的照顾。”他又朝他老婆说：“兰子，你照顾好自己，别再等我了，这次跟他们回家再也回不来了，床下边木箱里有几千块钱你带上走吧。今生咱们夫妻不到头，等来生吧。”陈长海说到这儿流下了眼泪。被陈长海称为兰子的老太太，听陈长海这么一说，立即放声大哭，一下扑到陈长海跟前，两个人抱头痛哭。

陈长海被侦查员押着走进了柳叶镇派出所，准备连夜突审陈长海。这时，天上乌云密布，不多时大雨倾盆而下，此时的柳叶镇笼罩在雨雾之中，这暴雨声淹没了人世间的喧嚣，冲洗了空气中的尘埃，也冲去了春城公安局侦查员们身上的疲惫。他们欢呼跳跃，二十三年的追逃终于有了结果，身负七条人命、潜逃二十三年的公安部通缉的网上逃犯，终于被缉拿归案。张宏伟很高兴，如果在他退休前不把这起案件破了，不把陈长海抓捕归案，他会留下终生遗憾，陈长海的归案无疑治好了他的这块心病。张晓蕾心里更激动，她就是为抓捕杀死她七位家人的仇人，为了报仇才报考的中国人民公安大学。毕业后她放弃了留在省城的机会，毅然决然地回到了老家春城县公安局工作，一是为了抓捕陈长海，二是报答养父母的养育之恩，继承养父的事业，去完成养父没有完成的心愿。

如实交代罪行

侦查员把陈长海押到柳叶镇派出所，张宏伟考虑到大家连日奔波、筋疲力尽、困乏不堪，就决定让大家好好休息一夜后再审讯。他亲自担任看守陈长海的任务，并要求柳叶镇派出所抽出六名警员配合看守值班。陈长海被铐在审讯室的铁椅子上。审讯室内灯火通明，警员们精神百倍地分别把守在门口两边，对铐在椅子上的陈长海严加看守。陈长海像放了气的皮球，耷拉着脑袋，木呆呆地坐在那里，也不知道在思索什么。屋外雷雨交加，风雨声震天动地，电闪的强光通过玻璃窗反射到陈长海的脸上，他的脸色显得那样苍白，脸上的皱纹像纵横的沟壑，记录了他所经受的沧桑岁月，混浊的泪水在他昏花的眼中旋转着。他在大脑中反复思考着一个问题，自己这些年的逃亡做得天衣无缝，春城县公安人员是通过什么办法找到了这里，又把他成功抓住的？他百思不得其解。他用惊奇的目光看着眼前的张宏伟，想问一问公安用什么办法找到了他，但他嘴张了几下没有说出一个字。

就在这时，审讯室的房门被打开了，张晓蕾带着一身雨水来到审讯室，对张宏伟说："爸，你累了这么多天了，到旁边的房间休息去吧。明天我们还要赶路回春城，这些天你够辛苦了，去吧。"张宏伟见女儿心疼他来替他值班，也没说什么就站起身走了。

张晓蕾来到陈长海面前轻声地说："陈长海你认识我是谁吗？咱们是同一个村的老乡，都是陈楼寨的人，一笔不写二字都是姓陈。"

陈长海十分惊讶地上下打量着张晓蕾，摇了摇头说："不认识，你爹叫啥名字？要说你爹的名字我肯定认识。"

"俺爹你可认识，就是你把俺爹杀害的，俺爹叫陈长贵，我就是你刀下留下的小花，现在你不认识我了？"张晓蕾还是心平气和地说，不知为什么她对眼前的这位仇人怎么也恨不起来，她复杂的心情难以言表。

当陈长海知道眼前这位女公安竟是陈长贵的女儿时，他再也不敢抬眼打量这位标致的女孩儿。他更没有想到自己是她的杀父仇人，她竟然对自己不打不骂，还心平气和地与自己交流，想到这儿他低下了头，再也不肯说一句话。

"陈长海，我一直都想不通，你和我爹有多大的仇恨，你能提着杀猪刀杀死俺家七口人，难道你的良心让狗吃了，你的人性哪里去了？"张晓蕾越说越气愤，此时的她脸涨得通红。

陈长海面对自己仇人的女儿，本来不想再说什么，可小花的发问让他不得不说。他的嘴动了动，身子往前挪动了一下，摇了摇头说："孩子，那时你小不知道，你那一家子欺负俺让俺没法活，你爹以为他当村支书可以胡作非为，我是军人复员，又是党员，就给你爹提个意见，他就怀恨在心，带着你家三个哥哥多次围殴我，并且都是往死里打。我因为啥刀下把你留下，就是因为你爹打我时你抱住他的腿不让他打我，我才幸免于一顿毒打。你爹倚仗权势，欺负过我的老婆。这一切俺都能忍，可让俺不能忍受的是你哥看上了我家女儿小翠，俺不同意，你哥拦路强暴了我的女儿。你们全家人压迫俺到了啥地步，俺就是粪堆也发热吧，所以我只有以死相拼啦，这都是你爹逼的啊！"

"陈长海，你说的这些都是真的？"张晓蕾问。

"我说的有半句瞎话天打五雷轰。当时一气做了这傻事，事后我也后悔啦，但世上没有卖后悔药的，我知道我终究会有这一天的。"陈长海说完长长地叹了一口气，坐在那里像一座雕像，望着头上的天花板发呆。

张晓蕾听到陈长海的一番话，心里像打碎了五味瓶，有说不出来的滋味。她万万没有想到，自己的家人能做出这样伤天害理的事，面对家人做的这些难以启齿的坏事，面对杀害亲人的仇人，她作为一名警察，她又能说些什么呢？沉默，无休止的沉默，送走了柳叶镇这雷雨交加的夜晚。

第二天吃过早饭，张宏伟等侦查员押着陈长海回到陈长海潜藏多年的山沟里。他们刚进山沟，眼前的一幕让他们惊呆了，坐落在半山坡的老常的家不见了，山体滑坡的泥石流吞没了老常家的房屋，吞没了老常家的六口人和陈长海的妻子兰子的生命。陈长海目睹眼前的一切，立即紧走几步跪倒在泥水里号啕大哭。他那粗犷的喊声震天动地："兰子，老常弟弟，你们在哪里，我来感谢你们来了，这些年没有常弟弟你的收留，没有兰子知冷知热的照顾，我陈长海怎么能活到今天。我万万没有想到一夜之间咱们却阴阳两隔，你们竟死在泥沙之中，我给你们磕头了。”陈长海说完在地上连着磕了三个响头，然后放声大哭。他那饱含深情的哭声在空旷的大山深处回响，面对此情此景就是铁石心肠的人也为之动容，让人们没有想到的是一个杀人恶魔，他的情感世界是那样丰富、那样纯洁和质朴。

震惊中原的“89·8·8”特大杀人案告破，杀人凶手陈长海被缉拿归案，从湖北被押解到春城县。春城县城内人声鼎沸，红旗招展，鞭炮声声，欢迎公安民警凯旋的各级领导、政法干警和各界群众欢呼雀跃。陈长海的缉拿归案，诠释了一个永恒的真理，那就是“法网恢恢，疏而不漏”。与此同时，省公安厅、市公安局的贺电发到春城县公安局。贺电中这样写道：“春城公安局的刑警们，不畏艰辛，克难攻坚，经过长达二十三年的不懈追捕，终将隐姓埋名的杀人凶手陈长海缉拿归案。你们全体民警认真履行执法为民的神圣职责，把忠于党、忠于祖国、忠于人民的信念转化为实际行动，牢记党和人民的嘱托，经得起血与火、生与死的考验，以大无畏的英雄气概，为社会除掉一大不安定因素，为人民群众安居乐业创造了良好的社会环境，你们不愧是人民的忠诚卫士，是新时代最可爱的人。”

审讯陈长海是由张宏伟与贺凯等人亲自负责，张晓蕾想参加但张宏伟不让，说她在跟前怕陈长海交代时有顾虑。审讯中陈长海十分配合，民警问他啥他都如实交代，他把他如何举刀连杀七人，又把他潜逃二十三年的经过作了如实交代。

张宏伟问：“陈长海，你与村支书陈长贵有什么积怨，能让你手持杀猪刀连杀他家七口?”

陈长海说：“我从部队复员回到陈楼寨村，就听很多群众向我反映，说村支书陈长贵倚仗家族户大人多，又当着村官，在村里欺压良善、横行霸道，稍不如意对村民不是打就是骂，光被他殴打的人就有二十多人。更为可气的是，他家侄子与马庄村的孩子在学校里打架脸被抓流血了，他带着家族三十多人，手持十多杆猎枪冲进马庄村，马庄村的群众都吓跑了。他带人把跟他侄子打架的那一家所有的家具和厨具都砸了，铁大门也给人家推倒了，听说马庄村这家受害人告了三年也没有任何结果。再就是每年收粮俺村都比邻近村公粮多得多，群众敢怒不敢言。还有计划生育罚款，谁家生孩子得先向他汇报，给他送五千到一万元方可无事，不然他带着乡里计划生育干部扒房、赶猪、拉粮食，弄得你无法生活。还有实行殡葬改革，谁家死了老人，按当时的政策应到县火葬场进行尸体火化，俺们这里都有个老规矩叫入土为安，一般的都不想火化，只要向村支书交上五千元钱就能土葬。俺村有几家没给他交钱，结果他带领县殡葬改革执法大队把坟都扒了，尸体拉到县火葬场强行火化后，还得罚五千块钱。还有他霸占了村里林场的十多亩地等，群众反映他还有很多劣迹。当时我刚转业，也不想跟陈长贵过不去，但也没有主动地跟他亲近向他讨好。时间长了他认为我与群众打得火热，不听他的招呼，就把我列入他的对立面。在一次村里一村民的婚宴上我多喝了几盅酒，跟他说了些群众对他的意见，让他在今后的工作中注意点儿工作方法，多走群众路线。本来我是好心好意，可陈长贵认为我在同村人面前让他丢人。他对我大打出手，又指令几个儿子对我围殴，当时就把我打伤了。我在医院住了一个多月，我想对伤情做法医鉴定，可派出所不给开委托书，伤情也没有鉴定。我知道陈长贵的关系网厉害，在村里他想压迫谁，谁也躲不过。当时我老婆郑美姣是村妇女主任，就因为与他发生矛盾被陈长贵一脚踢开，他又选了新的妇女主任叫郭春芳，村里人谁都知道是他的情妇。更可恨的是陈长贵的儿子看上了我家女儿小翠，他几次托媒人到我家提亲，俺全家人都不同意，他家人怀恨在心。一天傍晚，我女儿从城里下班回家的路上，被他儿子拦截并遭到强暴。我知道后肺都气炸了，就在县城一家五金店买了一把杀猪刀，在他们家人过生日时，我手提杀猪刀杀了他全家七口，当时他们反抗，我的胳膊也受伤了。"陈长海说到这里长叹一口气。

审讯民警问："陈长海，你用残暴的手段连夺七条人命，你知不知道你应该承担什么样的法律后果？现在你心里是怎样想的？"

"我知道我犯了故意杀人罪，杀人偿命，欠债还钱，我愿认罪伏法，人民法院如何判决，我决不上诉，服从法律对自己的制裁。现在我很后悔，我对不起死者，尤其是对不起陈长贵的小女儿小花，更对不起我的家人，我亏欠他们的太多啦。"陈长海说到这儿低下了头，混浊的泪水流了下来。

"陈长海，你杀人的刀藏在什么地方了？你杀人后是如何潜逃的，又是怎样逃避公安机关对你的追捕的？又是如何生活的？"张宏伟问。

陈长海擦了擦脸上的眼泪，长长地叹了一口气说："我杀人后到河里涮了涮脚，又到家里换了件衣服就走了，杀人的刀就扔到村边的废黄河里了。我走时许多人在街上看到了，没有人拦，如果有人拦住我，我也走不了。逃走时我没有走大道，一直从地里穿插，走饿了就在玉米地里掰个玉米棒子啃一啃，晚上就睡在庄稼地里，就是遇到雨天也不敢进村庄。我一连走了十三天，只坐了五元钱的长途汽车，就到了湖北西北地区的大山深处。在那里我生活了九年，每次我听到警车鸣笛和见到公安人员都吓得走不动路，每次遇到中原地区口音的人都躲得远远的，有时装成聋哑人。在我潜逃第十五年的那年冬天，当地公安人员普查户口，外地流动人员登记出示身份证，我啥都没有，就被当地人弄到派出所里。公安人员问我我什么也不说，装聋也装痴呆，他们问我什么我只是摇头摆手，他们吃饭我也跟着吃，在派出所蹲了三天，最后他们把我放了。我走出派出所就坐车去了陕西，在柳叶镇的深山里住了八年，租用老常家的房子，每月交房租八十元，在那里找到个比自己小将近十岁的兰子当老婆，生活来源就是靠补鞋、修自行车为业，收入还算可以，比他们山区的农民要好得多。在我外逃的二十三年里，我在建筑工地上搬过砖，修过高速公路，贩卖过青菜，蹬三轮车拉过客，给人家看守过仓库，每次当地公安查户口要身份证时，我都得换地方。这些年我吃的苦、受的罪三天三夜也说不完，有时真感到生不如死，觉得死了就再也不用受罪了。我曾两次自尽都被人救了，一次在湖北投汉江，在江里漂流了两个多小时，最后一打鱼的老汉把我救了。好心的老渔民不但给了我一套新衣裳，临走时还给了我一百元钱。他好言相劝，让我不能做傻事，好死不如赖活着。还有一次我在大山里躲着实在受不了那种孤独的煎熬，就在树上绑了条藤条准备上吊，可刚吊上去就被一位在山沟里采药的老汉发现，及时把我救了下来。那采药的老汉说他早看到我不对劲了，就躲在一块大石头后边暗地里看着我，当他见我真上吊了，就从大石头后边冲了过去，及时把我救了，并把我带到他家住了五天，最后又送给我三十元的路费让我回家。我知道我是个杀人犯，如果回家是自投罗网，对我来说回家的路是条绝命的路。”

“陈长海，我来问你，在潜逃期间你是如何跟你的大儿子陈岩取得联系，你又怎样在医院里陪伴你的妻子郑美姣走完她最后的日子的？”张宏伟问。

陈长海用惊奇的目光看着张宏伟，心想这些事公安人员不会知道的，可能是他们猜想的，我做的这些事连神鬼都不会知道，公安人员也不可能知道，如果他们知道早把我抓住了。他停了停，嘴巴张合几下什么也没有说。

“陈长海你不要自作聪明，有些事你认为我们不知道，其实你所做的一切都在我们的掌控之中。你老婆也去过你在陕西的柳叶镇，你老婆郑美姣在柳叶镇卫生院化验过血，做过胸透，然后又回到你儿子所在的湖北某县医院住院治疗，一直到她去世你才离开，这一切是也不是？”张宏伟十分严厉地说。

“我出去这么多年，对家中的情况一无所知，我知道我的老娘肯定经受不了这样的打击，一生争强好胜的她难以承受这种变故，早已不在人世。但我的老婆和三个儿女过得如何是我最牵挂的，我找到在部队一个班的战友，给了他五百元钱，让他到我老家了解一下情况。他立即启程去了我老家，把我老婆娘家人的，两个儿子和女儿的电话号码都帮我找齐了。我让他给我老婆捎的一万元钱也给了她，家里人都知道我还活在人间，但我不让他们知道我的具体居住地，怕公安人员找他们把我的住址供出来。最先我用公共电话给老婆打了个电话，她接到我的电话哭得很伤心。她说她身体一天不如一天，死前想再见我一面。我让她请自己的亲戚把她送到西安火车站，啥时到我去火车站接她。我把老婆接到柳叶镇后，在镇卫生院为她做了体检，检查结果让我吃了一惊，确诊是肺癌晚期，结果出来后我们俩抱头痛哭。那天晚上我和老婆回到深山里，就借老常的固定电话给大儿子陈岩打了个电话，通报了他妈的病情。第二天我就陪着老婆去了湖北大儿子那里，我陪老婆住院有两个月左右，直到老婆去世我才又回到柳叶镇。我说的都是实话，没有半点儿瞎话，现在我只有老实交代，争取政府宽大处理。”陈长海说完长长地松了一口气。他仰着头，望着头顶上的天花板，想到了去世的父母，想到了受他连累而过早去世的妻子，想到儿女们受他的影响而背井离乡、寄人篱下受尽人间之苦。他从内心里觉得对不起他所有的亲人，眼泪像断了线的珠子顺着他的两腮滚落下来！

那是一个阳光明媚、秋风送爽的上午，张宏伟带领侦查员押着陈长海回陈楼寨村指认作案现场，确认丢弃杀人凶器的地方。当陈楼寨的村民及邻近村的村民听说杀人凶手陈长海被抓获，今天要回村指认杀人现场，人们成群结队站在公路两边，想目睹陈长海潜逃二十多年变成了什么模样，想了解公安民警是如何把他抓回来的。当押着陈长海的警车驶向陈楼寨大街时，陈长海的双眼不停地向车窗外望，他努力地搜寻着二十三年前他走时的记忆。他发现自己的家乡竟然发生了巨大的变化，昔日的土路大街都修成了宽敞的水泥路，过去的土草房和低瓦房如今都换成了大玻璃窗的楼房，人们的穿戴也发生了不小的改变，村里的大姑娘和小伙子的衣着跟城里人没有两样。家乡真的改变了，但他和他的家人却不能在这里过正常的生活了。当他走下警车拖着系有脚镣的双腿往前走的时候，发出了“哗啦、哗啦、哗啦”铁镣擦地的响声，双手被铮亮的手铐铐在了一起。他每往前迈一步，都会发出让人心惊肉跳的声响。他被荷枪实弹的武警押解着，低下了头，不敢直视那一张张或熟悉或陌生的面孔。他想，他逃亡了二十三年竟用这种方式来见父老乡亲。他真后悔自己没有自尽，如果自尽了也不会有今天这一幕了，但现在说什么都晚了，反正都逃不过这一劫，还不如一枪毙命，也省得这些天精神和肉体受到折磨。他在武警和公安民警的押解下一一指认了杀人现场和丢弃凶器的地方。当他被押上警车准备回看守所的时候，他看见了在侦查员队伍里小花手里拿的黄表纸和许多阴币，他知道小花要为她死去的亲人烧纸上香。陈长海向张宏伟提出要到他娘坟前磕个头，让他最后为爹娘尽一下做儿子的孝心。张宏伟看看女儿小花，又看了看一直望着他的陈长海。他迟疑了片刻，不知该如何回答。女儿小花说："爸爸，我向您和贺凯队长请示，让陈长海去给他父母烧最后一次纸吧。我愿意把我给亲人烧的纸钱分给他一半。现在我们政法机关不是都在提倡人性化执法吗?"张宏伟看了看贺凯，贺凯点了点头。陈长海被武警和公安民警押着走出了村庄，走进了田野，走到他父母的坟墓前。他双膝跪倒在地，边哭边说："爹、娘，儿子来看你们了。儿子跑了这二十三年过得真是生不如死，几十年的颠沛流离、异乡漂泊让儿子深深体会到，人什么时候都千万不要触犯法律，人生最大的痛苦莫过于失去自由，人生最大的悲剧那就是失去亲人和亲情。是儿子的莽撞、无知才连累了家人，上不能为父母尽以孝道，中对不起跟我相濡以沫、苦度岁月的贤妻，下没有对儿女尽到养育之责，使儿女们远离家乡故土，失去了亲情和乡情。是爹娘给了我生命，娘一生最疼我爱我，您老因为儿的连累而过早地离世，儿没能守孝送殡，亏欠娘的太多太多，罪儿给娘磕头啦。儿第一次给您烧纸钱，也是最后一次。这纸钱是陈长贵的女儿给的，她是个好人，是世界上最好的人。”陈长海说完号啕大哭，这哭声在空旷的田野里回响，又立即被刺耳的警笛声吞没。

陈长海又一次在众目睽睽之下被荷枪实弹的武警押上警车，在警灯闪烁、警笛长鸣中驶向远方，送到他应该去的地方。一队警车驶过之后，扬起一片尘土，留给人们的是惊恐和叹息。

昔日的陈小花，今日的张晓蕾，望着自己熟悉和陌生的村庄房舍，望着自己曾出生和成长过的已是断壁残垣、杂草丛生的家，她心里有难以名状的凄凉和哀伤，她再也不忍心目睹这破碎的家。在老人们的指点下她来到了父母、哥嫂的坟前，她点燃纸钱和阴币，跪在爹娘坟前磕了个头，轻声地说：“爹娘、哥嫂，我小花来看你们啦。面对这一切我能说什么呢？人生最珍贵的东西莫过于生命，人生最幸福的就是平安，人生追求的最高境界就是以善为本，要善待自己、善待别人，以和为贵、以诚待人。金钱乃身外之物，钱再多也买不来生命和平安。女儿虽然命苦，但我一生很幸运，遇到了疼我爱我的养父母一家好人，女儿生活得很好。亲人啊，你们安息吧，杀害你们的凶手潜逃了二十三年终于被女儿和我们的战友抓捕归案，你们的仇终于能报啦。所以女儿才第一次面对你们的冤魂，第一次给你们上坟烧纸，请原谅女儿的不孝。”小花说完哭了，她的哭声是那样悲凉，那样让人动容。

二十三年的大追捕

春城县公安局在全国“清网行动”中，抓获了潜逃二十三年的网上在逃人员陈长海，各大新闻媒体纷纷采访报道。主抓刑侦的副局长张宏伟、刑警大队大队长贺凯、刑侦技术骨干张晓蕾都是新闻采访的主要对象。做事一贯低调的张宏伟一般不接受采访，他把接受采访的人员一般都安排给了年轻的侦查员。他想自己年纪大了，马上就要退休了，让年轻人多出来历练一下对他们的成长有好处。特别是自己的女儿张晓蕾，她有高学历又掌握了许多刑侦科技知识，好好培养今后准是一把好手。培养更多德才兼备的刑侦事业接班人是老刑侦人的最大心愿，也是自己义不容辞的责任。

这天上午，张宏伟刚上班，就接到局里通知，说市电视台《法制园地》栏目组要到春城采访追逃工作，要求刑警大队全体人员参与，具体拍摄当年杀人现场、刑侦人员排查走访、多次千里追逃缉捕等工作，局长林金东和局党委领导全部参加。这次把已改姓埋名的杀人恶魔陈长海缉拿归案，春城公安付出了许多心血和汗水，公安民警追逃达数万公里，还有一名老刑警牺牲在追逃的路上。此案告破后，公安部和省、市公安机关先后发来贺电，公安系统的各级领导都作了重要批示。所以这次宣传报道十分重要，要求协助拍好专题片，当作一项政治任务来完成。

按照上级要求，全体刑侦人员在陈楼寨村委会村室集合，整天忙得焦头烂额的刑警们难得休息一天，大家有幸聚集在一起都十分开心，有说有笑。人们都说刑侦人员是人精，他们是特殊材料打造而成的，都是高智商的人才。犯罪人员认为案子作得天衣无缝，但经侦查员们分析研究一番，也能找出破绽，也能寻觅到蛛丝马迹。

上午九时左右，市电视台和采访组到达陈楼寨村，有两个男记者主要是扛机器摄像的，有两个女主持人，带队的女主持人叫余海棠。

专题电视纪实片《二十三年的大追捕》拍摄得十分顺利，杀人现场由主持人在现场进行讲解，杀人凶手陈长海持刀杀人的表现手法都是用动漫的手法，给人一种亲临现场的感觉。然后民警走访排查，设卡堵截，还原案发时警方所采取的缉捕措施，都演绎得十分到位，摄制组拍摄得比较顺利，现场采访了贺凯等曾参加破案的老刑警，采访了许多村民对案件的理解和看法。

一个星期之后，中原卫视、市电视台同时播放了电视专题片《二十三年的大追捕》，全面记录了春城刑警历经千难万险，万里追逃不歇步，终于把杀人凶手擒拿归案的艰难经过，进一步塑造了张宏伟、贺凯、张晓蕾等一帮刑警的良好形象。专题片的播放在社会上引起了强烈的反响，新时代人民警察为人民的良好形象又一次得到了展示。

岁月在春夏秋冬之间周而复始地轮回，时光在昼夜交替中静静地度过，刑警们在侦破案件的忙碌中拼搏着，又在那一起起谜案中不断地探索着。他们的追求没有终点，他们的旅程没有驿站。在刑侦战线上辛勤耕耘了几十年的张宏伟，感到身心疲惫，他多么想歇一歇，可新的侦破任务又向他召唤，他义无反顾地带领他的队友冲上侦破案件的第一线。

女刑警大队长

由于网上追逃时间紧、任务重，之前张宏伟一直忙于工作，如今分给他的三名网上在逃人员的抓捕任务已经完成，他想去看一看年迈的老娘。在平时他一个星期要去看老娘一到两次，可为了追逃工作他已经二十多天没有见老娘啦。星期天上午他趁着工作不太忙，便来到了老娘的家，并给老娘买了许多她爱吃的食品和几件衣服。

王秋霞现年已经近八旬了，身体还算硬朗，思路还很清晰。她见儿子提了许多东西来看她，就说："你来就来，买这么多东西干啥？我啥都不缺，你家经济也不宽裕，你老花钱娘心里也不喜欢，咱日子能过到这个份上知足啦。可你爸他没有福，走早了，他苦了一辈子啊！"王秋霞说到老伴张坤两眼含着泪花，嘴唇嚅动了几下没有说出话来。

“娘，您就别再提过去的事了，一提您心里就难受。俺爹就是那个时代党员干部的代表，他们心里装的都是老百姓，都是党交给的工作，从不考虑自己和家人，他们那一代人是为国家和人民奉献的一代人。”张宏伟动情地说。

“宏伟啊，昨天你大龙叔来看我，说起现在的干部作风和社会风气气得不行。他说现在有许多党员干部大搞权钱交易、权色交易，一人当官七大姑八大姨都跟着沾光，一人得道鸡犬升天。他们不为人民服务，都是在为人民币服务，贪污受贿，搞形式主义，上级给老百姓的扶贫款都敢贪污。这些虽然是个别的，但影响太坏，他们哪有共产党员的形象啊。”王秋霞说到这儿十分气愤，她两眼直直地看着儿子宏伟，久久没有说话。

“宏伟，你也算是个领导干部，不管社会风气如何，你一定要记住你是革命烈士的后代，你是个党员干部，到什么时候都不能丧失一个党员应有的品质，堂堂正正做人，踏踏实实干事，千万不能做对不起百姓的事。”

“娘，儿知道，您老就放心好了。您能把身体照顾好就是儿的福，俺不能让您为我操心，儿只能给您和爹争光，绝不会给您脸上抹黑，您还不了解您自己的孩子吗？”张宏伟拉着娘的手说。

“娘知道儿的为人，你大龙叔经常在我面前夸你，每次听到别人对你的赞扬娘心里别提有多高兴了。娘操你心操得值，娘也为你骄傲，因为你多次立功受奖，是全市公安机关树立的先进典型，你是咱张家的荣耀。”王秋霞说完脸上露出欣慰的微笑。

“宏伟啊，娘年纪大不中用啦，娘心里有两件事，一是你替我经常看看你大龙叔，他也是你的恩人呀。”王秋霞说。

“娘，我知道，我经常去看望他，有时也给他点儿零花钱，每次他都推来推去总说他不需要。您放心，只要有我在一定会让他安享晚年。”张宏伟说罢看看娘，母子俩都笑了，他们笑得是那样开心。

“再一个事就是小花，这闺女是个懂事的孩子，她名牌大学毕业放弃了留在省城的机会回到咱县，可不能屈才啊。如果有机会还是往上走，能在省城工作决不留在咱这小地方，大机关锻炼人。她的孝心咱们理解，你眼看都到站了，培养两个孩子成才最重要，后继有人嘛，我相信咱家的孩子一代更比一代强。你要好好培养小花，教育她要做一名对国家有用的人才，将来报效祖国。”王秋霞毕竟是个有文化的老教师，她看得远、想得远，她培养的三个孩子都很优秀，现在都是科级干部。

“娘，我知道了，现在局党委已经找我谈了，我退下来以后，贺凯接我的副局长，刑警队队长提名小花，组织征求我的意见，让小花当刑警队队长我没同意，因为她是我的养女，怕别人说闲话。”张宏伟说。“你咋能不同意啊，让孩子多经风雨见世面这是好事，把担子压给她，对她也是一种历练。我看应该鼓励她勇挑重担，让她多吃苦，在工作中长知识和才干，能为国家培养出人才这是咱的骄傲。”王秋霞说完看了看张宏伟。张宏伟站起身来说：“我知道啦，您休息吧。我手头上还有点儿工作，等两天再来吃娘做的手擀面条。”张宏伟告别了母亲走出了家门，他听娘的话趁工作不忙去看一看陈大龙尽点儿孝。他走进商店，买了许多老人的补品后，给小花打了个电话，让小花开车去陈楼寨看陈大龙。

当张宏伟赶到陈楼寨村口时，正巧陈大龙与张登科两人在村口商量事。陈大龙见张宏伟从车上下来就迎了过去：“宏伟来啦，有事啊?”“叔，我来没啥事，好几天没见您老了，想您啦来看看。”张宏伟边走路边说。

“宏伟你来得正好，你给参谋参谋。俺村你张叔的大公子叫张立志，大学毕业后在南方开了一家大公司，现在有钱啦，想在咱村投资，一是服装厂，二是食品加工厂。我和你登科叔琢磨，想让立志投资先建个文化广场，立志满口答应。”陈大龙说完看了看光脑袋的张登科。

张登科说：“俺儿立志说啦，只要是俺大龙伯说的事，没有不办的。在闹饥荒那年，俺全家饿得眼看不行啦，是大龙伯用省下的转业费买了一小布袋口粮送到俺家，是他救了俺全家老小，他是一个真正的共产党员，人民的好公仆。现在孩子有钱啦，在家乡投资建厂，带领全村人都富起来，这就叫一枝独秀不是春，百花盛开春满园。做人不能光想到自己，要像陈大龙书记那样，一心想的是村子里的父老乡亲。我们张家在陈楼寨是孤门独户，我穷的时候谁把俺当人看，有的人踩在脚下还怕踩不死，只有你大龙叔把俺当兄弟，遇到啥过不去的难事只要跟他一说，没有不办的。就这么一辈子跟亲兄弟一样，现在俺孩子有出息啦，你大龙叔近八十岁还在村支书这位置上战斗，俺孩儿就为这位老支书的品质和威望才回乡投资的。”张登科对张宏伟说。

半年后，春城县委组织部派人到公安局召开全体民警大会，宣布张宏伟因年龄原因退居二线，刑警大队大队长贺凯任局党委委员，主抓刑侦的副局长。张晓蕾任局党委委员，刑警大队大队长。宣布完后，台下响起了雷鸣般的掌声。张晓蕾看了看局长林金东，林金东向她笑了笑，投以赞扬的目光。最后张晓蕾把目光停留在张宏伟身上，张宏伟用鼓励的目光扫了张晓蕾一眼，站起身来说："晓蕾，这是我二十多年来的五十本办案日记，现在交给你，也许今后对你有用，这是我的全部心血。"他说完又把目光投到台下，聪明的张晓蕾立即站起来，发表了热情洋溢的任职宣言。张晓蕾的发言引起台下一片掌声。

第二天，张晓蕾带领全体刑警投入了案件的侦破工作之中。这位全市公安历史上第一位女刑警队长，上任之初便雄心勃勃，她说："我要向爸爸学习，力争做一名出色的刑警，用自己的青春和年华书写现代公安刑警最美丽的人生华章。"张宏伟听到自己的女儿晓蕾的铮铮誓言，脸上露出欣慰的笑容。

在一个阳光明媚、春风轻拂的上午，张宏伟带着张晓蕾来到了陈楼寨村，特意看一看陈大龙，再者劝一劝他该歇歇了。正巧陈楼寨村召开群众大会，在陈大龙的提议下，推举张立志为新任村党支部书记。张集镇主要领导通过组织全体党员选举，张立志以全票通过担任陈楼寨村党支部书记。选举后，张立志就把陈楼寨村未来五年发展规划在群众大会上宣布。广大村民一听这规划，喝彩声和鼓掌声响彻云霄。一张新农村的发展蓝图，将在这位年轻的村党支书记带领下实现。

张宏伟把张晓蕾任刑警大队大队长的消息告诉了陈大龙。陈大龙说："宏伟啊，咱们的事业后继有人啦，咱们的事业大有希望。但作为长者咱们还有重任在肩，那就是扶上马送一程。"说完两个人都笑了，爽朗的笑声在辽阔的平原大地上回响。

随着岁月的更替和时光的轮回，留在人们记忆里的不可抗拒的自然灾害给世人造成的灭顶之灾，历次战争所带来的悲欢离合已成为过去，随着时光的流逝逐渐淡化了。人们早已告别日出而作、日落而息的生活方式，人们所走过的那段艰辛、曲折、坎坷的道路已成为历史，社会在人们奋发前进的足迹里发生着变化，人们的生活理念和价值追求有了新的改变，渴望国家有一个良好的社会秩序和安定的生活环境，渴望在特色的社会主义国家里分享小康社会的幸福和快乐。人们这些美好的愿望要赋予新时代公安机关新的使命和担当。

忙碌一天的太阳恋恋不舍地滑落在西方的天边，收回了它在大地上的最后一丝光芒，茫茫夜幕笼罩着春城大地，万家灯火在夜幕中不停地闪烁，把春城装点得绚丽多彩。在春城县城里，人们的夜生活十分丰富，年轻人的交谊舞舞曲激扬奔放、温情缠绵。青年男女在舞池里翩翩起舞，个个含情脉脉。大妈们的广场舞曲轻松愉快，高亢动听。已过不惑之年的大妈们尽情地扭动着笨拙的身躯，脸上洋溢着幸福的笑容。春城县公安局的大门上那盏闪着红色光芒的警灯向人们昭示着它的存在，代表着公安机关的神圣和尊严、使命和责任。

刑警大队大队长办公室灯火通明，在大队长办公桌前，老局长张宏伟和新任大队长张晓蕾面对面坐着在交谈着什么。突然有人推开刑警大队大队长办公室的门，报告说在县城商业街有两名歹徒骑一辆没有牌照的大架摩托车抢夺一名女士的提包，一名中年妇女耳环被抢，造成被抢女士耳朵血肉模糊。张晓蕾还没有听完报告，指挥中心又打来电话，报告说在金台镇发生一起命案，要求刑警大队立即赶赴案发现场，投入对案件的侦破工作。张晓蕾立即调兵遣将，分别安排警力对这两个案件进行侦破。

张宏伟用信任的目光看了看张晓蕾，一字一句地说："小花，我相信你一定能干好，记住破案时要胆大心细，多听大家的意见，要紧紧地依靠人民群众，把任务分解到人，遇事要多动脑筋，不怕吃苦受累。”

“谢谢爸的教导，我会把工作做好，绝不会让您老人家失望。我走啦，您也该回家休息啦!”张晓蕾说完望着爸爸笑了。

张晓蕾开着警车带着刑警们冲出公安局的大门，冲向茫茫的夜幕之中，冲向案发现场，刑警们又一次投入到艰难的侦破工作之中……